THE RECORD of
RETURNER
현중 귀환록

FUSION FANTASTIC STORY
푸른 하늘 장편 소설

천중 귀환록 1

푸른 하늘 장편 소설

초판 1쇄 찍은 날 § 2011년 11월 23일
초판 1쇄 펴낸 날 § 2011년 11월 30일

지은이 § 푸른 하늘
펴낸이 § 서경석

편집부장 § 권태완
편집책임 § 박우진

펴낸곳 § 도서출판 청어람
등록번호 § 제1081-1-89호
등록일자 § 1999. 5. 31
어람번호 § 제1-1298호

주소 § 경기도 부천시 원미구 심곡2동 163-2 서경B/D 3F (우) 420-822
전화 032-656-4452 팩스 § 032-656-4453
http://www.chungeoram.com
E-mail § chungeoram@chungeoram.com

ISBN 978-89-251-2697-5 048100
ISBN 978-89-251-2696-8 (세트)

THE RECORD OF RETURNER

현중 귀환록

①

집으로 돌아가자

푸른 하늘 장편 소설

FUSION FANTASTIC STORY

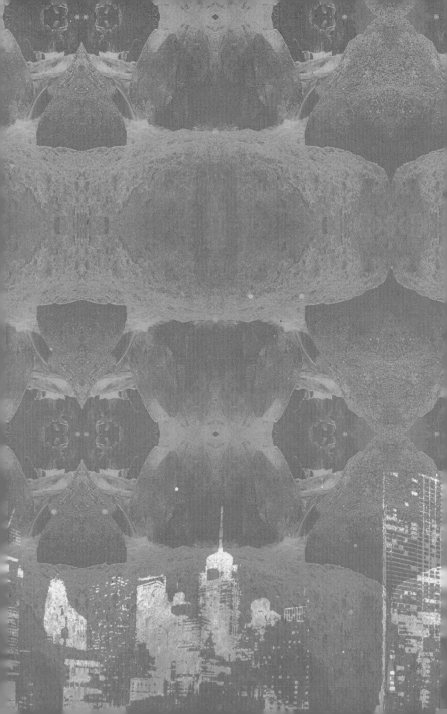

CONTENTS

프롤로그

카일라제력 1339년.

대륙을 공포로 몰아넣었던 마족들이 한 명의 영웅에 의해 패퇴했다.

검은 눈동자, 검은 머리의 영웅은 대륙 최초 통일 제국의 황제가 되었고, 모두가 그를 칭송했다.

승전 기념일.

황제를 보기 위하여 대강당에 모인 귀족들을 내려다보며 권좌에서 일어난 영웅은 자신의 신검 카일라제를 한 손에 들었다.

"내가 살던 곳엔 이런 전설이 있어. 어느 큰 바위에 성검이 하나 꽂혀 있었는데, 아무도 뽑지 못했던 그 검을 어느 날 한 명의 기사가 뽑았고, 그는 훗날 모든 이가 우러러보는 황제가 되었다고 하지."

그 말이 끝난 직후,

쿵!

황제는 자신의 권좌에 신검을 꽂아 넣었다. 검신의 3분의 2 이상이 권좌에 박혀들어 갔다.

"그러니까, 이 검을 뽑는 놈이 다음 대 황제라는 거다. 알 겠냐?"

"폐, 폐하! 그, 그게 무슨 말씀이옵니까! 그, 그럼 황제 폐하 께서는 어쩌시려고……!"

"나? 할 일 다 했잖아?"

검은 머리의 황제는 상쾌하게 웃었다.

"집에 돌아갈 거야."

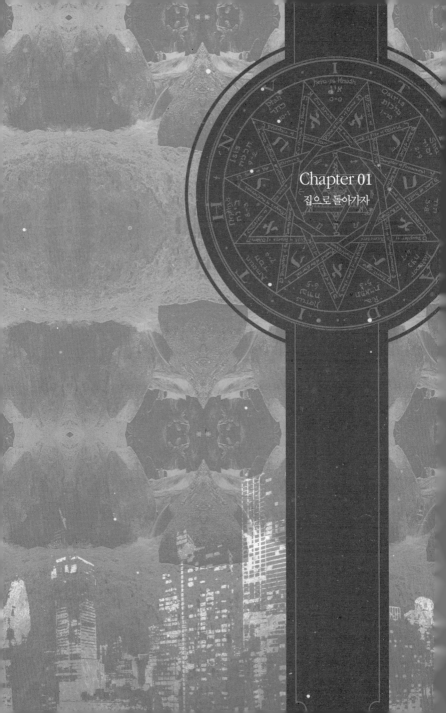

Chapter 01
집으로 돌아가자

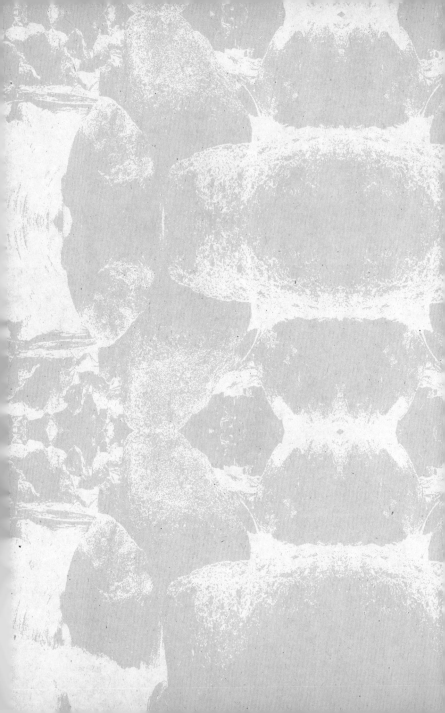

산불 조심 [2000년 9월, 구청].

차원자와 함께 차원의 틈을 빠져나와서 지구에 첫 발을 디
뎠을 때 가장 먼저 현중의 눈에 띈 것이다.

붉은색으로 선명하게 눈에 띄는 현수막은 대한민국 모든
산에 붙어 있는 것이었다. 너무나도 익숙한 한글로 적힌 그것
을 보는 순간 정말 돌아왔구나 하는 생각에 현중은 입가에 미
소를 띠었다

"여기가 지구인가?"

차원자는 주변을 둘러보면서 소나무가 울창한 산속을 잠시 살펴보더니 고개를 살짝 끄덕였다.

"나름 괜찮네, 뭐. 그렇게 깨끗한 곳은 아니지만 아직 살만한 곳이긴 하네."

돌아서서 현중에게 물어보는 듯한 모습에 현중은 피식 웃고 말았다. 이곳에서 태어나 자라온 사람한테 물어보면 무슨 대답이 나올지는 뻔하지 않은가?

"그럼 우린 이만 헤어지자. 뭐, 다신 만날 일 없을 테지만 혹시라도 내가 놀러 가면 맛있는 것 좀 사줘. 이쪽 차원은 처음이라서 말야. 그럼 안녕~"

자기 할 말만 하고 블링크를 쓴 것처럼 한순간에 사라지는 차원자를 보면서 현중은 잠시 뒤에 나온 테른에게 물었다.

"네가 보기에, 마법 같아?"

—아닙니다, 마스터. 마나의 흔적이라면 마족인 저의 감각을 피할 수 없습니다.

"하긴 마족을 상대로 싸웠던 내가 못 느낄 리가 없지."

테른은 대륙에서부터 현중을 따라 다른 차원인 지구까지 따라온 수하다. 영혼의 계약을 풀어줄 테니 대륙에 있어도 된다는 것을 굳이 거부한 충성심의 소유자이니, 현중은 테른의 말은 무조건 믿었다. 그러나 그냥 차원자는 특이한 힘을 사용하는가 보다 하는 정도로 별 대수롭지 않게 넘겼다.

오빠~ 전화 받아~ 오빠~ 전화 받아~ 오빠~

잠시 산을 구경하면서 100년 만에 돌아온 고향을 보고 있던 현중의 귀에 익숙하면서도 낯선 휴대폰 벨소리가 들렸다. 그러자 대륙에 있는 동안 아공간에 보관하고 있던 휴대폰을 기억해 내고, 100년 만에 꺼내 들었다.

"지연이……."

발신자 표시에 뜬 지연이라는 이름을 보자 뭔가 기분이 묘하면서도 이상했다.

딸각!

폴더를 열어 귀에 대자,

[뭐야? 아직도 자고 있는 거야? 민간인이 된 지 겨우 하루인데 벌써 그렇게 게을러서 어떻게 하려고 그래? 그보다 너 어제는 술 먹은 거 아니지? 응? 야? 왜 대답이 없어? 야, 현중아? 야, 현중아?]

현중은 지연의 목소리가 들리자 그제야 정말 마음이 편안해졌다.

"아니야. 듣고 있어."

[뭐야? 목소리 들어보니 자다 일어난 사람은 아닌 것 같은데. 그보다 오늘 나 저녁에 퇴근할 때 회사 앞에서 보자. 제대했으니 내가 고기 사줄게.]

"응, 알았어. 그럼 몇 시에 갈까?"

[…뭐야? 내 퇴근 시간도 까먹은 거야?]

현중은 순간 잊고 있던 기억 속에서 지연에 대해서 하나씩 떠오르기 시작했다. 대학을 진학한 현중과 달리 지연은 고등학교만 졸업하고 바로 제법 알아주는 대기업에 입사했다. 도대체 어떻게 대졸들 사이에서 고졸인 지연이 당당하게 취직을 했는지 모르지만 국내에서 기업 순위 50위 안에 드는 제법 큰 회사인 대동그룹의 서울 본사에 취직해서 다닌 지 벌써 5년이 넘었다. 그런 그녀의 퇴근 시간은 언제나 6시였다.

"아, 미안. 잠시 잊어버렸네. 그럼 내가 6시까지 회사 앞으로 갈게."

[그래. 완전히 잊지는 않았나 보네. 근데 너 정말 어제 제대한 군인 맞아?]

"왜?"

[아니, 후후훗. 듣기로는 갓 제대한 군인은 전화를 받으면, 그 뭐라더라? 통신 보안인가? 충성인가? 먼저 구호를 말한다고 하던데 현중이 넌 전혀 그런 게 없어서 말야.]

"하하하, 내가 좀 적응이 빨라서 말야. 하루 만에 사회에 바로 적응했나 보네. 그럼 일하는 중일 테니까 저녁에 만나서 이야기하자."

[그래. 그럼 저녁에 봐~]

잠시 전화가 끊어지면서 현중은 휴대폰 대기 화면에 보이는 지연의 사진을 보고 있었다. 물론 반갑기도 하고 기분이 편안해지는 것은 당연했다.

하지만 현중이 지금 지연의 사진을 보면서 생각에 잠긴 이유는 전혀 다른 문제 때문이었다.

"100년이라……. 확실히 긴 시간이구나."

대륙에서 드래곤인 발리스터에게 훈련을 받고 가끔 신의 대리인과도 대련을 하면서 무려 세 번의 환골탈태를 겪은 현중이다. 능력은 이미 마족과 싸우기 전에 마왕을 상대해도 걱정없을 정도로 키웠다. 그런 실력과 적응력이 강해 곧바로 필요한 게 무엇인지 알고 움직인 덕에 드래곤은 그냥 가지고 놀 정도의 힘을 지니게 된 현중이었지만 문제는 그렇게 흘러간 100년이라는 시간이었다.

"내가 지연이를 아직도 사랑하고 있는 걸까?"

정확하게 현중의 나이는 125살이다. 차원 간의 이동으로 시간의 흐름은 지구에서는 변화가 없지만 대륙에서 100년을 살아온 사실은 변하지 않았다.

그리고 실제로 현중은 이미 대륙에서 수많은 여자를 안아보았다. 불같은 사랑도 잠시 해보았고 대륙에서 내로라하는 미녀도 모두 만나보고 몇 명은 잠자리도 같이했다. 하지만 그렇게 여자를 안았을 때 단 한 번도 지연의 생각이 떠오른 적이 없었다는 것을 방금 깨달은 것이다.

—마스터.

테른은 현중이 뭔가 고민하는 듯 보이자 그에게 다가왔다. 하지만 현중은 조용히 손을 들어 그런 테른을 막았다.

"괜찮아. 그냥… 내 안에 작은 고민이 있을 뿐이니까. 그보다 얼른 가야겠다. 지금 3시 10분이구나. 그럼 대충 세 시간 가까이 시간적 여유가 있지만 서둘러 집에 가서 옷도 좀 갈아입고 해야겠어."

—네, 마스터.

대답한 테른은 그대로 현중의 그림자 속으로 사라졌다. 현중은 걸음을 옮겨 산을 내려가기 시작했다. 그런데 한참을 내려와도 인가는커녕 그 흔한 오솔길 하나 보이지 않는 모습에 뭔가 이상하다는 것을 느낀 현중이 잠시 생각하더니 가볍게 발돋움을 했다.

보기에는 간단한 움직임이었지만 그 결과는 놀라웠다. 현중은 화살보다 빠르게 산 전체를 내려다보는 높이까지 솟구쳐 올라 멈추었다. 그리고 그 상태로 허공에서 주변을 둘러보았다.

그렇게 잠시 허공에서 주변을 살펴보던 현중의 이마는 곧 보기 좋게 일그러지더니 한숨을 쉬었다.

"내가 사라진 곳은 서울인데… 왜 강원도 산속 깊은 곳에 내려주는 거냐고."

그랬다. 혹시나 해서 주변을 살펴보고 알아본 결과 현재 현중의 위치는 강원도 산속의 깊은 곳이었던 것이다. 물론 크게 곤란할 것은 없지만 다시 서울로 가야 한다는 것이 귀찮았던 것이다.

"나 참. 뭐, 데려다준 것만 해도 감지덕지인가?"

잠시 한숨을 쉬던 현중이 주변을 돌아보다가 서울이 있는 방향을 찾았는지 한곳을 유심히 보았다. 다시 지상으로 내려선 그는 방금 바라보던 곳을 향해 가볍게 오른발을 움직여 한 걸음 내딛었다. 보기에는 그냥 평범하게 걷는 발걸음이지만 오른발이 땅에 닿는 순간 현중의 몸은 흐릿한 잔상만 남기고 사라져 버렸다.

그렇게 현중이 사라진 후 몇 분이 지났을까? 돌연 현중과 헤어졌던 차원자가 다시 모습을 드러냈다.

"어라? 벌써 떠난 거야? 혹시나 해서 와봤는데… 뭐가 그리 급해서……. 찾으려면 시간이 걸리겠는데?"

차원자는 겨우 차원 이동을 위해서 현중의 얼굴을 익힌 것이 전부였기에 이미 사라진 그를 찾기는 쉽지 않아 보였다.

그래도 혹시나 싶어서 주변을 몇 번 살폈지만 역시나 없다는 것을 다시 한 번 확인한 차원자는 그대로 모습을 감춰 버렸다.

차원자가 현중을 찾던 시간에 이미 그는 자신이 머물고 있던 서울의 원룸에 돌아와 있었다. 그리고 오랜만에 찾아온 현중을 반긴 것들은 어질러진 방바닥과 읽다가 덮어놓은 만화책, 그리고 사라지던 그날 아침에 먹던 라면 냄비까지 가스레인지 위에 그대로 있는 모습을 보니 기분이 왠지 이상했다.

"정말 집으로 돌아왔구나."

전혀 변하지 않은 집을 보자 고향에 돌아왔다는 막연한 사실이 피부로 느껴졌다. 그 감회에 잠시 방 안을 둘러보는데 주머니에서 휴대폰이 울렸다. 벨소리에 무심결에 꺼내보니 조금 전 지구로 차원의 틈을 나왔을 때 통화했던 지연이었다.

딸각!

"무슨 일이야? 아직 퇴근하려면 시간이 좀 남지 않았어?"

[아, 현중아, 미안해. 회사에 회식이 갑자기 잡혀서 못 나가게 되었어. 미안해. 내일 보자. 아무래도 회식이라 오래 걸릴 것 같애.]

"회식? 뭐, 어쩔 수 없지."

현중은 지연의 말에 아무렇지 않게 대답했지만 그 순간 눈동자는 차갑게 변했다.

[미안해. 내일 보자. 내가 큰맘 먹고 소고기로 쏴줄게.]

"후후훗, 됐다. 월급쟁이 벗겨먹을 생각은 없으니까 일이나 잘해. 그래도 너, 대기업이잖아. 마케팅부 팀장이면 바쁘겠지. 수고해."

[응, 미안해.]

딸각!

현중은 이미 통화가 끊겨 다시 배경 화면에 떠오른 지연의 사진을 보다가 조용히 생각을 해봤다.

군대에 있는 2년 동안 면회 온 적이 없고 편지는커녕 전화도 자주 못했다. 물론 한 가지에 몰두하면 주위를 돌아보지 않는 지연의 성격도 한몫했다. 거기다 군대라는 곳이 정해진 시간 외에 전화를 못하기 때문이기도 했지만 거짓말할 때 나타나는 그녀의 버릇이 나온 것이 문제였다.

"목소리의 떨림이라……. 지연이는 거짓말을 할 때 떠는 버릇이 여전하구나."

처음 지연과 사귀게 된 것은 아마 대한민국 중학생이면 누구나 겪는 우연한 만남 덕분이었다.

중학교 때 친구따라 교회에 놀러 갔다가 지연을 만났고, 그리고 친해지고, 그러면서 자연스럽게 사귀게 된 것이 시작이다. 그렇게 중고등학교 생활 동안 여자친구는 지연 하나였고 지연에게는 그가 유일한 남자친구였다. 거의 매일 붙어 다녔기에 그건 의심할 여지도 없었고, 아마 세상에 지연의 부모님 빼고는 그가 가장 지연의 습관이나 모든 것을 알고 있다고 자부하고 있을 정도이니, 둘의 사이가 어떤지 알 만할 것이다.

"그때부터였나."

어렴풋이 느끼기를, 고등학교를 졸업하면서부터 둘의 사이가 약간 벌어지긴 했다.

갑작스런 부모님의 사고로 고아가 됐지만 꾸준히 모아둔 돈과 아버지 친구 분이었던 명석 아저씨의 도움으로, 성적이 꽤 괜찮았던 현중은 서울의 제법 유명한 대학에 추천으로 입학을 했다. 그리고 그와 반대로 지연은 고등학교를 졸업하자마자 바로 국내 50위에 들어가는 대동그룹에 입사했다.

"좀 이상하긴 했어. 고졸이 대동그룹 입사라니……."

그때 학생의 신분으로 돈이 별로 없었던 현중은 데이트 비용도 거의 지연이 부담했다. 그러니 지연이 대졸도 들어가기 힘들다는 대동그룹의 마케팅부에 입사했다는 걸 이상하게 생각하지 못했다. 거기다 3학년을 마치자 현중은 모아둔 돈도 떨어졌고, 나라 경제가 휘청댄 탓에 그를 도와주던 명석 아저씨의 사업도 약간 힘들어 보였다. 그동안 도와준 것도 미안했던 탓에 결국 4학년을 마치지 않고 바로 군대를 가기로 마음먹었고, 그렇게 지연과의 사이에는 2년이라는 시간이 더 벌어지게 되었다.

"2년의 군대와 100년의 차원 이동이 문제였던 건가. 아니, 오히려 지금은 고맙군."

대륙에서 100년의 시간은 살기 위한 사투뿐이었다. 사랑? 그런 팔자 좋은 놀이는 이미 현중의 머릿속에서 사라지고 없었다. 그리고 지구로 돌아와 휴대폰에 있는 지연의 사진을 보면서도 마음이 흔들리거나 하는 것도 전혀 없었기에 현중은 정말 자신이 지연이를 사랑한 것인지도 의문을 가지고 있었다. 그런 상황에 여자친구가 군대 제대를 해서 만나자고 했는데 돌연 회식이라는 거짓말까지 하면서 약속을 피했다. 이건 보통 연인들에게는 이해가 가지 않는 모습이었다.

무엇보다 거짓말을 했다는 것이 문제인 것이다.

"테른."

—네, 마스터.

현중의 뒤쪽 그림자에서 테른이 조용히 모습을 드러냈다.

"거짓말을 한 이유를 알아와라."

—알겠습니다, 마스터.

테른에게 현중의 명령은 절대적이었다. 어떤 이유를 막론하고 완수해야 했고, 지금까지 그래왔다.

현중을 따라 차원을 넘어 지구에 온 테른이 첫 번째 명령을 받고 현중의 그림자 속으로 사라지려는 순간, 현중의 입이 다시 열렸다.

"테른, 너에게 내려진 봉인 중에서 1단계 봉인 해제를 허락한다."

이곳으로 넘어오기 전에 3단계로 봉인했던 것 중에 첫 번째 단계는 바로 여러 가지 능력을 봉인하는 것이었다. 매혹술부터 박쥐, 안개로 변하는 능력이 1단계였고, 2단계는 잠시 동안 지금의 능력에서 몇 배나 강화시킬수 있는 강화 능력이었고, 3단계는 진조 혈족만이 가지는 각성이었다. 이렇게 3단계 중에서 파괴력은 적지만 활용성은 최고인 1단계를 풀어준다는 말이었다.

원래 봉인을 풀지 않아도 충분히 테른은 알아낼 수 있지만 현중은 무슨 생각에서인지 도착하자마자 테른의 봉인 하나를 풀어줘 버린 것이다.

—마스터, 봉인을 풀지 않아도 충분합니다.

차원 너머 대륙에서 지구로 넘어올 때 급하게 했던 봉인이라 테른도 설마 이렇게 빨리 3단계 중 1단계 봉인을 풀어주리라고는 생각지 못했다. 현중은 고개를 저었다.

"이곳은 전혀 다른 세상이다. 마족도 없고, 신도 없고, 그리고 유사 인종도 없다. 그리고 넌 지금 이곳에 대해서는 어린아이나 마찬가지다. 원하는 모든 정보를 배우고 익히고 너의 것으로 만들어라. 그것이 나를 돕는 것이니까."

—명심하겠습니다.

부르르.

설마 테른은 자신을 위해서 봉인을 풀어준다는 말을 할 줄은 몰랐는지 온몸을 떨며 현중의 원룸에서 사라졌다.

그렇게 테른이 사라지고 난 뒤 현중은 주변을 살펴보다가 문득 벽에 걸린 커다란 거울을 바라보았다. 대학 입학이 결정되고 지연이 선물이라면서 사준 전신거울이다.

"많이 변했군."

지구 시간으로는 겨우 몇 시간, 아니, 몇 분일지 모르지만 현중은 대륙에서 이미 100년의 시간을 보냈고, 환골탈태로 인해 모습도 많이 바뀌었다. 완전히 다른 사람이 되진 못했지만 턱도 갸름하면서 눈동자와 피부 등 모든 것이 여자라고 착각할 만큼 변했다. 그러면서도 마치 전쟁터를 살다 온 노련한 전사와 같은 분위기를 풍기고 있는 자신을 보면서 입가에 작게 미소를 지었다.

"사랑이 아니었나……."

냉정하리만큼 변해 버린 자신의 모습을 지구에 와서야 피부로 느끼게 된 현중은 무심결에 한걸음 내디뎠다.

부스럭!

그때 귀에 거슬리는 소리가 들려 내려다보니 차원 이동하기 전에 자신이 먹던 과자 봉지가 발에 밟혔다.

"훗, 이제 돌아왔으니 청소는 내가 직접 해야겠지?"

마족을 몰아내고 마왕을 소멸시켰으며 통일 제국을 이룩했던 황제지만 지구로 돌아온 현중은 대학교 3학년만 끝내고 군대 다녀온 복학생에 지나지 않았다. 그것도 나이가 올해 스물다섯 살이라는 완전 노땅 복학생으로.

"후후후훗, 반갑다, 나의 방아."

영혼의 계약으로 종속된 진조 뱀파이어인 테른이 봤다면 아마 기절초풍하면서 현중이 움직이기 전에 먼저 방을 청소했을 것이다. 하지만 지금 테른은 대한민국의 정보와 함께 지연이 왜 거짓말을 했는지 알아오라는 명령으로 이곳에 없었다.

할 수 없이 현중이 과자 봉지를 주우면서 움직이다가 실수로 들고 있던 과자 봉지가 뒤집어졌다.

촤르르르륵.

먹다 남긴 과자가 방바닥에 쏟아졌고, 그것을 본 현중은 가볍게 미간을 찡그렸다.

"아무리 100년 만에 하는 거지만 나는 자기 방 청소도 이렇게 못하는 녀석이었나?"

결국 현중은 청소기를 꺼내 와서 대대적으로 방 곳곳을 청소하면서 100년 만의 귀환을 맞이했다.

그렇게 청소를 끝내자 작은 원룸인데도 한 시간이 넘게 걸렸다.

아무리 초인적인 능력을 지닌 현중이라도 평소에도 청소를 거의 하지 않고 필요한 것만 하던 성격이라, 혼자 사는 작은 원룸이지만 대청소 자체가 하나의 사투였다.

"휴우, 이거 엄청나구만."

코딱지만 한 작은 방에서 50리터짜리 쓰레기봉투를 가득 채우고도 모자랄 만큼 많은 쓰레기가 나왔다는 것에 자신 스스로도 놀랐다. 남자 혼자 사는 방이 얼마나 지저분한지 스스로 느끼는 중이었다.

스르륵.

현중이 그렇게 쓰레기봉투를 밖에 버리고 돌아와 시계를 보니 이미 저녁 7시였다. 그때 형광등에 비친 현중의 그림자가 살짝 흔들렸다.

"완벽하게 알아온 것이냐?"

무미건조한 듯한 현중의 물음에 그의 그림자에서 튀어나온 테른이 조용히 앞으로 와 무릎을 꿇고 대답했다.

─모든 것을 알아왔습니다. 하지만 개인적으로 한 가지만 질문을 해도 되겠습니까?

지금까지 자신에게 이렇게 질문을 한 적이 없는 테른의 모습에 현중의 눈동자가 이채를 띠었다. 그리고 미소를 지었다.

"허락한다."

─홍지연을 아직 사랑하십니까?

전혀 뜻밖의 질문이라 현중은 조용히 테른을 내려다보다가 잠시 전신거울을 바라봤다.

사랑? 물론 사랑했었다. 하지만 그건 옛날이야기나 마찬가지다. 지금은 그런 감정도 이미 사라지고 없다는 것이 현재 현중의 생각이었다.

그리고 테른이 이런 질문을 했다는 자체가 뭔가 문제가 있다는 것이었다.

"나에게 사랑이 사치라는 것쯤은 너도 알고 있을 텐데?"

영혼으로 묶여 있는 테른이라면 느낄 수 있을 것이기에 현중은 대답 대신 간단하게 말해 버렸다.

─죄송합니다, 마스터. 저의 주모가 될지도 모르는 분이라 신중하게 생각했습니다.

"상관없다. 과거의 인연일 뿐이다."

─네, 그럼 말씀드리겠습니다.

테른이 조용하면서도 논리정연하게 이야기를 풀어놓기 시작하자 현중의 눈동자가 잠시 흔들리기는 했지만 곧 조용하게 가라앉았다. 그리고 10분간의 보고를 끝낸 테른은 다시 입을 다물었다.

"그럼 이미 고등학교를 다닐 때부터 나 이외에 다른 남자가 있었다는 말이로군."

─저의 모든 능력을 동원해 조사했습니다. 확실합니다.

현중은 테른의 보고를 받으면서 잠깐 눈동자가 흔들리기는 했지만 화가 나거나 가슴이 아프다거나 그런 것은 전혀 없었다. 그저 지연이 자신을 속여왔고, 그렇게 계속 자신과 지내왔다는 것이 씁쓸할 뿐이었다.

"그럼 오늘도 그 남자를 만나러 간 거냐?"

―네, 마스터. 현재 대동그룹의 마케팅부 실장으로 있는 최강석입니다. 아버지가 대동그룹의 최태식 이사입니다.

"후후훗."

현중은 테른의 보고를 받으면서 웃었다.

고등학교를 졸업한 지연이다. 그렇다고 성적이 우월하게 좋았나? 그렇지도 않았다. 현중 자신이야 당연히 대학 진학을 목표로 했기에 내신과 모든 것을 신경 썼지만 지연은 반에서 중간 정도를 겨우 유지하는 수준이었다. 그 사실을 잘 알고 있는 현중은 대졸들도 우수수 떨어진다는 국내 50위의 대동그룹, 그곳에 지연은 입사했다는 사실이 이상했었다. 하지만 과거의 자신은 그 사랑이라는 것에 눈이 멀어 진실을 보지 못했다. 아니, 보지 않으려 했다.

"나는 바보였군."

냉정하게 자신을 판단 내린 현중은 평온한 얼굴로 돌아왔다. 가슴이 두근거린다든지 하는 변화는 전혀 없었다.

"그냥 내버려 두어라."

―하지만 마스터를 기만한 죄는 그 어떠한 것으로도 용서할 수 없습니다.

테른은 대륙에서의 현중의 성격을 누구보다 잘 알고 있었다. 다른 건 몰라도 마족과의 전쟁 중에 마족의 편에 섰던 인간들을 철저하게 짓밟고 유린했던 현중이 아닌가? 하지만 전혀 뜻밖의 말이 나왔으니 한마디 한 것이다. 그 결과 테른은 대륙에 있을 때는 전혀 하지 않던 질문부터 의견까지 내고 있었다.

"과거의 인연은 과거일 뿐 나는 잊었으니 상관없다. 그보다 아공간에 금이 얼마나 있지?"

더 이상 말이 필요없었기에 대수롭지 않게 넘기는 현중이었다.

그보다 우선 급한 건 이제 지구에서 살아갈 자신이다. 대륙에서 마족을 몰아내는 대가로 지구로의 귀환을 약속받았다. 때문에 준비는 이미 철저하게 해놓은 상태다.

그런 현중의 물음에 테른은 잠깐의 망설임도 없이 대답했다.

—드래곤 로드에게서 가져온 금 2,000톤과 보석, 그리고 아티팩트가 그대로 아공간에 남아 있습니다.

"그게 2,000톤이나 되었나?"

순간 현중은 울먹이면서 무섭게 자신을 노려보던 드래곤 로드이자 친구인 발리스터의 눈빛이 생각나서 피식 웃어버렸다.

"홋."

—네, 마스터께서 드래곤 로드의 레어에 직접 가셔서 다 뜯

어 오셨기 때문에 하나의 덩어리로 아공간에 보관되고 있습니다.

"이곳에 대한 건 얼마나 습득했지?"

─우선 전반적인 것은 거의 습득했습니다. 특이하게도 이곳에는 인터넷이라는 것이 있기에 생각보다 쉽게 정보를 얻을 수 있었습니다.

"인터넷?"

뜻밖이었다. 현중은 설마 테른이 몇 시간 만에 인터넷까지 섭렵했을 줄은 몰랐던 것이다. 하지만 곧 이해가 되었다. 마족은 정신체였다. 너무나 강한 정신력 때문에 물리적인 육체를 가지는 존재가 바로 마족이다. 그런 마족 중에 서열 50위인 진조 뱀파이어 공작이 바로 테른이다. 그는 마계에서 머리 쓰는 걸로는 마왕도 한 수 접어주던 존재가 아니던가?

그보다 이렇게 빨리 적응하는 테른을 보니 내심 기분이 좋았다. 수하가 똑똑하면 그만큼 자신은 편해지니까 말이다. 그것도 절대 배신할 수 없는 수하라면 더더욱 좋을 수밖에 없다.

"약간의 금을 처리해서 1억 정도 만들어 내 통장에 넣어놔라."

현중은 좁은 원룸의 특성상 손을 뻗으면 닿는 곳에 필요한 것을 모아두던 습관이 있어서 쉽게 통장을 찾아 테른에게 주었다.

―알겠습니다. 이곳의 금 시세를 보니 뭐 그리 많은 양은 필요없을 것 같습니다.

현중은 그런 것까지 신경 쓰지 않았다. 아니, 신경 쓸 이유가 없었다.

"적당한 선에서 만들어봐라. 난 잠시 씻고 명석 아저씨한테 가볼 테니까."

―네, 마스터.

다시 테른이 사라지자 현중은 조용히 일어나 보통 원룸에 있는 화장실 문을 열고 들어갔다. 원룸의 특성상 샤워실도 겸용이 대부분이라 간단하게 샤워하고 나온 다음 입고 있던 옷을 벗어버리고 가벼운 흰색 티셔츠에 블루진 청바지를 입고 휴대폰과 지갑 등을 챙기고는 집을 나왔다.

살랑~

원룸 현관을 나오자 가볍게 불어온 바람에 어깨까지 내려와 있던 머리카락이 움직이면서 현중의 시야를 살짝 가렸다. 순간 머리카락이 거슬린다고 생각한 현중은 명석 아저씨에게 가려던 걸음을 옮겨 바로 옆에 있는 헤어숍으로 들어갔다.

"어서 오세요~"

의외로 젊은 아가씨가 반겼지만 현중은 조용히 의자에 앉으면서,

"깔끔하게 부탁합니다."

"네? 아, 네, 알겠습니다."

이발소를 요즘 들어 찾기 힘든 것도 있지만, 이발소보다 헤어숍이 좋은 이유는 그냥 간단하게 이야기해도 알아서 해준다는 것이다.

그런데 가만히 있던 현중은 문득 자신에게 시선이 집중되는 것을 느꼈다. 거울을 통해 슬쩍 바라보니 미용사 아가씨가 황급히 고개를 돌리면서 가위와 바리깡 기계를 챙겼다. 주변의 다른 손님들도 갑자기 현중이 쳐다보자 딴청 피우듯 휴대폰을 만지작거리는 모습이 보였지만, 현중은 별것 아니겠지 하는 생각에 대수롭지 않게 넘겼다.

하지만 별 대수롭지 않게 생각하는 현중과 달리 지금 현중의 머리를 깎기 위해서 준비하는 헤어숍 직원은 정신을 차릴수가 없었다.

'굉장하잖아!! 어디서 이런 남자가 나타난 거야!'

이곳에서 일한 지 벌써 3년째인 최지영은 지금까지 이곳에서 여러 사람을 만나왔지만 현중 같은 사람은 처음 보았다. 지금 자신 앞에 있는 현중을 보는 순간 무슨 유명 배우가 들어온 줄 착각했다.

쌍꺼풀은 없지만 커다란 눈동자와 하얀 피부, 거기다 190cm 가까이 되어 보이는 훤칠한 키에 떡 벌어진 어깨와 매

끈하게 잘빠진 몸매, 거기다 늘씬한 다리를 보면 킹카도 이런 킹카가 없었다.

"저기… 혹시 원하시는 스타일 있으세요?"

최지영은 가능하면 말이라도 붙여볼 생각으로 물어봤지만 현중의 대답은 하나였다.

"알아서 해주세요."

"아, 네."

무뚝뚝한 현중의 대답에 살짝 기분 상한 최지영이 현중의 머리카락을 만지는 순간 손을 타고 흐르는 머리카락의 감촉에 다시 한 번 놀랐다.

"저기… 손님, 정말 자르시게요? 이렇게 머릿결이 좋은데… 아깝다."

혼잣말인지 아니면 물어보는 건지 몰랐지만 현중은 그냥 못 들은 척했다. 원래 헤어숍이 여자들의 수다방으로 불리는 것 정도는 이미 알고 있었고, 하나하나 대답하다 보면 머리 깎는 내내 대화를 해줘야 하기에 그런 피곤을 사서 할 현중이 아니었다.

"멋지게 스타일링 해드릴게요. 그런데 혹시… 이곳에 사세요?"

"네."

"아~ 그렇구나."

최지영이 이것저것 질문을 시작하자 옆에 염색하기 위해서 앉아 있던 여자도 귀를 쫑긋 세우면서 대화를 듣는 데 정신없었다. 그리고 그런 여자들의 반응에 그제야 모든 시선이 자신에게 집중된 것을 느꼈다.

물론 자신의 지금 모습이 어떤지 잘 알고 있다. 대륙에서도 파티장에 나타나면 모든 여성들의 눈이 집중되었고 남자들도 마찬가지였다. 물론 여자들의 눈이 현중을 향해 하트를 쏘아 보내는 레이저라면 남자들은 질투에 눈이 먼 분노의 레이저라는 게 다를 뿐.

마족과의 전쟁 중에도 파티를 여는 정신 나간 귀족들 때문에 아마 수백 번은 파티를 다녔을 것이다. 그리고 그곳에서 현중이 하나 깨달은 게 있다면 여자 셋이 모이면 접시가 깨진다는 대한민국 속담은 오히려 너그러운 편이라는 것이다.

여자는 두 명만 모여도 접시가 깨지는 경우가 많았다. 그리고 한국과 달리 대륙의 여자들은 먼저 들이대는 것을 결코 망설이지 않았다. 지금 자신의 머리를 손질하고 있는 헤어숍 직원처럼 말이다.

"저기… 혹시 방송 쪽에 있으세요?"

"학생입니다."

"저기… 어디 학생이세요?"

"N대학교입니다 "

"와! N대학교요? 머리 좋으신가 보다!"

오히려 과하게 리액션을 취하는 여직원의 말에 현중은 피식 웃었다. 뭐 나쁜 뜻이 없다는 것을 알기에 최대한 간단하게 대답하고 있지만 그것도 귀찮기는 마찬가지였다. 물론 대답 안 해도 되지만 혹시 그게 기분 나빠서 직원이 머리를 대충 한다면 자신만 손해이기에 귀찮은 걸 무릅쓰고 대답해 주었다.

그리고 N대학교가 솔직히 국내에서 명문대에 속하긴 하지만 어느 정도 공부하면 들어가는 데 크게 지장없는 대학이기도 했다. 오히려 현중을 띄워주는 헤어숍 직원의 모습이 너무나 속이 뻔히 들여다보이는 것에 내심 웃을 뿐이다.

"꽤나 멀리서 다니시네요. 여기서 N대까지 한 시간 정도 걸릴 텐데."

"네."

"혹시 여자친구 있으세요?"

바로 여자친구를 물어보는 직원의 모습에 현중은 자신도 모르게 입가에 미소를 띠었다. 어떻게 대륙의 영애들이나 이곳의 여자들이나 똑같은 건지…….

"네, 있습니다."

"아……!"

한순간 뒤쪽의 직원과 옆쪽의 여자에게서 들리는 한숨 소리을 현중은 그냥 모르는 척했다.

뭐 거짓말은 아니었으니까 말이다. 아직 지연과 헤어진 것은 아니다. 그리고 없다고 하면 또 어떻게 달려들지 모르는 여자들을 미연에 방지하기 위해서는 차라리 있다고 하는 게 속이 편했다.

그리고 현중의 예상이 맞은 듯 그 후로 한마디도 하지 않던 직원은 그래도 이곳에 산다는 말을 들어서인지 제법 깔끔하게 머리를 손질해 주었고, 현중은 간단하게 계산하고 헤어숍을 나왔다.

"음, 뭐, 나름 괜찮네."

머리가 길 때는 약간의 여성스러움과 남성스러움이 동시에 느껴졌다면 헤어스타일 하나 변했을 뿐인데 뚜렷한 이목구비 때문인지 지나가는 여자들의 시선을 단번에 사로잡기에 충분했다.

물론 이런 것에 일일이 신경 쓸 현중도 아니었다.

하지만 귀찮기는 했기에 현중은 바로 택시를 잡아타고는 명석 아저씨 공장으로 직행했다.

"이게 누구야!!"

개인이 하는 중소기업이자, 천산그룹 산하 천산모터스에 부품을 납품하는 일을 하는 세운정밀이 바로 명석 아저씨의 공장이다. 그래 봐야 금형 틀에 알루미늄을 녹여 찍어서 납품

하는 것이 전부인지라 직원은 사무실 여직원까지 해서 스무 명이었다.

그래도 명석 아저씨는 사람이 진실되고 착해서 그런지 모두 사대보험을 들어주고 상여까지 꼬박꼬박 챙겨주기로 유명해서 직원들 사이에서는 제법 믿음을 얻고 있었다.

그리고 돌아가신 현중의 아버지인 김덕현의 하나뿐인 고향 친구이기도 했다.

"그동안 안녕하셨어요?"

현중이 해맑게 웃으면서 들어가자 순간 명석이 주춤했다.

"너… 현중이 맞냐?"

"네? 그럼 제가 현중이지 누구겠어요. 설마 군대 다녀온 2년 2개월 동안 제 얼굴을 잊어버리신 거예요?"

"아, 잠시만. 자세히 좀 보고."

명석이 뭔가 유심히 현중의 얼굴을 보더니 제법 놀란 얼굴로 다시 물었다.

"너, 성형수술 했냐?"

"후훗, 무슨 소리예요? 군대에서 요즘 성형수술도 해줘요?"

"아니, 얼굴이 너무 많이 변한 것 같아서……. 키도… 나랑 비슷했는데 이제는 내가 한참 올려다봐야 하잖아. 그리고 너 무슨 운동했니? 이거 길 가다가 우연히 마주쳤으면 절대로 알아보지 못할 뻔했다. 완전 신수가 훤해졌는데?"

"후후훗, 아저씨, 농담도 잘하시네요. 그냥 군대 있으면 하루 세 끼 잘 챙겨주고 운동시켜 주고 옷 주고 하는데 살이 빠지고 키도 크더라고요."

당연히 거짓말이다. 세 번의 환골탈태로 인해 변해 버린 현중이었다. 하지만 말해봐야 믿어주지도 않을 것이기에 대충 둘러댄 것이다.

그리고 실제로 군대 가서 키가 크는 경우가 가끔은 있었다. 아주 가끔이지만 말이다.

"그런가? 하지만 너, 정말 대단하게 변했다. 정현아, 너 현중 오빠 알지?"

명석이 마침 사무실로 들어오는 정현에게 현중을 소개해 주자,

"…현중 오빠요? 설마……."

정현은 명석의 딸로 상고를 졸업하고 원하는 곳에 취업하기 전에 우선 명석이 데리고 있는 중이었다. 거기다 현중과는 이미 어릴 때부터 알고 지내던 사이라 변해 버린 현중의 모습에 명석 못지않게 놀라긴 마찬가지였다.

"오랜만이다."

현중이 웃으면서 인사하자 갑자기 얼굴이 붉게 변한 정현이 황급히 사무실을 나가 버렸다.

"어라? 저 녀석이 왜 저러지?"

마침 명석 아저씨는 현중의 뒤에 있어서 정현의 붉은 얼굴을 못 봤기에 고개를 갸웃거렸지만 그냥 넘어갔다.

그렇게 정현이 나가자 현중과 명석은 사무실의 낡은 소파에 서로 마주 보고 앉았다.

"그래, 현중아, 너 복학할 거지?"

"네. 아무래도 1년 남았는데 졸업은 해야죠."

"후후훗, 그래, 이거 받아라."

명석은 품에서 통장 하나를 꺼내 현중에게 내밀었다.

"이거 혹시… 등록금이에요?"

"그래. 내가 네 아버지와 약속한 대로 대학 졸업은 시켜줄 테니 넌 걱정하지 말고 공부만 열심히 하면 된다."

현중은 기름때 묻은 손으로 통장을 내미는 명석의 손을 보는 순간 고맙기도 하고 한편으로는 미안하기도 했다. 언제나 따뜻한 눈빛으로 중학교 때부터 학비와 생활비를 보내주어 부모님이 돌아가신 중학생 뒤로 돈 때문에 큰 어려움은 없었다.

그렇기에 지금 자신을 있게 만들어준 분이 바로 명석이라는 것을 현중은 누구보다 잘 알고 있었다.

한마디로 현중에게는 명석이 바로 두 번째 아버지나 마찬가지였다.

"고맙습니다, 아저씨."

현중은 거절하지 않고 돈을 받았다. 지금 자신에게 돈이란 의미가 없지만 명석이 내민 통장의 돈은 그 무엇보다 의미가 큰 돈이었기에 거절할 생각이 없었기 때문이다.

"그보다 경기가 영 아니던데 아저씨는 괜찮으세요?"

"나? 흠흠, 뭐, 그냥 그럭저럭 버틸 만하지. 월급 안 밀릴 정도로 생활할 만하다. 넌 그런 걱정 하지 말고 졸업해서 대기업에 취직해서 보란듯이 살아야지. 안 그러냐?"

현중을 향해 다짐하듯 말하는 명석의 모습에 슬쩍 미소만 지었다.

"그나저나 정현이 이 녀석, 나가더니 왜 안 들어오는 거야? 오랜만에 현중이가 왔는데 인사도 없이 나가 버리고 말이야. 쯧쯧, 아무튼 요즘 애들이란……."

자기 자식이지만 엄할 때는 엄하게 가르치는 명석다운 모습에 현중은 웃을 뿐이었다.

끼이익~

"저… 커피 가져왔어요."

호랑이도 제 말 하면 온다더니 정현이 조용히 사무실 문을 열고 다시 들어오는데, 하얀 자기로 된 제법 비싸 보이는 찻잔에 괜찮은 향을 풍기는 커피를 들고 들어왔다.

"넌 커피라면 사무실에도 있는데 뭐하러 밖에… 어라? 그거 며칠 전에 네가 선물받은 찻잔 세트 아니냐? 그리고 이 향기는… 같이 선물 받은, 그 뭐냐, 아라비안인가 하는 그거네?'

명석은 며칠 전 딸이 아는 친구한테서 선물받았다고 자랑하면서 한 번 타주고는 그 후로 손도 못 대게 하며 어딘가 숨겨 버린 커피와 커피 잔 세트를 꺼내 오는 모습에 할 말을 잃었다.

"아빠, 아라비안이 아니고 아라비카예요, 아라비카!"

새초롬하게 명석을 바라본 정현은 다시 환하게 웃으면서 현중에게 커피를 먼저 주었다. 그리고 곧바로 명석에게는 째려보면서 대충 커피를 내밀었다.

"이 녀석 봐라?"

평소에 현중을 제법 따르긴 했지만 아끼는 아라비카 커피를 먼저 내어줄 만큼 현중을 좋아하는 줄 몰랐던 명석이 정현을 슬쩍 보는데 그녀가 왠지 조금 달라 보였다.

"너, 화장했냐?"

찌릿!!

생각없이 말한 명석의 물음에 엄청난 살기를 담은 눈빛으로 대답을 대신한 정현은 조용히 현중 옆에 앉았다.

"현중 오빠, 군대 잘 다녀왔어요?"

"응? 응. 뭐, 대한민국 남자라면 다 가는 건데 잘 가고 할

게 뭐 있니. 그냥 갔다 오는 거지."

"어머, 이 근육 봐."

언제 만졌는지 현중의 어깨를 슬쩍 손가락으로 찔러보고
는 감탄사를 연발하는 정현의 모습에 할 말을 잃어버린 사람
은 갑자기 변해 버린 딸 정현을 바라보고 있는 명석이었다.

"…저게 뭘 잘못 먹었나?"

찌릿!!

또다시 대답 대신 마치 원수를 보는 듯 무섭게 노려보는 딸
의 눈빛을 받은 명석은 애써 모른 척 고개를 돌리면서 헛기침
을 했다.

"험험! 아, 덥다."

뭐 명석이야 뭘 하든지 말든지 정현은 오로지 현중만 바라
보면서,

"오빠~ 오빠 많이 변했다. 뭐랄까? 남자답다고 해야 하
나? 그리고 오빠 원래 이렇게 잘생겼었어요?"

"응? 아, 뭐, 살이 좀 빠지고 하루 세 끼 잘 먹으니까 그렇겠
지."

뒤늦게 현중도 정현의 눈빛이 무엇을 말하는지 알았기에
대충 둘러대면서 슬쩍 정현과 거리를 벌리기 위해서 엉덩이
를 움직이자,

쓰윽~

곧바로 그녀가 따라붙는 것이 아닌가? 그래서 또 살짝 자리를 옮겼지만 역시나 또 바짝 현중의 옆에 따라붙는 정현의 행동이 반복되다 보니 몇 번 옮기지도 않았는데 벌써 소파 끝에 앉아버렸다.

그리고 더 이상 도망갈 곳도 없어서 난감하던 현중에게 도움의 손길을 내민 사람이 있었으니 바로 명석이었다.

"이 녀석아! 너 세금 정리 오늘까지 끝내라고 했지? 얼른 안 일어나? 근무 시간에 누가 농땡이 피우래?"

찌릿!!

"그런 거 현중 오빠가 가고 나서 해도 돼요."

"저 녀석이 정말!"

명석이 한소리 하려고 하는 모습에 결국 현중이 먼저 일어섰다.

"우선 제대해서 인사드리러 온 거예요. 나중에 복학 절차 마치고 나서 다시 인사 올게요. 아주머니도 보고 싶고요."

"그래? 벌써 가게?"

"오빠~ 벌써 가요?"

아쉬운 듯 말하는 정현을 뒤로하고 현중은 바로 명석에게 인사를 하면서,

"우선 학교 가는 길에 들른 거예요."

"후후후훗, 짜식. 학교는 반대쪽에 있는데 무슨 가는 길이

냐? 아무튼 건강한 거 보니까 반갑구나. 나중에 전화하고 와라. 저녁 먹어야지. 마누라가 너 군대에서 잘 보냈는지 걱정하더라."

"네, 아저씨. 그럼 조만간에 다시 찾아뵐게요."

"오빠, 꼭 와야 해요? 알았죠?"

"응? 아, 그래. 나중에 보자, 정현이도."

무작정 들이대는 정현 때문에 결국 현중은 대충 인사만 하고 공장을 빠져나왔다.

"…녀석, 원래 저랬나? 순간 클레이 공작의 영애랑 겹쳐 보여서 놀랐네."

대륙에 있을 때 현중에게 치근덕대던 귀족의 영애가 있었는데, 바로 클레이 공작의 딸이었다. 이제 열세 살 먹은 것이 어찌나 들이대는지, 대한민국 관점에서 보면 완전 새파란 어린것이라 여자로 느껴지지도 않는 현중에게 육탄돌격도 서슴지 않았다. 때문에 한동안 애를 먹었던 경험이 있는 현중은 방금 정현의 모습에서 클레이 공작의 영애를 보았던 것이다.

"그냥 집으로 돌아갈까, 아니면 뭘 할까?"

공장을 나와 잠시 생각하던 현중은 순간 눈앞을 지나가는 버스를 보았고, 버스 옆면에 부착되어 있는 광고를 보는 순간 행선지를 정했다.

"콜택시를 부를까? 아니다. 쩝, 기다리기 귀찮으니……."

택시를 부를까 하던 생각을 버리고 도로를 보면서 방향을 잠시 가늠하더니 그냥 걷듯 오른발을 한 걸음 내딛는 순간,

스윽.

현중의 모습이 사라져 버렸다.

그리고 다시 현중이 모습을 드러낸 곳은 해가 어두워져서 약간 그늘진 골목이었다.

"음, 이거 마음먹은 대로 움직일 수 있는 축천법을 얼른 이루든지 해야지, 축지법을 쓸 때마다 방향을 찾아야 하니 은근히 귀찮네."

그렇다. 현중이 한 걸음 내딛는 순간 사라진 것은 바로 축지법이었다.

무협소설에서나 보던 것을 아무렇지 않게 행하면서도 축지법도 마음에 들지 않는지 구시렁거리는 모습이다.

"그나저나 이대로 나가면 또 시선이 집중되겠지?"

자신의 외모가 어떤지는 이미 알고 있다. 물론 생각은 했지만 설마 지구에 잘난 놈이 얼마나 많은데 하는 생각으로 대충 신경 쓰지 않았다. 그런데 헤어숍이나 명석의 딸 정현의 반응을 보니 지금 자신이 가려고 마음먹은 곳은 사람이 많이 몰리는 곳이라 잠시 고민할 수밖에 없었다.

"아, 이럴 때 마법이라도 배웠다면 간단하게 마법으로 처리할 수 있을 텐데, 쩝, 별수 없이 존재감을 지워야겠군."

지금의 현중에게 존재감을 지운다는 것은 숨 쉬는 것만큼이나 쉬운 일이지만 한마디로 귀찮았다. 아무리 고향으로 돌아왔다지만 대륙에서 영웅으로, 그리고 통일 제국의 황제로 살았던 습관과 오기 때문에 굳이 역용술로 얼굴을 바꾸는 짓을 하지 않는 것이다.

아이러니하게도 여자한테 시달리기는 싫으면서 여자들이 한눈에 반해 대시할 만큼 잘난 얼굴을 포기하지는 않겠다는 말이다.

"......!"

존재감을 지우기로 마음먹은 현중은 조용히 숨을 깊게 들이쉬었다가 내쉬기를 몇 번 반복하였을 뿐인데 곧바로 걸음을 옮겨 골목을 벗어나기 시작했다.

"사람 정말 많네. 언제 나와도 시내는 복잡해."

원래 성격상 사람이 북적거리는 것을 그렇게 좋아하지 않았기에 서울에 살면서도 사람이 몰릴 만한 곳은 거의 다니지 않는 편이었다. 하지만 100년 만에 고향에 돌아와 처음으로 시내를 나왔다는 마음에 쇼핑을 선택한 것이다.

그런데 신기하게도 그 누구도 현중을 알아보지 못했다.

아니, 없는 사람처럼 그냥 지나가는 게 아닌가?

"뭐, 대륙이나 지구나 어차피 똑같은 사람 사는 곳이니까."

당연히 존재감을 지우는 방법을 썼으니 사람들이 알아볼

리가 없다. 거기다 마나를 다루는 기사들이 넘쳐나는 대륙과 달리 지구는 대륙에서 겨우 기사 서임을 받을 수 있는 소드 익스퍼트의 실력도 되지 않는 하류 잡배보다 못한 사람들이 격투기를 한다고 설치는 곳이다. 그렇기에 절대로 자신을 알아보지 못할 것이라 생각하고는 유유자적 여러 곳을 돌아보기 시작했다.

"음, 이건 뭐지? 신기한데."

"오~ 이런 가방도 새로 나왔네."

존재감을 완전히 지운 현중은 지금 유령이나 마찬가지였다. 가게 문을 당당하게 들어갔지만 그 누구도 신경 쓰지 않고 그 누구도 알아보지 못했다.

그렇기에 키가 훌쩍 커버린 상태라 새로 입을 옷도 좀 구할 겸 쇼핑을 시작했다.

바지와 옷 등을 몇 벌 사고 다시 내년에 복학하면 바쁘게 다녀야 해서 계산할 때만 잠깐씩 존재감을 드러내는 식으로 나름 편안하게 모든 볼일을 마쳐 갈 때쯤이었다.

"배고프네."

마침 배도 고프고 고향에 돌아왔는데 고향 음식을 먹지 않았다는 생각에 주변을 둘러보는데 바늘로 살을 콕콕 찌르는 듯한 느낌을 받았다.

"살기?"

지구로 돌아와서는 느낄 일이 없을 거라고 생각했던, 그에게 아주 익숙한 살기였다. 현중은 약간 놀라 고개를 돌려보니 가까운 거리에서 느껴지는 것은 아니었다.

"대충… 500미터 정도인가?"

존재감을 지우는 방법이 깨어질 정도로 엄청난 살기는 아니었다. 일반적인 상식과 달리 보통 사람도 누군가 죽이겠다는 각오를 가지기만 해도 사람은 살기를 발휘한다. 다만 그것이 산들바람에 흔들리는 정도의 역할밖에 못하기에 지금 이곳의 그 누구도 느끼지 못할 것이다.

마족과 전쟁을 하면서 가장 먼저 현중에게 특화된 능력 중 하나가 바로 살기를 느끼는 능력이었다.

정신체로 이루어진 마족들은 누군가를 죽인다고 생각하는 순간 살기가 폭사되기 때문에 전쟁 중에 마족을 찾기에 살기를 탐지하는 능력만큼 탁월한 것도 없었다.

"보통 사람인가?"

500미터 정도 되는 거리에다가 살기가 뿜어져 나오는 방향을 보지 않았다면 현중도 쉽게 느끼지 못할 정도로 미약했다. 그렇기에 보통 사람 정도의 능력을 가진 이가 뿜어내고 있다고 생각한 것이다. 그런 현중의 생각을 증명하듯 요란한 소리를 내면서 여러 대의 순찰차가 그쪽을 향해 급히 달려가는 모습도 보였다.

"뭐, 남의 일인데 민중의 지팡이가 알아서 하겠지."

군이 고향으로 돌아와서 대륙에서 했던 것처럼 오지랖 넓게 여기저기 들쑤시고 다녀봐야 자신만 피곤하다는 것을 경험으로 알고 있기에 현중은 무시했다. 그리고 보통 사람을 상대로 경찰만큼 확실한 제압 조건도 없기 때문이다. 하지만 무시하기로 하고 뒤돌아서는 현중의 귀에 들리는 소리에 본능적으로 걸음을 멈췄다.

"저기 인질 사건인가 봐."

"응, 그 뭐냐, 방송국에서 프로그램 촬영 나왔는데, 팅클인가? 그 인기 걸 그룹 있잖아. 그 걸 그룹이 인질로 잡혔대."

"뭐? 정말?"

제법 거리가 멀었지만 현중의 귀에는 똑똑히 들렸다.

현재 가장 인기가 좋고 남자들의 우상이자 군인들의 대통령으로까지 불리는 팅클이 인질이 되었다는 말이다.

"팅클……."

이미 소문이 퍼지기 시작했는지 사람들의 발걸음이 일제히 인질 사건이 있다는 곳으로 움직이는 모습을 보자 현중은 고민하기 시작했다.

"아, 가봐, 말어? 가봐, 말어? 이씨, 그래도 내 군 생활 동안 위로가 되어준 걸 그룹인데 까짓 거 한번 가보고 별 이상 없으면 그냥 돌아오면 되겠지."

결국 현중은 처음에 무시하려고 했던 것을 뒤집어 버리고는 몸을 돌려 살기가 느껴졌던 방향을 향해 오른발을 한 걸음 옮겼다.

그리고 사라졌다.

하지만 그 누구도 현중이 사라진 것을 몰랐다. 어차피 인질 사건 때문에 사람들의 시선이 다른 곳에 집중된 것도 있지만 존재감을 지우고 있던 현중을 알아볼 수 있는 사람이 있을 리도 없었다.

소드 마스터라도 현중이 작정하고 존재감을 지우면 바로 옆에 있어도 찾지 못하는데 일반 대한민국의 국민이라면 어림도 없을 것이다.

그렇게 사라진 현중이 다시 나타난 곳은 3층짜리 상가 건물의 옥상이었다.

"…이제는 외국인까지 인질 사건을 벌이는 건가?"

현중이 내려다보는 곳에는 이미 순찰차 여섯 대가 카페로 보이는 1층짜리 건물 주변에 바리케이드를 치고 있는 상황이었고, 경찰만 수십 명이 몰려와 주변 사람들을 막아내고 있었다.

그리고 카페 정문에 세 명의 동남아 사람으로 보이는 외국인 세 명이 팅클 멤버 세 명을 하나씩 붙잡고 소리치고 있었다.

"사장 나오라 그래!!"

"사장 오라 그래!!"

"사장 나와!!"

도대체 무슨 사장을 찾는 건지 모르지만 일관되게 세 명의 외국인은 겁에 질려 있는 팅클 멤버를 붙잡고 사장 나오라는 말만 계속 반복하고 있는 게 아닌가?

"…사장 나오라니, 무슨 소리야?"

막상 호기심과 팅클이 잡혔다는 말에 오긴 했는데 전혀 예상치 못한 모습에 현중도 잠시 기다리기로 한 것이다.

거기다 외국인들은 허름한 청바지에 낡은 티셔츠를 입고 피곤에 절어 있는 초췌한 얼굴이었다.

"외국인 노동자인가?"

방송용 옷을 입은 화려한 팅클 멤버와는 달리 외국인들은 누가 봐도 허름해 보였기에 그렇게 판단했다. 하지만 문제는 그 외국인 노동자들이 손에 들고 있는 칼이었다.

거기다 자세히 보니 왼쪽 끝에 서 있는 외국인이 들고 있는 칼에 선명하게 핏자국이 보이기까지 했다.

끼이익~

잠시 현중이 상황을 지켜보는 사이에 익숙한 전경 버스가 두 대 오더니 더욱 주변을 둘러쌌다. 애초에 사람들 때문에 일부러 건너편 건물 옥상으로 이동한 현중처럼 위에서 그냥 구경하는 데는 문제없었다. 하지만 아래쪽에 있던 사람들은 전경들이 방패를 앞세워 보이지도 않을 곳까지 밀어버렸다.

"젠장!! 저 개새끼들은 왜 남의 나라에 와서 지랄이야!!"

지방경찰서 서장까지 급히 연락을 받고 와보니 상황이 생각보다 심각했다. 거기다 보고를 들어보니 팅클 멤버 중 한 명이 다리를 찔려서 출혈까지 보인다는 것이다.

"미치겠네."

가뜩이나 2002년 월드컵 때문에 경찰들이 치안이나 테러 등에 민감해 있는 상황에 외국인 노동자가 국내에서 최고 인기를 누리고 있는 걸 그룹인 팅클을 데리고 인질극을 벌이고 있다는 것 자체가 문책감이었다. 그렇기에 자연스럽게 인상이 써지면서 욕이 튀어나왔다.

"서장님, 충성!"

"인사는 됐어."

서장은 인사보다 자세한 보고를 원했다.

"그게… 스타 단골 맛집이라는 프로그램 촬영하는 도중에 갑자기 세 명의 외국인이 뛰어들어 무작정 끌고 나갔다고 합니다. 사건 발생은 20분 전으로, 납치되는 과정에서 팅클 멤버 세 명 중에 막내인 소희 양이 왼쪽 다리에 칼을 찔렸습니다."

보고를 들은 서장은 대답 대신 인상만 찡그렸다.

시내 대로변에서 인질극이 벌어진 것만 해도 골치 아픈데 팅클 멤버 중 하나가 칼에 찔렸다고 했으니 이건 시말서나 보고서 하나로 해결될 문제가 아니었다.

거기다 이미 기자들이 들여보내 달라고 난리치고 있는 상황을 보자 한숨만 나왔다.

"경찰특공대는?"

"그게… 연락을 했는데… 15분 뒤에나 도착할 것 같다고 합니다."

"개새끼들!! 지들이 급할 때는 형사고 뭐고 경찰들 끌고 다니면서 부려먹다가 우리가 요청했는데 아직도 안 와?"

"그게… 마침 훈련을 나가다가 급히 되돌아온다고……."

"시끄러! 그것보다 협상이라도 해봤어?"

인질극이 벌어지면 무조건 가장 먼저 시간을 버는 것과 인질들의 흥분을 가라앉히는 것이 최선이다. 그렇기에 무조건 협상을 이유로 누구든지 인질범과 대화를 해야 하는데 어째 서장 앞에 보고하던 녀석이 대답을 못하는 게 아닌가?

"왜 대답이 없어? 협상은?"

"그게……."

노발대발하는 서장을 보고서 어쩔 수 없이 입을 열었다.

"초반에 협상전문가가 나서긴 했습니다."

"했는데 왜?"

"그게… 대화를 시작하려고 하는데 갑자기 인질범 중 한 녀석이 협상전문가를 향해 니킥을 날리고 팔꿈치로 정수리를 찍어버려서 그대로… 실려 나갔습니다."

"……."

이 무슨 말도 안 되는 소리란 말인가? 협상전문가가 괜히 있는 게 아니다. 이런 협상을 전문적으로 하는 사람들이고 경험이 없지 않을 텐데 갑자기 공격을 당해 실려 나가다니 어이가 없었다.

"너, 장난하냐?"

"아닙니다! 제가 어떻게 지금 상황에 장난하겠습니까? 그래서 다른 협상전문가에게 연락을 했지만 운이 없게도 30분 안에 올 수 있는 사람이 없습니다."

또박또박 말대꾸하면서도 할 말 다 하는 녀석이 곱게 보일 리 없는 서장이지만 지금 이 자리에서 이런 녀석과 드잡이할 시간이 없었다.

"야, 너! 그냥 안 된다고 하면 다냐? 그래서 이렇게 시내 한복판에 길 막아놓고 버티기만 한다는 거야!! 너라도 당장 가서 협상이든 뭐든 시간을 벌어야 할 거 아니야!!"

"그게… 제가 말을 더, 더, 더듬어서 하… 하… 죄, 죄송합니다."

갑자기 말을 더듬는 모습이 누가 봐도 억지로 흉내를 내고 있다는 것이 확실했다. 서장이 고개를 돌려 다른 녀석들을 바라보자 모두 기다렸다는 듯 급히 걸음을 옮겨 바깥쪽으로 사라지는 게 아닌가?

"저런 것들을 믿고 내가 서장질 하고 있으니, 젠장할. 저것들, 신원 조회는 어떻게 됐어?"

모든 게 마음에 들지 않는 서장은 말 더듬는 흉내를 냈던 녀석에게 신경질적으로 소리쳤다.

"모두 외국인 노동자입니다. 불법 체류로 이미 허가받은 체류 기간을 1년 가까이 넘긴 상황입니다."

또박또박 말만 잘하는 모습에 서장은 미간을 잠시 찡그렸지만 가기 싫다는 녀석 보내봐야 나중에 원망밖에 들려오지 않을 걸 알기에 모른 척했다.

"미친것들, 지들 나라에 갈 것이지 불법 체류에 인질극까지 벌여? 저것들, 잡히기만 해봐, 그냥. 그보다 저 새끼들이 떠드는 사장이라는 놈은 어떤 놈이야?"

"그게… 방금 조회를 해서 알아봤는데 이미 국외로 도피했다고 합니다."

서장은 사장이 도피했다는 말에 대번에 지금의 상황이 어떻게 벌어진 것인지 안 봐도 드라마임을 알았다.

아마 월급을 체불하면서 달래다가 모조리 싸들고 국외로

도망갔을 것이다. 대한민국 국민이라면 체불할 경우 일이 복잡해지지만 외국인 노동자라면 이야기가 달랐으니 아마 임금 체불 기간은 최소 1년에서 2년 이상은 기본일 게 뻔했다.

벌써 저런 사건을 한두 번 본 게 아니라서 이해는 되지만 인질극은 말도 안 되는 상황이었다. 거기다 협상을 위해 갔던 협상전문가를 단 두 방에 병원으로 실려 보낸 녀석들의 행동을 보니 왠지 쉽게 끝날 것 같지 않은 느낌이 서장의 뇌리를 스치고 지나가는 중이었다.

지금의 상황은 경찰에게 진퇴양난이나 마찬가지였다.

일반 시민을 붙잡고 늘어졌다면 그나마 어떻게 해볼 수나 있는데 하필이면 연예인이라니……. 골치가 아파오는 서장은 고개를 돌리다가 문득 인질범들 옆에 방송 카메라를 어깨에 메고 있는 카메라맨이 보였다.

"저건 뭐야? 누구 허락받고 지금 촬영하는 거야!! 당장 끌어내!!"

지금 상황에 방송 카메라가 돌아간다는 것 자체가 경찰을 죽이는 것이나 다름없기에 신경질적으로 소리쳤지만,

"그게… 아까 제가 말했던 그 스타 단골 맛집 촬영 스텝입니다. 인질범이 도망가면 팅클을 죽이겠다고 협박해서 지금… 저기서 오지도 가지도 못하고 있습니다."

서장은 그 말이 이해는 되는데 저 카메라맨이 유독 거슬렸다.

"저 새끼는 제정신이야? 인질극이 벌어졌는데 지금 촬영하고 있잖아!!"

"그게… 인질범이… 촬영하라고… 해서……."

"뭐?!"

"그게, 방송으로 사장을 찾아오라고 난리쳐서……."

"아! 미치고 환장하겠네, 정말!"

거기다가 보고하던 녀석이 슬쩍 내민 것은 휴대용 TV였다. 그것에서는 지금 인질극이 그대로 방송으로 나가고 있는 중이었다.

"당장!! 방송 막아!!"

서장은 방송을 보자마자 소리쳤지만 그게 실현 불가능하다는 것쯤은 자신도 알고 있었다. 그나마 소리라도 쳐야지 나중에 보고서 올릴 때 자신이 빠져나갈 구멍이 있으니 소리치는 것일 뿐이다.

그때였다.

어떻게든 상황을 정리해야 하는 상황에 인질범만 죽어라 노려보던 서장의 시야에 갑자기 하늘에서 솟은 것처럼 사람 한 명이 나타난 게 아닌가?

"저거 뭐야?!"

"네? 응? 누구지?"

대치한 경찰과 인질범의 딱 중간에 갑자기 나타난, 훤칠한 키에 날렵한 몸매를 가진 한 명의 남자의 뒷모습에 온 시선이 집중되었다.

"협상전문가인가?"

서장은 지금의 상황에 저렇게 대놓고 인질범에게 다가갈 사람은 오직 한 사람뿐이라고 생각하면서 조용히 말했다.

"…아무래도 서장님 말씀이 맞는 것 같습니다."

지금처럼 일촉즉발의 상황에 갑자기 나타난 청년의 모습에 경찰들은 모두 협상전문가라고 생각하면서 오히려 뒤로 살짝 물러나 주었다. 뭐든지 손발이 맞아야 잘되는 법이다. 지금처럼 인질극이 벌어져 협상전문가가 나선 이상 경찰들은 최대한 뒤로 빠져서 자극하지 않는 게 기본이었고, 경찰 모두 그 정도는 알고 있기에 누가 시키지 않았는데도 알아서 최대한 뒤로 물러났다.

"훗, 알아서 피해주네."

갑자기 인질범 앞에 나타난 청년.

그는 바로 현중이었다. 옥상에서 조용히 경찰들의 이야기를 듣고 있던 현중은 상황이 생각보다 안 좋게 흘러간다는 것을 알았고, 특히나 인질을 잡고 있는 외국인 노동자들의 몸에서 뿜어져 나오는 살기가 더욱 강해지자 별수 없이 경찰에게

만 맡겨놓을 수가 없었다.

"사장 나와!!"

"사장 불러와!! 어서!! 사장새끼 불러와!!"

약간은 어색하긴 하지만 똑바로 한국말로 소리치는 것을 보니 1~2년 한국 생활을 한 것은 아닌 듯했다.

현중이 갑자기 나타나자 인질범들도 변한 상황을 주시하면서 현중에게서 시선을 떼지 않았다. 그때 갑자기 왼쪽에 인질을 잡고 있던 외국인 노동자 하나가 재빠르게 현중 앞으로 달려들었다.

타타타타탁!

휙!

어떻다는 말도 없이 바로 발차기를 날리는 모습에 현중은 조용히 미소를 지으면서 허리를 비트는 것만으로 가볍게 피해 버리고는 그대로 주먹을 들어 안면을 후려쳤다.

퍽!

털썩!

순간적으로 뭐가 움직였다고 느낀 찰나 인질범은 이미 쓰러져 있었다.

그런데 그런 모습에 뒤에서 '아!' 하면서 놀라던 경찰들은 벌린 입을 다물 줄을 몰랐다. 협상전문가가 저런 식으로 인질범과 협상을 한다는 것은 들어본 적도 없으니 당황할 수밖에 없었다.

현중은 그런 시선에 아랑곳없이 쓰러져 눈이 뒤집힌 것을 확인하고서 남은 두 명의 인질범을 슬쩍 바라보았다.

움찔!

현중과 시선이 마주치는 순간 인질범들은 겁에 질린 듯 어깨를 움츠렸다.

"오, 이 녀석이 리더였군."

갑자기 소극적으로 변한 인질범들의 행동과 방금 자신에게 무작정 달려들던 녀석을 한 방에 때려눕힌 것의 상관관계를 생각해 보니 금방 결과가 나왔다.

당황한 인질범을 본 현중은 씨익 웃었다.

"리더가 자빠진 마당이니 더 이상 질질 끌 필요는 없겠지."

현중이 천천히 오른발을 한 발 내딛는 순간,

스윽!

덥석!

어느새 현중은 남은 팅클 멤버 두 명을 인질로 잡고 있던 인질범 두 명의 목을 양손에 잡고서 있는 것이다.

"너희들 사정은 참 딱한데… 도가 지나쳤어. 그건 알아?"

현중은 조용히 자신의 양손에 목이 잡혀 버둥거리는 녀석들을 보면서 나직하게 말했다.

부르르!

온몸을 떨고 있는 게 느껴졌다. 거기다 인질범에게 인질이 없다는 것은 상황이 끝났다는 말과도 같으니 더 이상 볼일은 없었다.

획~

퍽!

그냥 그대로 가볍게 목을 잡고 있던 인질범 하나를 땅에 패대기쳐 버렸고, 다른 한 녀석도 똑같이 땅바닥으로 내려쳤다. 그러자 마치 물고기가 팔딱거리는 것처럼 잠시 부르르 떨던 녀석들은 거품을 물고는 그대로 눈을 뒤집으면서 기절해 버렸다.

"별것도 아닌 게 귀찮게 하고 있어. 쩝."

그리고 조용히 몸을 돌려보니 다리에 힘이 풀린 팅클 멤버가 주저앉아 있었다. 눈물로 마스카라가 번져 얼굴이 온통 엉망이 되었다는 것도 모른 채 자신을 바라보고 있는 모습에 현중은 살짝 웃었다.

"고생들 많으셨네요. 뭐 그냥 살다 보면 이런 일도 있고 저런 일도 있는 거죠. 그죠?"

마치 동의라도 구하는 듯한 현중의 말에 자신도 모르게 고개를 끄덕이는 팅클 멤버 세희와 미희 그리고 다리를 다친 소희였다.

"그냥 액땜했다 생각하세요. 그럼 나중에 TV에서 좋은 모습을 뵙길 팬으로서 기대할게요."

마치 팬 미팅에 나온 것처럼 가볍게 인사한 현중은 조용히 사라져 버렸다.

"저 새끼들 잡아!! 어서!!"

현중이 사라지자 뒤늦게 서장의 외침이 들리고, 뒤에 있던 전경부터 수십 명의 경찰이 개떼같이 몰려들어 이미 기절해 버린 인질범의 손에 거칠게 수갑을 채우고 끌고 갔다. 물론 뒤늦게 긴장이 풀린 팅클 멤버들은 경찰이 오는 것을 보면서 안심했는지 바로 기절해 버렸다.

아무튼 대낮의 시내 한복판에 벌어진 인질극은 방송을 타면서 전 국민의 관심을 끌었고, 외국인 노동자들의 대우와 처벌에 대해서 나라를 들끓게 만드는 시작이 되었다.

나라에서는 시끄럽게 떠들거나 말거나 현중은 관심도 없었기에 그냥 무심했다. 하지만 며칠 뒤 노동자 문제로 시끄럽게 떠들던 여론은 사건 당시 갑자기 나타나 인질범을 순식간에 처리한 의문의 사나이에 대해서도 주목하기 시작했다.

그러나 방송 카메라는 뒷모습만 보였고, 앞모습이 찍혔다고 해도 너무 빠르게 움직여 얼굴이 제대로 찍힌 것이 없었다.

경찰은 노코멘트로 일관하고 정작 현중의 얼굴을 보았던

팅클 멤버들은 정신과 치료를 받는다는 이유로 일절 외부와 연락을 하지 않는 상황이라 의문만 더욱 커졌다.

나중에 경찰에서는 그 사나이가 협상전문가였다고 발표했지만 그걸 믿는 사람은 거의 없었다.

Chapter 02
돈 버는 테른

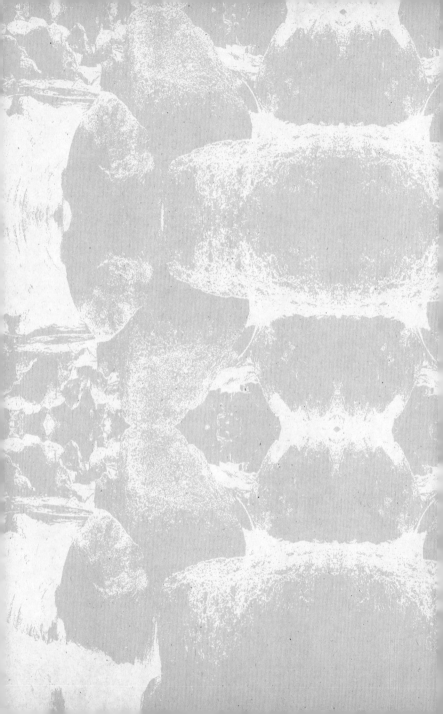

"음~ 잘 잤다."

그렇게 기상천외한 일을 해치운 현중은 조용히 집으로 돌아와 자고 일어났다. 그리고 평상시대로 라면을 끓여서 끼니를 때우고는 습관적으로 TV를 틀었다.

아마 대한민국 국민이라면 일어나서 가장 먼저 하는 일이 TV를 켜는 일일 것이다.

[어제 있었던 인질 사건에 대해서……. 하지만 경찰은 아직 자세한 발표는 하지 않고 있습니다.]

어제 있었던 인질 사건 때문에 아침부터 시끄러웠다. 방송

화면은 이미 다 외울 정도로 같은 화면을 방송 중이었다. 수백 번이나 전파를 타고 있기에 전국을 넘어 해외 토픽으로까지 소문 나서 퍼져 나가고 있었다.

"테른."

—네 마스터.

조용히 허공에서 모습을 드러낸 테른은 무릎을 꿇은 채 현중 앞에 앉았다.

"저거 뭐냐?"

현중은 자신의 방에 못 보던 것이 하나 보이자 테른을 향해 물었다. 이곳에는 현중과 테른 단둘이 살고 있는데 자신이 모르는 물건이면 당연히 테른이 가져왔다는 것이다.

—컴퓨터입니다. 그리고 오늘 인터넷을 설치하러 기사가 올 것입니다.

"컴퓨터? 그건 왜?"

현중은 컴퓨터랑 그리 친한 편이 아니었다. 솔직히 PC방도 이제 유망 창업 아이템으로 각광받으며 어느 정도 자리를 잡아가는 시기가 지금 2000년 10월이었다. 군에 있을 때 어느 정도 잠깐 교육을 받은 적은 있지만 역시 뭔가 크게 관심이 가지 않는 건 어쩔 수 없었다. 그런데 갑자기 테른이 저걸 왜 가지고 왔는지 궁금했다. 그것도 컴퓨터 한 대가 아니었다. 모두 다섯 대로, 모니터만 일곱 개가 한쪽 벽을 가득 채우고 있는 모습에 물어본 것이다.

―주식이라는 것을 해보려고 합니다.

"주식? 주식 투자?"

―네, 마스터.

도대체 주식 투자는 언제 배웠는지 알 수 없지만 흔들림없는 테른의 눈동자를 보고는 현중은 허락했다. 어차피 이곳은 마족도 없고 전쟁이 벌어질 일도 없다. 뭐 돈이라면 지금 아공간에 금이 넘쳐나게 있었으니 주식하다가 돈을 좀 날려도 상관없었다.

이제 자신도 복학하면 여러 가지 준비도 하고 바쁘게 살아가야 할 테니까 어느 정도 취미 생활 정도는 허락하는 편이 괜찮겠다고 생각했다.

물론 이게 나중에 어떤 결과를 불러올지는 지금의 현중도 테른도 알 수 없었지만 말이다.

―그래서 마스터께 부탁이 있습니다.

"부탁? 무슨?"

―제가 감히 마스터의 성함을 쓰도록 허락해 주십시오.

"내 이름……. 아, 그렇군. 넌 아직 이곳에 없는 존재였지 별 수 없지, 맘대로 해."

어차피 영혼이 귀속된 테른이다. 자신에게 해가 되는 일을 할 수 없었다. 영혼의 귀속이 무서운 게 바로 주인이 죽으면

같이 죽는 것과 절대로 주인에게 해가 될 만한 일은 그 어떤 것도 할 수 없다는 데 있는 것이다.

그렇기에 마족들끼리도 절대로 영혼의 귀속 계약은 하지 않았다.

하지만 테른은 그 계약을 했다. 그 당시 테른은 마족에게도 인간에게도 죽을 수 있는 위치였기에 찬밥 더운밥 가릴 형편도 아니었다. 바알이 반란을 일으키면서 전대 마왕의 부인이던 진조 혈족을 모두 죽였기에 살기 위해 현중에게 붙었지만 마계대전이 끝나고 나자 오히려 마족에게는 배신자로, 인간에게는 마족이라는 것 때문에 테른은 어디에도 갈 수 없는 존재가 된 것이다.

─감사합니다, 마스터!

뭐가 그리 감격스러운지 목소리가 살짝 떨리는 것을 들었지만 현중은 모른 척했다. 현중도 지금 테른의 상황을 누구보다 잘 알고 있기에 뭘 하든 내버려 둘 생각이었다. 전혀 다른 차원의 땅에 와서 목표가 있다는 것으로도 얼마나 힘이 되는지는 이미 자신이 겪어보지 않았던가? 대륙으로 넘어갔을 때 살아남아서 꼭 다시 돌아온다는 목표가 있기에 100년이라는 시간을 견뎌내고 지옥 같은 수련을 이루어낸 것이다.

이제는 반대로 테른이 현중이 그랬던 것처럼 이곳에서 살아가야 하고 목표가 있어야 하기에 크게 방해하거나 막을 생각도 없었다.

나중에 이렇게 테른을 방치한 게 어떤 결과를 만들어낼지
는 몰랐지만 말이다.

현실로 돌아온 현중의 일상은 빠르게 보통 복학 준비를 하
는 학생의 모습으로 돌아왔다. 혼자 조용히 복학 준비하면서
잠깐 명석 아저씨네 집에 갔다가 다시 들이대는 정현 때문에
곤란하기도 했지만 일상생활은 크게 변한 것이 없었다.

중간에 지연에게서 몇 번 연락이 왔지만 복학 준비와 아르
바이트를 해서 바쁘다는 핑계를 대고 만나지 않았다. 물론 기
다렸다는 듯 연락을 끊은 지연을 보면 그냥 웃음밖에 나오지
않았다. 어차피 이미 상황을 알고 자신도 사랑하지 않는 여자
를 만날 생각이 없기에 자연스럽게 연락이 끊기도록 놔둔 것
이다.

어장 관리 때문인지 아니면 어떠한 이유에서인지 자신에
게 헤어지자는 말을 하지 않는 지연의 모습에 잠깐 의문도 들
었지만 그냥 내버려 두었다. 이미 현중의 마음속에서 지연은
밖에 길 가는 사람과 마찬가지로밖에 여겨지지 않는 상황이
었기 때문이다.

그런데 모든 게 평소의 모습으로 돌아왔지만 한 가지 현중
의 머리를 복잡하게 하는 것이 있었으니 바로 진로였다.

"아직도 IMF 여파가 남아 있는 상황이고, 쩝, 일문과를 나와 봐야 취업이 잘 되는 것도 아니고……."

지금 현중이 고민하는 것은 바로 취업이었다.

뭐 대륙에서야 황제에 대륙을 구한 영웅으로 칭송받았지만 다시 고향으로 돌아오니 취업을 앞둔 복학생이라는 것이 현실이었고, 무엇보다 대한민국에서는 스펙을 으뜸으로 치는 상황이니 대학 문패만 좋아봐야 아무 소용이 없었다.

거기다 이미 3학년을 마치고 군대를 다녀왔기에 뭔가 다른 것을 찾아야 했다. 여유롭게 공부를 해서 뭔가를 이루기에는 늦은 상태였고, 나이도 대륙에서 지낸 100년을 빼도 이미 스물다섯 살이었다. 결코 많은 나이도 아니지만 적은 나이도 아니었다.

"뭔가 괜찮은 게 없을까? 확 한 방에 내 경력을 올려줄 수 있는 것이 필요한데……."

자격증을 생각해 보기도 했지만 그것은 말 그대로 기술직이었다. 뭐 따려고 하면 못 딸 것도 없지만 그걸로 스펙이 높아질 리는 없었다.

어느 정도 공부를 하는 편이기에 등록금의 반은 장학금으로 내고 있을 만큼 성적도 괜찮았고, 교수들에게도 적당히 잘 보이려고 노력했기에 자신을 싫어하는 교수는 없었다.

하지만 평범하다는 것이 문제일까? 특출 나게 교수들의 추

천을 받을 정도로 뛰어난 것도 아니고, 뭔가를 이루기보다는 대학 생활에 만족하면서 아르바이트로 명석 아저씨가 보내준 등록금 외에 생활비 충당하기에도 바쁜 시절이었기에 무언가를 깊이 고민해 본 적도 없었다.

물론 설마 대학을 나와서 취직 하나 못하겠냐 하는 안일한 생각도 있긴 했다. 하지만 나이가 들면서 생각이 깊어진다고 할까? 주위를 돌아볼 여유가 생겼기에 진로를 고민하지 않을 수가 없는 것이다.

"이왕이면 최고가 되어야지."

이미 황제부터 영웅까지 남자가 꿈꾸는 것을 모두 이루어 본 자신이다.

물론 이곳에서 그냥 평범하게 살고 싶은 생각도 있지만 그렇게 살기에는 자신이 가진 힘이 너무나도 크다는 게 문제였다. 우선 바로 옆 PC 앞에 앉아 벌써 며칠째 복잡한 그래프와 숫자를 보면서 열심히 자판을 두드리는 테른을 보고 있으니 진로를 깊이 고민하지 않을 수가 없었다.

—킥킥킥, 그래, 그거야.

"…돈 벌었나 보군."

처음에는 저런 테른의 모습에 약간 놀라기도 했지만 이제는 그냥 그러려니 했다. 주식이라는 게 솔직히 도박과 같은 거라는 것을 알고 있기에 자신은 관심도 없고 그런 것을 할 능력도 없었다. 하지만 마계의 두뇌라고까지 불리는 진조 혈족의 마지막 생존자인 테른은 주식을 어떻게 공부했는지 모르지만 하루에 수십 번도 사고파는 작업을 계속하면서 돈을 눈덩이처럼 부풀리기 시작했다.

그런 테른이 한번 자신의 성과라고 보여준 것은 스위스 계좌에 자신의 이름으로 계설된 G은행 통장이었다.

"…130… 억?"

—그렇습니다. 한국 증권 시장은 제재가 많아서 아무런 제한이 없는 뉴욕 증시에서 시작했습니다.

"아무리 그래도 그렇지, 너, 의외로 대단하구나?"

나 참, 어떻게 1억 가지고 시작해서 일주일 만에 130억을 벌어들였는지 정말 알 수가 없지만 2주 뒤에는 오히려 투자 회사까지 조사해서 현중의 이름으로 등록하더니, 한 달째에는 그냥 조용히 고개를 끄덕일 수밖에 없었다.

"…나보다 더 괴물 같은 놈이야, 저건. 어떻게 1억으로 한 달 만에 1,200억을 만드냐."

1,200억. 말이 간단하지 실제로 피부로 느끼기에는 엄청난 금액이었다. 그리고 지금도 그 돈은 계속 불어나고 있는 중이었다.

물론 뉴욕 증권가에서도 난리가 났다. 현중의 이름으로 테른이 손대기 시작한 회사의 주식이 무조건 오르는 것은 기본이고, 내려가기 바로 직전에 팔아버리고 다시 다른 회사 주식을 매입하는 타이밍은 완전 귀신이 따로 없을 정도였다. 거기다 어느 정도 돈을 벌자 개인 명의로 투자 회사까지 만들어 투자를 하는데, 주식을 조금이라도 한 사람이라면 혀를 깨물 정도로 엄청나게 공격적인 투자였다.

"아라크네가 떴다!"

증권회사마다 테른의 주식 매입이 포착되면 순식간에 소문이 퍼지면서 초미의 관심을 가지기 시작한 것이다. 한국만 IMF로 고생하고 있을 뿐이지 실제로 세계 경제는 오히려 호황이기에 뉴욕 증시의 주식 거래만큼은 활발했다.

거기다 뉴욕 증시의 주식뿐만 아니라 북미 쪽 선물 거래를 시작으로 주식으로 벌 수 있는 모든 것을 손대는 테른의 투자는 열렬한 지지자까지 만들어내고 있는 지경이었다.

물론 현중은 이런 현실을 알 리가 없었다. 오로지 김현중이 누구인지 다들 궁금해할 뿐이다.

주식의 신, 투자의 귀재, 실패가 없는 천재로 불리고 있다는 것은 현중 본인만 몰랐다.

─키키킥. 그래, 올라라, 올라.

조용히 주식 시세 변화를 보면서 테른이 웃고 화내고 한숨을 쉬는 것을 보고 있던 현중은 저거 혹시 주식 중독에 빠지는 건 아닌가 하는 걱정도 들었지만 뭐 마족이 달리 마족이겠는가? 주식 투자를 하더라도 현중이 시키는 일은 철두철미하게 해내는 것을 보고는 내버려 두었다. 마족이 주식 투자에 빠지는 것이 조금 우습기도 했지만 보기에 나쁘지도 않았다.

그리고 그 덕분에 지금 아르바이트는커녕 원룸에서 학교 가까운 곳으로 아예 집을 옮겨 버릴까 생각 중이었다.

"옮기자."

혼자 살기는 제법 넓은 곳이지만 테른과 함께 살기는 약간 좁은 편이었다.

거기다 테른이 주식을 한다고 컴퓨터를 여러 대 돌리니 PC에서 나오는 열기에 11월인데도 마치 보일러를 틀어놓은 듯 방 안이 후끈후끈한 것이다. 뭐 방이 좁은 것도 어느 정도 역할을 했겠지만 말이다.

"테른."

―네, 마스터.

주식 시세를 보면서 희희낙락하는 테른은 순식간에 사라지고 차갑고도 날카로운 눈빛을 보이는 모습에 현중도 약간은 안심했다.

"집 옮기자. 아무래도 너도 주식 투자 회사까지 만들었으니까 따로 방이 있어야 할 것 같고, 나도 이제 따로 방을 구해야 할 것 같으니까. 너나 나나 이제 이곳에서 살아가려면 각자 방 하나쯤은 있어야겠지? 독립된 공간으로 말이야."

─저야 감사할 따름입니다, 마스터.

"그럼 방은 내가 알아볼 테니 넌 옮길 준비해라."

─네, 마스터.

복학이 몇 달 남지 않은 상황에 가능하면 남은 1년은 학교 생활에 충실하면서 앞으로 무얼 해야 할지 고민도 좀 해볼 생각이었다. 힘이 아무리 있어봐야 그건 대륙에서나 통하는 것이지 지구에서 힘만 가지고는 뒷골목 제왕이나 조폭, 아니면 야쿠자 정도일 것이다.

하지만 이미 황제까지 해본 마당에 이제 와서 소드 유저 수준도 못 될 것이 뻔한 조폭을 상대로 주먹을 휘두르기도 귀찮았고, 각두기들이 주위에서 형님 하면서 분위기 망치는 것도 왠지 껄끄러워서 어둠의 세상을 한번 통일해 볼까 하는 호기심도 금방 접어버렸다.

"그냥 평범하게~ 그리고 예쁜 마누라 만나서 알콩달콩 사는 게 인생 아니겠어?"

누구나 쉽게 말하는 평범하게 살아가는 인생으로 결정한 현중은 이제 복학하면 4학년이고 바로 졸업이기에 앞으로 뭘 하며 살아가야 할까 고민이 될 수밖에 없었다.

우선 샐러리맨을 생각해 봤다.

"아니야. 누구 밑에서 일하기에는… 내가 너무 오래 살아버렸지."

말로는 그냥 오래 살았다고 하지만 힘과 능력을 가지고 있는데 누구 밑에서 시간에 쫓기는 샐러리맨은 내키지 않는 것이 사실이다.

그러다 보니 자연히 사업하는 쪽으로 생각이 갈 수밖에 없는데, 원래 사업이라는 게 아이템이 성공의 90%를 좌우한다고 해도 당연할 만큼 아이디어와 함께 아이템 선정이 대단히 중요하니 자연스럽게 고민이 되는 것이다.

"아, 그냥 학교 복학하고 좀 다니면서 생각해야겠다. 대륙에서 너무 오래 살았나 봐. 머리가 굳었는지 영 떠오르는 게 없네."

강자지존에 약육강식, 심심하면 전쟁에 영지전 등 삶의 질보다는 살아남기 위해서 투쟁을 해야 했던 대륙에서의 생활이 아직도 머리에 남아 있는지 뭔가 고민한다는 게 왠지 귀찮으면서도 약간 머리가 아픈 편이라 우선 뒤로 미루기로 했다.

"이렇게 답답할 때는 그냥 몸을 움직이는 게 최고인데…어디 없으려나."

대륙이라면 몬스터 때려잡으면서 스트레스나 답답한 마음을 풀기라도 하겠지만 이곳에는 그런 게 없다. 그때 현중의 귀에 익숙한 이름이 TV에서 흘러나왔다.

[네, 지금 N병원 앞입니다. 그동안 인질극으로 인해 치료를 받던 팅클 멤버들이 모두 퇴원한다고 합니다. 저희 연예가 동

지에서는 언제나 발 빠르게 소식을 전해드립니다.]

속사포 같은 리포터의 말과 함께 TV 화면 뒤쪽에서 모자와 깔끔한 옷을 입고 웃는 얼굴로 나타나는 팅클 멤버들이 보였다. 그런 팅클의 모습을 보고는 현중도 약간 의외라는 듯 웃으면서,

"훗, 제법 강심장인 모양이네. 그런 일 당하고 한 달 만에 웃는 얼굴로 나타나다니 말야. 연예인도 아무나 하는 게 아닌가 보구만."

그저 연예인에 대해서 웃음을 팔고 인기를 얻어서 그걸로 돈을 버는 직업이라고 생각했던 현중은 방금 팅클의 모습을 보면서 생각을 약간이지만 바꿨다.

남자도 인질극의 인질이 되면 정신과 치료를 몇 달씩 받는 것이 기본이다.

물론 현중도 처음에 살인을 하고 몇 주 동안 먹지도 못하고 충격에서 고생한 기억이 있기에 사람이 극한에 몰리면 어떤 충격을 받는지 너무나 잘 알고 있었다.

하물며 듣기로는 중학교 때부터 연예 활동을 시작해 이제 겨우 18~22살이 된 팅클 멤버들은 어리기도 하지만 여자다. 그리고 그중 소희는 인질범의 칼에 찔려서 부상까지 당했는데 TV에서 보기에는 그런 일이 있었는지 직접 보지 않았다면 의심이 들 만큼 해맑게 웃고 있는 것이다.

―이곳 인간들도 제법입니다.

"그렇지? 그냥 노래 잘 부르고 얼굴 예쁜 애들로 생각했는데 그게 아닌가 봐. 나름 깡도 센 편인 듯해."

테른도 현중이 TV를 보면서 살짝 놀라자 궁금해서 같이 보고는 비슷한 말을 했다.

대륙에서도 여검사는 보기 힘들다. 특히나 귀족의 영애들은 피만 봐도 쓰러지고 기절하는 녀석들이 수두룩했다. 그러니 지금의 평가는 당연하다는 생각이다. 물론 팅클 멤버들은 자신들이 이런 말을 듣는 것도 모르겠지만 말이다.

"뭐 아직 남아 있는 대한민국의 군바리들을 위해서 열심히 활동해 주면 나도 고맙지. 아직 내 후임 녀석들은 열심히 삽질하고 있을 테니까 말야."

그렇게 TV의 채널을 몇 번 돌리고 그냥 끄려고 했다. 그런데 잠깐이지만 드라마에서 주인공이 담배를 한 모금 빨고 깊은 한숨과 함께 내쉬는 모습을 보고서야 아차 하는 생각이 들었다.

"담배를 안 폈구나."

군에서 담배를 배운 현중은 제대할 때는 어느새 하루에 한 갑 정도는 피는, 골초는 아니지만 중초 정도는 되는 수준이었다.

하지만 차원 이동으로 대륙으로 넘어가서는 담배란 것이

없는 곳이고 살기 바쁘다 보니 담배를 자연스럽게 끊어버렸다. 지구로 넘어와서도 지금껏 잊고 있었는데 TV를 보는 순간 다시 생각난 것이다. 이제는 담배를 핀다고 해서 몸에 이상이 생길 단계는 예전에 넘어버렸다.

환골탈태를 무려 세 번이나 해서 생사경을 넘어 초극의 경지인 현중에게 담배는 그저 기호식품일 뿐이었다. 하지만 그 맛을 아는 사람은 아마 절대 잊지 못할 중독성도 대단했다.

"담배나 펴볼까."

머릿속이 복잡하고 앞날의 진로에 대해서 고민도 하고 이런저런 일로 머릿속이 복잡할 때는 역시나 담배만 한 것이 없다는 생각에 곧바로 일어나 담배를 사기 위해 밖으로 나왔다. 그냥 추리닝에 간단히 외투를 걸친 것이 전부였지만 아무리 밤이라고 해도 현중의 미모는 사라지는 게 아니었다. 오히려 불그스름한 가로등불의 조명 효과로 인해 뭔가 분위기 있어 보이는 모습까지 겹쳐져서 주변에 길 걷던 사람들의 시선을 제법 붙잡았다.

"담배, 담배야."

하지만 현중은 이런 주변은 애초에 관심도 없었다. 오직 담배를 사기 위해서 주변을 둘러보고 있을 뿐이었지만 이상하게 쉽게 가게가 눈에 띄지 않았다.

"아, 개똥도 약에 쓰려면 없다고, 대한민국 땅 덩어리에 가장 많다는 담배 가게가 왜 이렇게 없는 거야."

군대를 제대하기 전 마지막 휴가를 나와서 바로 원룸을 잡고 제대한 다음날 낮잠 자다가 대륙으로 끌려갔던 현중은 이곳의 지리를 전혀 모르는 것이나 마찬가지였다.

"담배야~ 담배야~"

혼자 중얼거리면서 담배를 사기 위해 주변을 둘러보기를 10분 정도 했을까? 왼쪽 구석에서 인기척과 함께 중얼거리는 듯한 말소리가 들렸다.

"이씨, 왜 때려 가지고 이 고생을 시켜, 새끼야."

"낸들 알았냐, 이렇게 바로 기절할 줄. 나 참, 뭔 놈의 여자가 이리 약해빠져서는, 나 원 참."

자기들끼리 조용히 속삭이듯 말하는 것 같지만 현중의 귀에는 마이크로 소리친 듯 크게 들렸다.

어두운 골목, 주변을 둘러보니 가로등 하나 없는 곳이었다. 신기하게도 지금 현중이 서 있는 곳에서 앞뒤로 100미터 정도는 가로등 불빛이 전혀 없었다.

혹시나 하고 현중이 위를 슬쩍 보니 어두운 밤에도 현중의 눈에는 누군가가 일부로 깨뜨려 놓은 듯한 가로등 전구가 보였다.

거기다 최근에 깨진 듯 가로등 주변에 어지럽게 파편이 흩어진 것을 보니 안 봐도 뻔했다.

"뭐 뻔한 레퍼토리지만 말야. 그래도 여잔데 모른 척하면 꿈자리 사납겠지?"

자신 스스로도 영웅이라는 생각은 하지 않았지만 일단 보고서도 모른 척할 정도는 아니었기에 골목으로 발걸음을 옮겼다. 존재감을 지우고 움직이자 현중이 바로 뒤에 와서 서 있는데도 녀석들은 전혀 모르는 듯했다.

그렇게 골목으로 들어간 현중의 눈에 비친 것은 뚱뚱한 데다 지독히 못생기고, 입술이 두꺼운 메기를 연상시키는 녀석과 키도 크고 구릿빛 피부에 근육도 적당히 발달된 것이 운동 깨나 했을 법한 녀석 둘이었다.

여자는 이미 기절해 있었다. 하지만 기절한 여자를 이런 골목으로 데리고 온 목적은 안 봐도 뻔했다. 당연히 녀석들은 목적이 있는 듯 기절한 여자 치마 속으로 손을 쑥 넣더니 팬티를 잡아당겨 바로 벗겨 버렸다. 현중은 그 모습을 조용히 바라봤다.

"예쁜 것이 죽이는구만. 몸매도. 크크큭."

뚱뚱한 녀석이 입에 침까지 흘리면서 여자에게서 시선을 떼지 못하는 모습에 현중도 슬쩍 고개를 내밀어 여자를 살폈다. 나름 미인이라는 소리를 들을 정도는 되는 여자였다. 거기다 미니스커트에 몸에 붙는 티셔츠를 입어서 몸매가 그대로 드러난 것이 남자들 꽤나 홀리고 다녔을 법한 모습이긴 했지만 현중에게는 그냥 기절한 여자일 뿐이었다.

"오랜만에 괜찮은 거 하나 건졌네. 야, 얼른 사진부터 찍어. 그래야 나중에 편하니까."

근육질 녀석이 뚱뚱한 녀석에게 말하자 주머니에서 디지털 카메라를 꺼내더니 열심히 찍기 시작했다. 그래도 머리는 있는지 플래시는 터뜨리지 않고 적외선 모드로 얼굴부터 전신을 찍기 시작하는데 그 모습을 보고 있던 현중은 한심해서 할 말을 잃어버렸다.

"오케이~"

"자, 그럼 누구 먼저 할까?"

"이 새끼가! 너 많이 컸다? 응?"

근육질 녀석이 대뜸 인상 쓰면서 뚱뚱한 녀석을 향해 주먹을 가만히 들어 보이자 바로 비굴하게 웃으면서,

"하하하! 왜 그래? 내가 잠시 미쳤나 봐. 내가 망볼게."

"짜식이! 망 잘 봐, 새꺄!"

"응. 걱정하지 마."

눈빛 하나로 뚱뚱한 녀석을 제압한 근육질 녀석이 기절해 있는 여자를 바라보는 눈빛에는 오로지 본능적인 욕구만이 번들거릴 뿐이었다.

그때,

"나도 좀 껴주지그래?"

"······!"

뒤에서 들리는 목소리에 근육질 녀석은 곧바로 처음 듣는 목소리라는 것을 알아챘다. 바로 일어서면서 주변을 살폈지만 아무도 없었다.

"누구야!"

"응? 왜 그래?"

구석진 골목으로 들어가는 입구에서 망을 보고 있던 뚱뚱한 녀석이 뒤돌아봤다.

"야! 너 여기 누구 못 봤어?"

"누굴? 여기는 외길이야. 그리고 내가 여기에 있는데 누가 있다고 그래?"

"이 새끼, 잘 본 거 맞아?"

근육질 녀석은 분명히 자신의 귀에 들리는 소리에 혹시나 몰라 골목으로 들어오는 입구까지 가서 뚱뚱한 녀석과 함께 주변을 살폈지만 이미 늦은 시간에 가로등도 꺼진 곳에 사람이 올 리가 없었다.

"왜 그래?"

영문을 모르는 뚱뚱한 녀석이 물어보자,

"내가 잘못 들었나?"

"아니. 제대로 들었어."

"……!"

"……!!"

한순간에 자신들 뒤에서 들리는 낯선 목소리에 황급히 고개를 돌리자 추리닝 차림에 간편한 외투를 입은 현중이 씨익 웃으면서 서 있었다.

"이 새끼 뭐야!"

당황한 근육질 녀석이 소리치자 뚱뚱한 녀석도 제법 놀란 듯 눈동자가 떨리는 모습을 현중은 그대로 보고 있었다.

"나? 그냥 지나가던 사람."

"뭐? 이 새끼가 지금 놀리나!"

"응, 맞아. 놀리는 거."

씨익~

현중이 오히려 약 올리면서 다시 웃었다. 그러자 근육질 녀석이 조용히 몸을 흔들고 목을 이리저리 꺾더니 천천히 다가오면서 현중을 유심히 바라봤다.

분명히 이곳에는 아무도 없었다. 그리고 뒤에 있는 뚱뚱한 저놈이 누군가를 데려올 이유도 없었다. 그럼 정말 길 가다 왔다는 건데 문제는 자신들 뒤에서 나타났다는 것이다.

지금 이 골목은 외길이고 끝에 있는 집 하나가 전부였다. 그 집도 1년 전에 부도 맞고 야반도주를 해서 빈집이었다. 그러니 입구를 지키고 있던 자신들의 눈을 피해 누군가가 골목

안에서 나타난다는 건 말이 되지 않았다. 그런데 기분 나쁘게 웃고 있는 저 얼굴은 뭐란 말인가?

"이 새끼가 죽고 싶어서 환장했나?"

찰칵!

촤콰라락!

곧바로 근육질의 녀석이 손에서 잭나이프를 꺼내더니 능숙한 솜씨로 몇 번 휘젓고 나자 어둠속에서도 날카로운 칼날이 드러났다. 하지만 그런 녀석들을 보고도 현중은 씨익 웃기만 할 뿐이었다. 롱소드부터 헬번트까지 온갖 무기를 상대로 싸웠던 현중에게 저런 잭나이프는 오히려 애들 장난 수준이다. 대륙에서는 작은 마을의 깡패라도 롱소드는 기본으로 가지고 다녔다. 잭나이프? 푸홋, 대륙의 깡패들이 보면 배를 잡고 웃을 것이다.

"납치."

"……"

"강간 미수."

"……!"

"사진까지 찍어서 협박 용도로 쓰고."

"이 새끼가… 다 봤잖아!!"

한마디 나올 때마다 눈동자가 커지던 근육질 녀석은 마지막에 사진 찍는 이야기까지 나오자 얼굴이 곧바로 일그러졌다. 모두 다 본 것이다.

"곱게 보내줄려고 했더니… 안 되겠네. 야, 그냥 오늘 하나 묻어버리자."

"쳇, 귀찮게 됐네."

"……?"

현중은 그냥 동네 양아치로만 생각했다. 그런데 방금 녀석들의 눈빛이 바뀌는 순간 녀석들이 풍기던 분위기도 순식간에 바뀌는 것을 느꼈다.

살기!

그렇다. 지금 녀석들의 몸에서 뿜어져 나오는 것은 살기였다.

그것도 저번에 인질범들이 뿜어내던 살기와 완전히 다른 살기였다.

이미 사람 몇은 죽여본 듯 눈동자에 흔들림이 없는 것도 그렇고 사람을 죽인다는 것에 일체의 망설임도 없었다.

"살인을 해본 놈들이었나?"

현중이 조용히 말하자,

"크크큭, 이미 늦었어, 새꺄! 그냥 재수없다고 생각해라. 대신 야산에 형님이 잘 묻어줄 테니까."

보기에도 왜소해 보이고 키는 크지만 근육도 없어 보이는 현중의 모습에 오히려 기고만장해진 근육질 녀석이 잭나이프를 혀로 핥으면서 웃었다.

"킬킬킬, 어디 찔러줄까? 응? 가슴? 목? 아니면 뱃가죽에 박아줘?"

보통 사람이라면 공포에 질려서 벌벌 떨 테지만 현중은 오히려 미소 짓고 있던 입술이 더욱 일그러지면서, 웃는 모습에서 묘하게 살기가 흘러나왔다.

하지만 현중이 안으로 갈무리하고 있기에 녀석들은 느낄 수 없을 것이다. 만약에 지금 살기를 현중이 갈무리하지 않고 퍼뜨린다면 살기만으로도 쇼크사할지도 몰랐다.

살기는 무형의 무기다.

대륙에서는 살기도 하나의 기술이고 무기로 인정받은 지 이미 오래되었다. 특히나 정신체인 마족들은 그런 살기를 잘 다루기로 유명했고, 그런 마족을 상대로 싸운 현중이다. 마왕까지 소멸시킨 현중의 살기라면 쇼크사도 편한 죽음일 것이다.

하지만 그렇게 편한 죽음을 내릴 이유도 없지만 죽인 다음에 귀찮을 수도 있었다. 대한민국은 그래도 아시아에서 치안이 제법 잘되기로 유명한 곳이니까 말이다. 특히 살인이라면 좀 귀찮을 수도 있었다.

그렇다고 그냥 보낼 생각도 없었다.

저벅.

현중이 조용히 오른발을 떼면서 한 걸음 걸었다.

스윽.

현중이 한 걸음 내딛는 그 순간,

"헉! 뭐야!"

근육질 녀석의 눈앞에서 현중이 갑자기 사라진 것이다.

그리고 뒤에서 들리는 목소리.

"우선 한 놈."

황급히 뒤를 돌아본 근육질 녀석이 본 것은 현중의 팔에 대롱대롱 매달린 채 눈깔을 뒤집고 입에 거품 물고 기절한 뚱뚱한 녀석이었다.

털썩!

마치 쓰레기봉지를 버리듯 툭 던져 버린 현중은 웃는 얼굴 그대로 근육질 녀석을 바라봤다.

찌릿!!

눈동자만 마주쳤을 뿐인데 마치 온몸이 감전된 듯 소름이 전신을 쓸고 지나갔다. 그리고 이상하게도 손가락 하나 움직이지 않는 것이다. 뭔가 소리치려고 했는데 목구멍이 막혔는지 목소리도 나오지 않았다.

그런 녀석을 향해 현중은 친구한테 가듯 완전 무방비 상태로 천천히 걸어가 근육질 녀석의 눈동자를 지그시 바라보더니, 눈으로 사람의 마음을 어느 정도 읽을 수 있는 천심통(天

心通)을 발휘했다.

"살인 세 번에 강간 다섯 번. 오호, 강도로 위장해 혼자 사는 여자 원룸도 일곱 번 들락거렸네? 저기 버려진 쓰레기랑 같이 말야."

"……!"

근육질은 심장이 멎는 줄 알았다.

어떻게 알았는지 하나도 틀린 것 없이 정확하게 자신들이 지금까지 해온 짓을 술술 말하는 게 아닌가? 거기다 자신을 보던 현중은 그대로 뒤를 돌아 기절해 널브러져 있는 뚱뚱한 녀석에게 다가가더니,

퍼걱!

"쿠엑!!"

근육질 녀석은 현중의 행동에 눈이 튀어나올 뻔했다. 이미 기절했지만 너무나 엄청난 고통에 다시 정신을 차렸다가, 고통 때문에 또다시 기절해 버리는 뚱뚱한 녀석을 본 것이다. 그리고 뚱뚱한 녀석의 사타구니에서 발을 떼고 있는 현중이 보였다. 근육질 녀석은 보는 것만으로도 거기가 아파오는 고통을 느꼈다.

하지만 현중은 별거 아니라는 듯 조용히 근육질 녀석을 돌아보면서 말했다.

"이런 것을 달고 있으니까 강간 같은 짓거리를 하는 거겠

지? 안 그래?"

근육질 녀석은 순식간에 온몸이 젖어버렸다.

미친놈이다. 그 생각밖에 없었다. 어떻게 웃으면서 남자의 거시기를 힘껏 밟을 수 있단 말인가? 이건 어디 부러져서 병신이 되는 것과는 차원이 달랐다.

고자!

차라리 죽는 게 나았다. 고자가 될 바엔 말이다.

근육질 녀석의 눈에 보이는 것은 뚱뚱한 녀석의 사타구니에서 붉은 피가 흘러내리는 모습이었다.

부르르르.

근육질은 온몸이 마비가 돼서 움직이지 못했지만 본능적으로 떨었다. 그리고 현중은 천천히 한 걸음씩 근육질 녀석 코앞에까지 다가와서 멈추고는 가만히 바라봤다.

"무섭냐?"

부르르르.

말도 못하지만 몸을 떠는 걸로 대답을 대신하는 것 같았다.

"네놈한테 당한 여자는 아마 더 무서웠겠지? 안 그래?"

근육질 녀석은 단 몇 분 사이에 온몸이 땀으로 흠뻑 젖어 옷에 물방울이 맺혀 떨어질 정도였다.

"선택권이 있어. 그냥 죽는다, 맞아 죽는다, 고자가 돼서 죽는다, 고자가 되고 병신이 되어서 평생을 산다. 어떤 거

할래?

웃는 얼굴로 하는 말치고는 등골이 오싹해지는 말이기에 근육질 녀석은 마른침을 한번 삼키고는 최대한 머리를 굴렸다. 미친놈이다. 미친놈에게 대화가 통할 리가 없다. 자신도 미친 짓 많이 했지만 지금 자신 앞에 있는 현중은 미쳐도 완전히 미친놈이 확실했다.

그런데 갑자기 현중이 뒤를 돌아보았다. 그러더니 기절해 있는 뚱뚱한 녀석에게 다가가 뭔가 살펴보는 게 아닌가?

"어라? 이 녀석, 죽었네? 쳇, 뭐 이리 쉽게 죽어?"

"……!!"

근육질 녀석은 눈이 튀어나올 뻔했다. 분명 죽었다고 했다. 거기다 확인시켜 주듯 뚱뚱한 녀석의 팔을 몇 번 들었다 놓기를 반복했지만 모두 힘없이 땅바닥으로 툭 떨어지는 것을 두 눈으로 똑똑히 보았다.

"쩝. 뭐 이리 약해 빠졌냐. 겨우 거시기 밟았다고 쇼크사로 죽다니, 쳇."

그런데 현중의 반응이 근육질 녀석을 더욱 긴장시키고 있었다. 자기가 밟아 죽여 놓고 오히려 죽은 녀석을 약해 빠졌다고 하면서 신경질을 부리고 있는 게 아닌가?

지금의 상황은 똥 밟았다는 수준을 이미 넘어서고 있었다. 속으로는 부처님부터 예수님도 모자라 알라까지 찾으면서 빌

었지만 소리없는 메아리일 뿐이었다. 그리고 다시 웃는 얼굴로 근육질 녀석에게 다가온 현중은,

"뭐할래?"

삐질삐질.

약간 얇긴 하지만 쌀쌀한 가을밤은 충분히 커버할 만한 긴팔의 브이넥을 입고 있는 근육질 녀석의 몸은 이미 물에 빠진 듯 흠뻑 젖어 있었다. 거기다 지금도 턱에서 땀방울이 계속 흘러내리고 있는 중이었다.

"대답 안 하는 거 보니 너 제법 깡다구 있는가 보네?"

대답이 없자 신경질 내는 현중의 모습에 근육질 녀석은 당장에라도 살려달라고 소리치고 싶었다. 하지만 이미 잭나이프를 들고 있는 모습 그대로 온몸이 굳어버린 상황이라, 누가 봐도 칼로 찌를 것 같은 포즈를 하고 있는 주제에 눈동자 움직이는 것 외에는 아무것도 할 수 없었다.

"뭐 그런 깡다구라도 있으니까 그런 짓 했겠지? 안 그래?"

퍼걱!

"후—!!"

현중은 말이 끝나는 것과 동시에 약간의 내력을 실어 그대로 근육질의 녀석 사타구니 사이를 차올렸고, 근육질 녀석은 자신의 소중한 거시기가 산산이 터져 나가고 나서야 마비된 몸이 풀렸다. 하지만 눈앞이 노랗고 금방이라도 튀어나올 것

같은 신음 소리가 목구멍까지 차올랐지만 입 밖으로 나오진 못했다. 거기다 점점 몸이 말려들어 가는 것을 느꼈다.

"오호, 바로 기절 안 하네?"

현중은 마음만 먹는다면 평범한 발차기만으로도 피떡을 만들어 버릴 수 있었다. 하지만 정확하게 거시기가 터질 만큼만 내력을 주었기에 딱 거시기만 터졌다. 그런데 의외로 아직 버티고 있는 모습에 살짝 감탄하는 척하면서 근육질 녀석이 땅에 떨어뜨린 잭나이프를 집어 들고 잠시 보더니,

씨익~

마치 악마의 미소라도 되는 것처럼 웃었다.

그리고 천천히 점점 몸이 말리는 근육질 녀석의 뒤로 가 엉덩이를 잠시 내려다보고서는 더욱 입가에 미소가 진해졌다.

"오랜만에 써보네. 오러 똥침… 을."

우웅~

현중이 잭나이프에 약간의 내력만 주었는데도 이미 잭나이프는 순식간에 푸른빛의 오러를 뿜어내었다. 현중은 주저 없이 오러를 씌운 잭나이프를 근육질 녀석의 항문을 향해 쑤셔 넣었다.

스르륵.

마치 두부에 찔러 넣는 듯 부드럽게 소리도 없이 들어갔지

만 당하는 녀석은 사정이 달랐다.

"크흡!!"

두 눈에 핏발이 서면서 금방이라도 핏줄이 터져서 피를 쏟아낼 것처럼 충혈되었다. 거시기가 터지는 고통은 아예 비교도 되지 않을 격통에 근육질 녀석은 결국 눈동자를 뒤집고 고통에 찬 비명 대신 거품을 뿜어내며 쓰러져 바들바들 떨었다.

"테른."

모든 것을 끝낸 현중이 조용히 테른을 부르자 그림자에서 나타난 테른이 현중 앞에 무릎을 꿇었다.

"뒷정리를 해라."

─네, 마스터.

일일이 이런 뒷정리까지 현중이 하진 않았다. 대륙에서도 그랬고 이곳에서도 그럴 것이다. 테른이 웅크린 채 바들바들 떨고 있는 근육질 녀석의 머리카락을 잡고 질질 끌고 뚱뚱한 녀석 곁에 가더니,

─아직 살아 있군.

방금 현중이 했던 말과 달리 테른이 보기에 뚱뚱한 녀석은 미약하지만 분명히 숨을 쉬고 있었다. 특히 진조 뱀파이어인 테른은 죽은 자와 산 자를 그 누구보다도 정확히 구분했다.

─마스터께서 손에 사정을 두셨군.

누가 보면 놀라 까무러칠 일이지만 테른이 보기에는 이 녀석들이 살아 있다는 것 자체만으로도 이미 현중이 손속에 사정을 많이 두었다는 것을 알고 있었다.

차원 너머 대륙이었다면 이미 한 줌의 고깃덩어리로 변했을 것이다. 충분히 그럴 수 있고 그러고도 남을 현중이다. 마족과의 전쟁은 인간들끼리 치고받고 싸우는 전쟁과는 아예 질적으로 달랐다. 그리고 거의 테른과 현중, 그리고 드래곤 몇몇이서 20년 동안 그런 전쟁을 계속했다.

정정당당? 개가 웃을 소리다. 마족과의 전쟁에서 정정당당을 외치고 기사도를 외친 녀석들은 제일 먼저 마족의 손에 고깃덩이가 되었다. 그것도 하급 마족에게 말이다.

전쟁은 오직 결과가 말해준다. 강한 자가 살아남는 게 전쟁이 아니다. 살아남은 자가 강한 자가 되는 게 바로 전쟁이었다.

그리고 현중과 테른은 그런 마족과의 전쟁에서 살아남았고 대륙 최강의 강자가 되었다.

스르륵.

두 녀석을 끌고 테른이 사라지자 현중은 아직도 기절해서 깨어나지 못하는 여자의 곁으로 다가가서는 잠시 지켜보다가 뺨을 살짝 때렸다.

찰싹찰싹.

약간 아픔을 느낄 만큼 때렸지만 여자는 미동도 없었다. 여자 곁에 가까이 와서야 현중의 코를 자극하는 냄새가 느껴졌다.

"약이군."

보통 사람은 단번에 기절시키는 약이 없다고 알고 있을 것이다.

하지만 그건 허가받은 의약품 중에 없을 뿐이다. 우선 마약류만 해도 코로 흡입해서 복용하는 마약이 있었다. 그리고 그 마약의 양이 조금만 많아도 사람은 쇼크로 기절한다.

"별수 없이 데리고 가야 하나?"

기껏 구했는데 이런 구석진 곳에 약에 취해서 기절한 여자를 그냥 두고 가는 것도 말이 안 되는 상황이다. 그러나 현중이 여자를 안아 들려고 할 때, 그녀의 바로 옆에 무언가가 보였다.

"…저걸 입혀야 하나……. 아니면… 그냥… 모른 척?"

테른이 끌고 가버린 녀석들이 여자에게서 가장 먼저 벗겼던 팬티가 눈에 띈 것이다.

그리고 그 팬티를 보는 순간 현중은 잠시 고민해야 했다. 입혀서 데리고 가야 되나, 아니면 그냥 데리고 가야 하나? 하지만 고민은 아주 잠깐이었다.

여자가 깨어나서 속옷이 없다는 것을 알면 100% 현중이 치한으로 몰릴 것이다.

그러면 어차피 입혀야 한다는 말이다.

"참, 고향에 돌아와서… 여자를 줍는 것도 모자라 팬티까지 입혀줘야 하다니… 쩝."

약간은 묘한 기분이지만 여자를 보고 발정난 개처럼 달려들 만큼 정신 수양이 낮지도 않았고 현중에게 여자라는 존재는 큰 비중을 차지하지도 않았다. 지연의 배신이 어느 정도 작용은 했겠지만 구해주고 덮칠 정도로 여자에 목마른 상태도 아니었다.

부스럭, 쓰윽, 쓰윽.

확실히 기절한 여자의 속옷을 다시 입히는 건 어려웠다. 솔직히 현중은 숫총각도 아니다. 중학교부터 여친이 있었고 줄곧 한 여자와 사귀었는데 여자 경험이 없다는 건 말이 안 되는 것이지만 기절한 여자의 속옷을 입힌 적은 단 한 번도 없기에 제법 진땀 빼야 했다.

"휴, 이거 원… 별의별 경험을 다 해보네."

웃긴 상황이었지만 선택의 여지가 없었다. 현중은 바로 여자를 안아 들고 자신의 원룸 방향을 바라보더니 가볍게 오른발을 한 걸음 내딛는 순간 축지법이 발휘되면서 순식간에 사라졌다.

스윽.

―흔적을 지워야겠군.

　현중이 사라진 골목에 다시 테른이 나타나더니 주변을 향해 손가락 몇 번을 튕기자 뚱뚱한 녀석이 흘렸던 핏자국과 여러 가지 흔적이 씻은 듯 사라졌다.

Chapter 03
현중의 계획

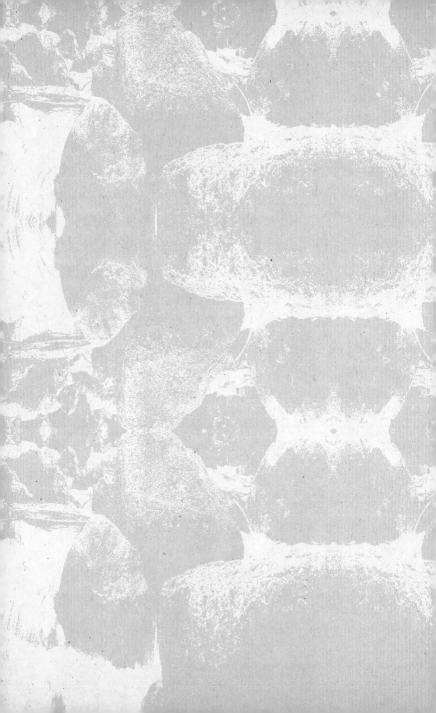

쌔액, 쌔액.

고른 숨소리를 내면서 잠들어 버린 여자를 현중은 잠시 바라봤다.

혹시나 아는 여자라면 연락해서 데리고 가라고 말하려고 했는데 분명히 미인이긴 하지만 처음 보는 여자였다.

하긴 지구 시간으로는 제대하고 겨우 방 잡고 하루 정도 살았을 뿐인 동네다. 아는 사람이 있을 리가 있는가? 당연히 모르는 사람일 것이다. 그래도 혹시나 학교 다닐 때 본 적이라도 있을지 모른다는 생각에 머리 싸매고 기억해 보려 했지만 역시나 처음 보는 여자다.

"가방이라도… 아, 가방은 안 가져왔구나."

여자라면 무조건 가방을 가지고 다닌다.

이건 남자들은 잘 모르겠지만 여자들은 집 앞의 슈퍼를 갈 때도 작은 거라도 들고 가는 경우가 많다고 들었다.

물론 남자인 현중이 그걸 잘 알게 되는 데는 그동안 사귀었던 지연의 도움이 컸다.

한번 궁금해서 물어본 적이 있다.

"여자들은 왜 하나같이 가방을 가지고 다니는 거야? 귀찮지 않아?"

이렇게 물어봤을 때 지연은 오히려 황당하다는 듯 보면서 대답하기를,

"여자가 자기 목숨만큼 소중히 여기는 것이 뭐라고 생각해?"

"목숨만큼? 음, 잘 모르겠는데? 부모님? 사랑하는 사람?"

이 모든 대답에 오히려 지연은 고개를 저으면서 간단하게 말했다.

"여자가 세상의 축복으로 여기는 것 중 1위가 명품 백이야. 그리고 두 번째가 구두나 하이힐 외 신는 신발, 마지막이 옷이야."

"……"

할 말을 잃어버린 현중이 바라보자 오히려 당당하게,

"여자는 수시로 화장하고 꾸미는데 가방 없이 화장품을 어떻게 가지고 다녀? 그리고 중학교만 졸업해도 요즘은 각자 사용하는 기본적인 화장품만 해도 열 가지는 넘을걸. 그리고 화장은 한 번 하면 하루 종일 유지되는 게 아니야. 수시로 다시 고치고 발라주고 번지면 수정하고 해야 하는데 당연히 화장품 가지고 다니려면 가방이 필수지."

"……."

남자인 현중은 그때는 정말 이해 못했다.

하지만 대륙에서도 비슷하게 가방 역할을 하는 하녀를 꼭 데리고 다니던 귀족들을 보고서야 뒤늦게 약간은 이해가 되긴 했다. 곧 죽어도 예쁘게 살아야 하는 게 여자라는 사실을 뒤늦게 깨달은 것이다.

그런데 지금 구해서 데리고 온 여자는 가방이 없었다.

그리고 아무리 어둡다지만 가방이 곁에 있었다면 현중이 당연히 봤을 것이다.

"뭐… 깨어나면 물어봐도 되겠지."

어차피 지금은 약에 취해서 언제 깨어날지 모르는 상황이라 기다리기로 했다.

조용히 다시 TV를 틀어서 잠시 보고 있는데 테른이 돌아왔다.

현중의 뒤쪽 그림자에서 쑤욱 솟아난 테른은 현중을 향해
무릎을 꿇으면서,

　─처리했습니다.

　"어디에 던져 버렸지?"

　그 정도로 만들었다면 오히려 조용히 시체도 못 찾을 만큼
확실하게 처리하는 게 좋고, 대륙에서도 그렇게 처리했다. 차
원이 다른 지구이기에 어떻게 처리했을지 호기심이 생겨서
물어본 것이다. 테른이 실수한다는 것은 생각조차 안 하는 현
중이었다.

　─동해 바다 중간쯤 던져 놓고 왔습니다.

　"그래? 뭐, 깨끗하게 처리되겠네."

　─무게 증강 마법까지 걸어서 던졌으니 뼈만 남아도 절대
로 물 위로 떠오를 일 없을 겁니다.

　"잘했어. 뭐, 어차피 나도 죽일까 하다가 피가 많이 튀면
귀찮아서 그 정도만 했으니까."

　사람 두 명을 물고기 밥으로 주고도 태연한 현중이었고, 오
히려 테른의 처리 방법이 마음에 드는 듯했다.

　─그보다 저 여인은 아시는 분입니까?

　귀찮으면 마족이 코앞에까지 와도 움직이지 않는 현중의
성격을 아는 테른이 굳이 불량배를 처리하면서까지 구해주기
에 혹시나 아는 사람인가 해서 물어보자,

"아니."

—그럼?

"일어나면 대답하겠지. 자기가 누군지."

—네.

테른은 왠지 현중이 많이 너그러워졌다고 생각하는 중이었다.

대륙에서는 마족들이 마을 하나를 쓸어버려도 냉정하게 모른 척하거나 귀찮다고 내버려 두는 것은 다반사였고, 모르는 사람이 길 가다가 싸움이 벌어져 맞아 죽어도 무심했다.

그런데 지구에 와서는 생판 모르는 여자를 구해준 것이다.

마족인 테른의 관점에서는 모르는 사람을 구해준다는 것 자체가 현중의 성격이 많이 변했다고 생각할 만했다.

마계는 강자지존이다.

즉, 강한 자가 뭘 하든 관계하지 않는다. 약한 것이 죄가 되는 곳이 바로 마계였다.

당연히 그곳에서 살아온 진조 뱀파이어인 테른은 약한 여자가 불량배에게 무슨 짓을 당하든 관심조차 없었다. 오직 현중에게 무슨 일만 일어나지 않으면 되는 것이다.

"뭘 그렇게 생각하지?"

현중이 조금 날카롭게 눈을 뜨면서 테른을 바라보자 급히 고개를 숙인 테른이,

─죄송합니다, 마스터.

"괜찮아. 말해봐. 이곳은 다른 차원이고 내가 믿을 수 있는 존재는 테른이 아마 현재 유일하니까 그 정도는 괜찮아."

─그게… 대륙에서 보던 모습과 많이 달라지신 듯해서 그렇습니다.

"달라져? 내가?"

현중은 테른의 말을 순간 이해하지 못했다.

─대륙에 계실 때 마스터는 절대 모르는 자를 위해 움직이시지 않으셨습니다. 하지만 지금 저 여인은 일면식도 없는데 불량배까지 처리하면서 구해주신 것이 조금 낯설어서 생각해 본 것입니다. 불경한 생각, 용서해 주십시오.

영혼의 속박은 일체 의심도 허락되지 않는 것이다. 노예인 테른이 주인인 현중의 행동을 의심한다는 것 자체가 소멸을 가져올지도 모르기에 급히 용서를 빌고 있지만 현중은 오히려 웃었다.

"괜찮아. 당연한 거니까. 그리고 대륙에서 내가 그렇게 행동한 것은 다 이유가 있어서였어. 왜? 말해줄까?"

장난스럽게 말하는 모습에 테른은 조용히 고개만 끄덕였다.

"별거 아니야. 난 차원을 넘어온 이방인이야. 즉, 대륙의 역사나 시간에 관여하는 것 자체가 혼란을 줄 수 있다는 말이지. 가만히 생각해 봐. 어차피 난 떠날 사람이야. 그리고 신이 계획한 흐름대로 죽어야 할 사람이 있었어. 그런데 내가 그 사람을 구해줘 버린다면 당연히 신이 만든 계획이 꼬이겠지? 신은 내가 마족만 대륙에서 몰아내길 원한 거지, 대륙의 다른 인간의 운명을 건드리는 짓은 하지 않았으면 했거든. 즉, 나와 직접적인 관계가 없으면 절대로 손댈 수 없는 상황이었어. 물론 마족이 지상계를 넘어온 것은 우연이지. 내가 차원을 넘은 탓에 마계의 차원에도 틈이 벌어져서 일어난 일이야. 하지만 그 잘난 주신이 원한 건 그런 마족의 힘이 약화되는 거지, 자신이 만든 지상계의 계획이 비틀어지는 걸 원한 게 아니거든."

―그렇다면 주신의 명령으로 최대한 마족만 상대하신 겁니까?

현중의 말을 가만히 들어보니 현중은 지금까지 자신에게 덤비는 인간을 빼고는 직접 손을 쓴 적이 없었다. 그리고 오로지 전쟁에서도 마족만 전문적으로 상대했을 뿐이다.

하지만 마족들의 숫자가 대규모로 차원의 틈을 통해 나타났고, 낮이고 밤이고 장소를 가리지 않고 나타나는 마족들 때문에 현중과 마족의 싸움은 대륙의 모든 존재가 지켜볼 수 있었던 것이다.

"명령이기보다는 부탁하길래 나도 그냥 그렇게 한 거야.

하지만 이곳은 지구야. 즉, 내가 태어나고 자란 곳이지. 그리고 이곳에는 주신이 없어. 그러니 내가 누굴 구하든 말든 제약이 없다는 말이 되는 거지."

—알겠습니다. 소인이 미천하여 마스터의 뜻을 다 헤아리지 못했던 것, 용서해 주십시오.

"괜찮아. 그리고 너도 이곳에서 하고 싶은 거 해봐."

—네?

"유희라고 생각하고 하고 싶은 거 해보라는 말이야. 좋은 여자 만나서 결혼도 해보고, 뭐 돈이라면 주식으로 벌어들이는 돈만 해도 너와 내가 낭비하면서 살아도 평생 다 못 쓸 정도잖아. 안 그래?"

—전 마스터의 그림자입니다.

"알아. 그러니까 내 그림자 하면서 개인적으로 하고 싶은 것도 해. 그리고 그렇게 하라고 내가 주식 투자하는 걸 그냥 놔둔 거야. 그런데 주식 투자 그거, 뭔가 색다른 재미라도 느꼈어?"

숫자만 봐도 머리가 지끈거리는 현중은 하루의 반을 컴퓨터 앞에 앉아서 모니터를 한 개도 아니고 무려 다섯 개나 지켜보면 질리지도 않는지 꿈쩍도 하지 않는 것에 대해 묻자,

—대륙에서는 느낄 수 없는 짜릿함을 느꼈습니다.

"대륙에서는 느낄 수 없는 짜릿함?"

─사실 제가 주식을 처음 접한 것은 홍지연에 대해서 조사하는 도중, 최태식과 최강석에 대해서도 알아보다가 그들이 회사 몰래 공금을 사용해 뉴욕 쪽에서 주식으로 돈을 벌어들이는 것을 우연히 알아내고 저도 한번 해본 것입니다. 그런데 그게 해보니 재미있습니다.

"크크큭, 재미있다라……. 그럼 계속해. 있는 돈 다 날려도 상관없으니까. 아공간에 있는 황금을 모두 사용해도 좋다. 대신 허무하게 지는 일은 없도록!"

─네, 마스터.

"마계의 두뇌라 불리던 진조가 겨우 숫자 놀음하는 녀석들한테 진다면 억울하지 않겠어?"

씨익~

현중의 입가에 미소가 생기자 테른도 같이 씨익 웃었다.

─이미 북미 선물 쪽은 괜찮게 되고 있고, 내일이면 우선 3차로 결과가 나올 걸로 생각됩니다.

자신있게 말하는 테른을 보니 이미 주식이 어떤 방식으로 움직이고 어떤 원리와 흐름으로 나아가는지 깨달은 게 확실해 보였다.

1억을 가지고 주식을 시작해 한 달 남짓한 시간 만에 1,200억을 벌어들였다면, 오후 5시에 개장하는 뉴욕 증시의 특성상 밤새도록 사고팔기를 반복했을 것이다.

덕분에 사실상 돈만 놓고 본다면 이미 진로를 걱정하지 않고 놀고먹기만 해도 되는 현중이었지만 그래도 뭔가 목표가 있어야 한다는 생각에 진로를 고민하는 것이다.

─그보다 마스터. 저 여자, 깨우지 않으실 겁니까?

"후훗, 난 마법 못 쓴다."

─아…….

테른은 왜 현중이 여자를 그냥 놔두었는지 뒤늦게 깨달았다.

워낙에 절대 무력을 가진 현중이기에 테른도 가끔이지만 마법을 쓰지 못한다는 것을 잊는 경우가 있었다.

─제가 깨우겠습니다.

"뭐 상관없지. 나야 빨리 보내면 좋으니까."

저런 미인을 두고도 현중은 전혀 다른 생각이 들지 않는 눈빛이다. 하긴 대륙에서도 내로라하는 미녀들을 모두 만나고 사랑도 나눠본 현중이고 실제로 나이가 125살이다. 언뜻 봐도 20대 초반으로 보이는 여자는 여자라기보다는 그냥 다친 사람으로 보일 뿐이었다.

─큐어.

테른의 손에서 희뿌연 빛이 뿜어져 나와 여자의 몸으로 스며들더니 곧 사라졌다.

─웨이크.

들썩!

테른의 입에서 주문이 끝나자마자 바로 여자의 몸 전체가 한차례 파도가 치듯 흔들리면서 들썩거렸고, 곧 신음 소리와 함께 정신을 차린 듯 서서히 눈을 떴다.

"으음… 음……."

온몸이 찌뿌드드한 듯한 느낌에 힘겹게 일어난 여자는 잠시 멍한 눈으로 주변을 살피다가 두 남자를 발견했다. 한 명은 어깨까지 내려오는 검은 머리카락과 새하얀 피부가 첫눈에 섹시함을 느끼게 하는 남자였고, 또 한 명은 날렵한 몸매에 뚜렷한 이목구비가 인상적이어서 스쳐 지나가도 인상에 남을 미남이었다.

"누… 구세요?"

여자의 말에 테른은 씨익 웃었다.

"레이디, 이제 정신이 드십니까?"

"레… 이디?"

한순간 온몸에 벌레가 기어가는 듯한 느끼함이 느껴지는 목소리가 들려 시선을 돌리니 처음에 봤던 섹시함이 느껴지는 남자와 목소리였다.

"…저기… 여기는 어딘지……. 그리고 제가……!"

뭔가 말을 하다가 그제야 여자는 자신이 어떤 일을 당해서 기절했는지 기억나 얼굴이 굳어버렸다.

그리고 그런 여자를 보던 현중이 뒤늦게 입을 열었다.

"당신은 누구지?"

무미건조한 목소리에 여자는 천천히 현중과 눈을 마주쳤다.

지금까지 제법 남자들의 구애를 받아본 여자는 자신의 미모를 알고 있고, 이번 사건도 그것 때문에 일어났기에 자신도 모르게 경계를 하고 있었는데 현중과 눈빛을 마주치는 순간 느낀 감정은 오직 하나였다.

귀찮다.

오직 귀찮다는 감정뿐이었다. 어째서 이런 감정을 자신이 느끼는지 이유는 몰랐지만 다른 감정은 느껴지지 않았다.

갑자기 납치를 당했지만 납치범의 얼굴을 보았기에 그가 납치범은 아니라는 것은 금방 알았다. 안심이 되면서도 그녀는 슬그머니 몸을 손으로 만지며 살폈다.

"걱정할 거 없다. 아무 일 없었으니."

현중은 여자가 조심스럽게 자신의 옷을 만지는 모습에 별거 아니라는 듯 대답해 주었지만 여자는 오히려 그런 현중의 말에 몸을 움찔거리면서 표정이 굳어졌다.

"당신은 누구지?"

현중이 생각하기에 깨어진 가로등, 약을 이용해서 기절시킨 것, 그리고 사람의 왕래가 아예 없지 않은 곳에서 위험하게 성폭행을 하려고 시도한 모든 것이 이해가 되지 않았다. 차라리 약까지 준비해서 납치했다면 인적이 없는 산속이 훨씬 안전했을 것이다.

그럼 현중의 눈에 띄지도 않았고, 녀석들이 동해 바다 속으로 사라질 일도 없을 테니까. 그렇게 상황이 정리되자 여자가 누군지 궁금하지 않을 수가 없었다.

사실 천심통(天心通)을 이용해서 마음을 읽을 수도 있고 기억을 읽을 수도 있지만 굳이 겁에 질려 있는 여자에게까지 사용해서 알아내기에는 좀 그랬다.

"기현주예요."

자신의 이름을 밝힌 기현주는 눈치껏 주변을 살펴보았다.

TV 한 대와 옷가지, 그리고 이불이 보이고, 한쪽 벽을 가득 채운 컴퓨터가 조금 의외였지만 그냥 평범한 원룸이라는 걸 알 수 있었다.

"기현주 씨. 우선 궁금한 게 있는데, 현주 씨를 납치한 그들이 누군지 아십니까?"

부르르.

현중이 납치한 녀석들에 대해서 물어보자 온몸을 떨면서 잠시 말을 하지 못하기에 현중은 조용히 기다려 주었다.

그렇게 기다리길 10분쯤 지났을까? 현주가 입을 열었다.

"우선… 구해주신 거 감사드려요. 하지만 이제 그쪽도 위험할 거예요."

"무슨 뜻이죠?"

상대가 누군지 알고 있다는 뜻이다.

"그들은 최강석의… 사주를 받은 녀석들일 거예요."

"최강석?"

분명히 들어본 적이 있는 이름이다. 하지만 이름이 같은 사람이 대한민국에 한두 명이 아니기에 우선은 듣기로 했다.

"네. 대동그룹에 다니는 사람인데, 그 아버지가 대동그룹 이사예요. 우연히 클럽에서 한번 부킹했는데 그 후로… 몇 달째… 저에게 접근하다가 제가 거절하니까……."

현주의 말을 들어보니 자신이 알던 녀석과 동일인물이다.

그런데 부킹 한 번 하고 몇 번 거절했다고 그런 일을 벌인다는 게 이해가 되지 않는다.

"테른."

—네, 마스터.

"자세히 알아봐, 최강석과 최태식에 대해서."

—알겠습니다.

스르륵.

테른은 그대로 땅속으로 꺼지듯 사라져 버렸다.

그리고 그런 테른의 모습을 바로 눈앞에서 지켜본 현주는 눈을 커다랗게 뜨고 현중을 바라보는데 오히려 현중은 왜 그렇게 놀라느냐는 식으로 보고 있는 게 아닌가?

"지금… 사람이… 사람이……"

"놀라서 헛것을 봤겠지요. 문 열고 나갔는데 말입니다. 그보다 벌써 새벽 1시인데 집으로 돌아가시는 게 안전하지 않나요?"

가장 정신이 없는 상태인 현주에게 테른이 사라진 것을 착각이라고 대충 둘러대자 긴가민가하면서도 믿는 분위기였다. 그런데 지금 이곳은 원룸이었다. 테른이야 원래 자신의 그림자에 살기에 상관없지만 원룸이라는 것은 침대가 하나라는 것이고, 그리고 그 침대를 지금 기현주가 쓰고 있는 중이다.

그런데 당장에라도 집으로 돌아가겠다고 할 줄 알았는데 현주는 오히려 망설이는 것이다.

"저기… 죄송한데, 오늘 여기서 좀 자면 안 될까요?"

"여기서요?"

원룸에, 그것도 남자만 사는 방에서 자게 해달라는 말을 하는 자체가 이해가 안 가는 현중이 되물어보자,

"사실… 집에서 납치됐거든요."

"음."

집에서 납치됐다면 집에 가기 싫은 게 당연하긴 했다. 그런데 현주는 갑자기 침대에서 내려와 테른이 가끔 그림자에서

나와서 밖에서 낮잠을 잘 때 쓰는 침낭 곁으로 가더니,

"여기서 제가 잘게요. 오늘만 부탁드려요."

물에 빠진 거 구해줬더니 내 보따리 내놓으라는 식의 모습이
지만 어느 정도 이해도 되긴 했다. 하지만 여자가 침낭에서
자고 남자가 침대에서 잔다는 건 아무리 현중이라도 아직 무
리였다.

대륙에서야 자신이 이방인이라 무심했지만 이곳은 아니
다. 태어나고 자라온 고향이고 앞으로 살아가야 할 곳이다.
그리고 돌아가신 아버지 말씀도 뒤늦게 생각났다.

"여자는 절대로 울려서는 안 된다. 때려서도 안 된다. 그냥 남
자가 참아라. 그게 나중에 다 평화로운 길이고 순리대로 흘러가는
유일한 방법이다."

그런 말이 갑자기 생각난 것이다. 뭐 솔직히 현중도 어느
정도 여자가 침낭으로 가는 모습이 불편하긴 했다.

"아니에요. 어차피 일이 있어서 지금 자지도 못하니 여기
서 쉬어도 됩니다."

"죄송한데……."

씨익~

입가에 미소를 지은 현중의 모습에 현주는 잠시 얼굴을 붉

혔지만 곧 정신을 차리고는 다시 그를 살펴봤다.

혹시나 현중도 남자이기에 걱정이 된 것이다. 그래도 납치된 집보다는 안전할 것 같다는 생각에 무작정 부탁하긴 했지만 이제야 남자만 사는 집이라는 걸 깨달은 모양이다.

그런 현주의 마음을 아는지 모르는지 현중은 그대로 컴퓨터 앞으로 가더니 가볍게 PC를 부팅하고는 테른이 좋아하는 주식 프로그램을 켜고 뭔가 열심히 보고 있었다.

"그럼… 실례 좀 할게요."

"네, 쉬세요. 그런데 신고하지 않아도 되나요?"

이미 녀석들은 동해 바다의 물고기 밥이 되었을 테니 신고해도 별 상관은 없었다. 국내에 실종자가 1년에 몇 십 명에서 몇 백 명이 생기지만 그중에서 찾는 경우는 5%도 되지 않는다. 물론 일본은 그보다 좀 높지만 40%를 넘기지 못하는 것은 마찬가지였다. 즉, 열 명 중에 한 명도 찾을까 말까 하다는 말이다. 어차피 동해 바다 깊숙이 사라진 녀석들은 절대로 못 찾는다. 그래도 집에서 납치가 되었으니 신고 문제를 물어본 것이다. 그런데 현중의 물음에 현주는 오히려 고개를 저었다.

"아니요. 해보나마나예요. 오히려 처음에 신고하는 바람에 제 집이 노출된 것 같아요."

"음……."

그냥 처음에는 단순한 양아치들의 짓이라고 생각했는데

어째 갈수록 뭔가 일이 커지는 것을 느낀 현중은 경찰까지 쥐고 흔들 정도라는 말에 잠시 생각에 잠겼다.

'권력을 가진 자가 있다는 말이군. 경찰력을 쥐고 흔들 정도로 어느 정도 높은 쪽에.'

하긴 그러니까 이렇게 대놓고 움직일 수 있을지도 모른다. 약까지 써서 여자를 무력화시키는 것부터 이상했으니 말이다.

"그보다… 저기… 성함이……."

"아, 현중입니다. 김현중. N대 4학년 복학 준비 중인 복학생이에요."

현중은 현주가 불안해하는 모습에 일부러 학교까지 밝혔다. 제법 알아주는 명문대였기에 일부러 말했고, 역시나 현주도 N대 학생이라는 말을 듣자 오히려 약간 놀란 표정을 지으면서,

"…N대 학생이세요? 저도 N대 학생이에요. 00학번이에요. 경제학과에 다니고 있구요."

"아, 그래요?"

뭐 우연도 이런 우연이 없다고 생각은 했지만 현중은 별 관심 없었다. 어차피 지금 현중에게 여자는 그냥 여자일 뿐이다. 그 이상도 그 이하의 의미도 없다.

"그럼 선배님이네요. 그럼 혹시 무슨 과에 다니세요?"

"일문과예요."

"아, 일문과. 그럼 혹시 병철 선배 아세요?"

"박병철을 말하는 거라면 알고 있죠. 아마 작년에 군대 갔을 걸요, 그 녀석."

박병철을 안다고 말하자 확실히 경계심을 풀어버리는 현주였다. 거기다 입가에 미소까지 띠면서 침대에서 내려와 현중의 곁으로 다가오는 게 아닌가?

"맞아요. 병철 오빠는 작년에 군대 갔어요. 제가 직접 같이 갔으니까 잘 알죠. 근데 오빠가 군대 가는 거 식구들 외에는 알리지 않았는데 오빠랑 친하세요?"

"오빠?"

현중은 갑자기 현주가 목소리 톤을 바꾸면서 훨씬 친근하게 말하자 잠시 당황했다.

"네. 병철 오빠가 외사촌이거든요. 제 이모 첫째 아들이에요."

"아, 그렇군요. 그 녀석이랑은 대학교에 들어와서 친해졌어요. 뭐 그냥 마음이 맞는다고나 할까? 그리고 3학년 마치고 군대 가는 사람이 나랑 병철이뿐이라 우연히 들었어요."

"호호홋, 정말 인연이라는 게 있나 봐요. 절 구해준 사람이 병철 오빠 친구라니. 후후홋."

완전히 경계를 풀어버리고 무장 해제를 한 현주의 모습에 현중은 웃을 수밖에 없었다.

무슨 여자가 저렇게 감정의 기복이 심한지, 보통 납치를 당하고 나면 충격에서 빠져나오는 데 제법 시간이 오래 걸리는 걸로 알고 있는데 현주는 그게 아닌 듯했다.

하지만 현중이 모르고 있는 게 있는데, 바로 흔들다리 효과라고 불리고 있는 현상이 지금 현주에게 일어나고 있다는 것이다. 흔들다리 효과란, 높은 다리 위에서 느끼는 공포심을 앞에 있는 이성에게서 느껴지는 사랑이라고 착각하는 현상이다.

공포심이 아드레날린과 도파민의 수치를 높임으로써 신체적 현상을 정서적 현상으로 받아들이게 되는 것으로 지금 현주는 무의식적으로 현중이 유일하게 자신을 보호해 줄 수 있는 사람이라고 느낀 것이다. 그런데 거기다 자신의 사촌오빠인 병철과 친구 사이라면 누가 봐도 완벽하게 자신을 지켜줄 사람으로 느끼지 않겠는가?

물론 보통의 남자라면 현주 정도의 미녀가 자신에게 보호를 요청하면 쌍수를 들고 환영하겠지만 현중은 달랐다.

'지연이에 이어 이제는 기현주 씨까지……. 최강석… 참 질긴 인연이구나.'

현중은 최강석에 대해서 왠지 계속 인연이 이어질 것 같다는 생각이 들었다. 그리고 그런 인연은 결코 좋게 끝난 적이 없었다. 대륙에서도 마족에 붙어서 알게 모르게 귀찮게 했던 귀족들이 꼭 최강석과 비슷한 인연을 맺었던 기억이 있었다. 한번 맺어진 인연은 좋든 나쁘든 무시한다고 무시할 수 있는 것이 아님을 잘 알기에 어떻게 해야 할까 잠시 고민하던 현중은 정말 괜찮은 생각이 떠올라 현주를 바라보았다. 마침 현주도 현중을 보고 있었다.

"아, 배고파. 현중 오빠, 나 뭐 먹을 거 없어요?"

"먹을 거라면 라면이 좀 있는데 그거라도 먹을래요?"

"라면? 뭐, 어쩔 수 없죠. 저녁 준비하다가 납치됐으니……. 그보다 오빠, 그냥 편하게 말 놓으세요. 병철 오빠 친구라면 뭐 말 놔도 되잖아요? 거기다 전 00학번이구요. 현중 오빠는 95학번이잖아요. 학번만 봐도 대선배인데 꼬박꼬박 존대는 제가 불편해요."

"…뭐… 그러지."

"그럼 라면 좀 끓여 먹을게요."

싱긋 웃으면서 일어서더니 쾌활하게 한쪽에 있는 가스레인지와 냄비를 들고 라면 끓일 준비를 하는 현주를 보던 현중은 잠시 멍했다.

'여자란 원래 다 저런 존재인가?'

현재 현주가 흔들다리 효과로 인해 절대적으로 현중을 신뢰하고 있다는 것을 알 수가 없기에 현중은 여자란 참 알 수가 없다는 생각만 할 뿐이었다. 천심통으로 봐도 현주는 이미 평상시와 같을 정도로 마음이 안정되어 있는 것을 느끼니 더욱 당황할 수밖에 없었다.

흔들다리 효과에 빠지면 절대적으로 신뢰가 형성되기 때문에 현중이 옆에 있는 동안은 무조건 안정되게 되어 있었다. 다만 현중이 사라진다면 어떻게 될지 모르지만 말이다.

그리고 현주가 절대적으로 믿는 현중은 오히려 현주를 이용해서 최강석을 어떻게 할 것인지 떠올린 것이다.

'현주의 기억이야 지우면 되고. 크크큭, 재미있겠어.'

아주 순간적으로 번쩍 떠오른 계획에 의해, 최강석은 마지막에 자기 성질을 못 이겨서 날뛸 것이다. 현중은 그 모습을 떠올리며 음산하게 웃었다.

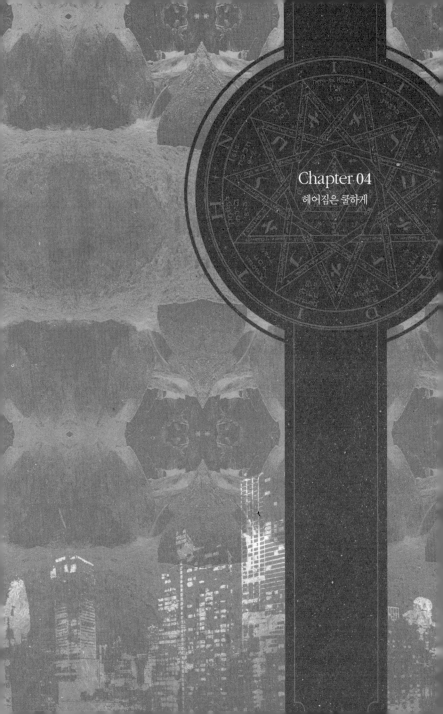

Chapter 04
헤어짐은 쿨하게

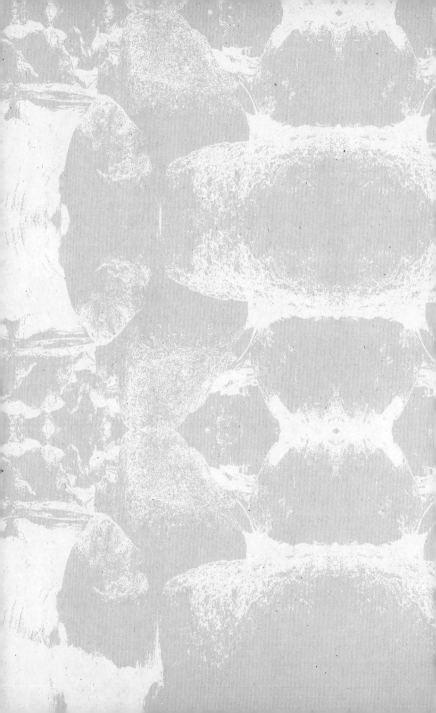

시계를 보니 아침 8시였다. 기현주는 한참을 그렇게 떠들다가 침대에 잠시 앉아 있는 듯하더니 어느새 잠들어 버렸다. 가끔 신음 소리를 내는 것을 보니 악몽에 시달리는 듯했지만 그건 현주 본인이 이겨야 할 과제이기에 현중은 무심한 눈으로 바라볼 뿐이다.

"알아온 것은?"

현중은 조용히 잠든 현주를 뒤로하고 창문을 보면서 말했다. 그러자 테른이 현중의 그림자에서 나타났다.

―알아본 결과 단 한마디로 체르빌 공작과 같은 녀석이었

습니다.

별다른 설명이 없었지만 체르빌 공작이라는 말을 듣자 현중의 눈동자가 날카롭게 변했다.

체르빌 공작. 그는 정말 현중이 기억하고 싶지 않은 녀석 중 하나다. 마족과 손을 잡고 군대의 정보를 팔아먹는 건 기본이고 매일같이 여자를 바꾸는 것은 하나의 놀이였다. 그리고 체르빌 공작과 하룻밤이라도 같이 보낸 여자는 다음날 시체로 발견되었다.

마족들의 먹이로 던져주기 때문에 살아남을 수도 없고, 체르빌 공작이 했다는 증거도 남지 않았다. 오로지 마족들의 짓으로 생각할 뿐이었기에 현중도 제법 애를 먹었지만, 그 녀석의 손에 죽은 여자만 무려 2,000명이 넘는 것을 알아내 자신이 직접 영혼까지 소멸시켰다. 그런 녀석의 이름이 나오자 기분이 나빠졌다.

"영혼의 존재 자체도 의미가 없는 녀석이라는 말이군."

─회사 기밀과 공금을 빼돌리고 자신이 찍은 여자는 누구든지 데리고 놀다가 약에 절여서 사창가나 외국에 팔아버리는 것이 기본 순서입니다.

"흠, 지연이도 그런 케이스인가?"

─알아본 결과 홍지연은 조금 다릅니다. 어제 최강석의 집안과 약혼 날짜를 상의했습니다. 집안끼리 상견례까지 한 것

을 봐서 최강석이 데리고 노는 여자로는 판단되지 않습니다. 그리고 새로운 사실을 알아냈습니다.

"새로운?"

─처음에 그들에 대해서 알아볼 때 제가 아직 지구에 적응하지 못해서 놓친 것이 있었습니다. 최강석, 최태식 부자 외에 대동그룹의 회장과 부회장이 최강석의 외가 쪽이라는 것입니다. 현재 최태식의 부인 하수지의 오빠가 사장으로 하영태, 그리고 아버지가 회장으로 하주혁입니다. 그리고 대동그룹을 이끌고 있는 하 씨 집안에 남자가 태어나지 않아 하수지의 아들인 최강석이 대동그룹을 이어받을 준비를 하고 있습니다.

테른이 하는 보고를 듣고서야 어째서 경찰까지 마음대로 움직였는지 이해가 되었다.

서열 50위의 그룹 회장인 하주혁의 외손자가 최강석이라는 말이 되는 것이다. 그리고 하주혁 쪽에 아들이 없다면 당연히 외가에서라도 후계를 찾아서 그룹을 잇게 만들어야 할 것이 분명하니 웬만해서는 최강석이 하는 것을 다 들어줄 것이다.

그리고 그 말은 실질적으로 다음 대동그룹을 이끌 녀석이 바로 최강석이라는 말이 된다.

그런데 그런 대단한 최강석이 어째서 홍지연과 결혼하려

고 할까? 의문이 들었다.

현중은 누구보다 지연을 잘 알고 있는데, 평범하기만 한 집 안이다. 지연의 아버지는 작은 가게를 하고 어머니는 같이 가게를 꾸리는 그냥 평범한 소시민이고, 대학을 가기에는 가계에 부담이 많이 되는 편이라 스스로 대학 진학도 포기했던 지연이다. 물론 지연의 미모가 알아주는 미인이긴 했지만 대동 그룹 정도의 재력과 권력을 가진 최강석이 결혼할 만큼 빠져드는 배경은 전혀 없다고 생각했기에 의문이 들 수밖에 없었다.

역시 여자는 예쁘기만 하면 되는 것인가 하는 의문이 들긴 했지만 궁금하기보다는 그냥 호기심일 뿐이었고, 이미 홍지연과의 관계는 완전히 무관심하게 되어버린 현중이기에 곧 잊어버렸다.

부스럭부스럭.

현중이 창문의 커튼을 걷어서 햇살이 들어왔는지 뒤늦게 이불 속에서 부스스한 모습으로 일어난 현주는 약간 멍한 눈으로 주변을 살펴보다가 현중을 보자 고개만 까딱하듯 움직였다.

"현중 오빠, 잘 잤어요? 하암!"

작은 입으로 하품까지 하고 일어나더니, 순간 자신이 하품을 했다는 것에 놀라서 급히 손으로 입을 가리고는 곧장 화장실 겸 샤워실로 들어가 버렸다.

피식~

그런 현주의 모습에 현중은 그냥 웃어버렸다.

뭐 좀 엉뚱하긴 했지만 친한 친구인 병철의 사촌동생이고
거기다 같은 대학의 후배이기까지 한 것을 알고 있는 상황이
라 그냥 귀엽게만 보인다.

―마스터, 어제 기현주 씨가 말한 것도 모두 사실이었습니
다. 알아본 결과 정확하게 두 달 전 홍대 클럽에서 처음 최강
석을 만났습니다. 그 후로 최강석이 집요하게 치근덕거린 것
을 이미 주변 사람들이 모두 알고 있는 눈치였습니다.

"그래? 후후훗, 최강석이라……. 과연 자신의 존재가 쓸모
가 있는지 없는지 나에게 증명할 수 있을까?"

현중의 눈빛이 날카롭게 변하면서 다시 창문을 바라보자,

―마스터, 지금이라도 제가 처리할까요?

테른이 처리하려고 마음만 먹으면 백악관 안에 있는 미국
대통령도 순식간에 처리할 수 있다. 물론 현중도 마찬가지다.
마왕조차도 소멸시킨 현중이 겨우 대통령에 흔들릴 이유는
없을 것이다.

하지만 가만히 생각해 보니 최강석을 처리한다고 해도 그
후에 또 다른 녀석들이 나올 게 뻔했다. 그렇다면 아예 대동
그룹 자체를 흔들거나 자신이 집어삼킨다면 어떻게 될까 하

는 생각을 하자 왠지 재미있을 것 같다는 생각이 들었다.

"테른."

ㅡ네, 마스터.

"우선 그냥 놔둬."

ㅡ마스터께서 원하신다면······.

테른은 지구로 와서 이상하게 느긋해진 현중의 행동이 이해가 가지 않았지만 지금 날카롭게 번뜩이는 눈빛만으로 만족하고 있었다.

현중은 느긋해진 것일 뿐 변한 건 없기에.

아직 최강석이 현중을 직접 건드리지는 않았기에 아마 귀찮기도 해서 놔두는 것일 뿐임을 테른도 알고 있었다. 만약에 최강석이 현중을 건드린다면 최강석은 물론 대동그룹 자체가 무너질 것이다. 그리고 충분히 대동그룹 하나는 쥐고 흔들 만큼의 자금력도 있었다.

딸각!

샤워를 했는지 젖은 머리카락을 대충 말리면서 나온 현주는 테른과 현중을 가만히 바라보더니,

"현중 오빠."

"응?"

이제 그냥 편하게 말하기로 했다. 친구 사촌동생이라는데 굳이 경어를 쓸 이유도 없었고 귀엽기도 했다. 확실히 현주는

미인이긴 했다. 섹시한 미인이 아니라 어딘가 청초하면서도 귀여운 매력이 보이는 동생 같은 존재랄까? 지금 현중의 시선에서 현주는 친구의 사촌동생 그 이상도 그 이하도 아니었다.

"그쪽 테른이라는 분… 혼혈이에요?"

"테른? 음, 뭐, 대충 그런 편이지."

검은 머리카락에 검은 눈동자지만 피부색이나 이목구비가 한국 사람과 전혀 다르기에 혼혈쯤으로 생각한 듯했다. 그리고 오히려 그런 부조화적인 테른의 얼굴이 여자로 하여금 섹시함을 느끼게 하는 이유이기도 했었다.

"혹시 몇 살이에요? 학교는 다녀요? 한국말 잘하던데 몇 년이나 살았어요?"

한순간에 몇 가지 질문을 쏟아내는 현주의 모습에도 테른은 조용히 대답했다.

―현재 전 스물세 살입니다. 그리고 학교는 이미 졸업했습니다. 한국말은 배웠기에 어느 정도는 합니다. 그리고 한국에 온 지 이제 두 달 되었습니다.

막힘없이 필요한 말을 확실하게 대답해 주는 테른의 모습에 현중은 피식 웃었다. 뭐, 거짓말한 것은 없으니까 말이다. 나이도 1,023살에서 앞의 1,000을 뺐을 뿐이고 대륙에서 아카데미를 나왔으니 졸업한 것도 맞았다. 한국말은 스스로 배웠고, 두 달째 되는 것도 맞았다. 현중이 차원을 넘어 돌아온 것이 두 달째 되어가는 중이었으니 말이다.

"으음, 혹시 현중 오빠와 어떤 관계예요?"

장난스럽게 물어보는 현주였지만 눈빛은 아마 이게 가장 핵심 질문일 것이다. 그리고 그런 현주의 모습을 테른과 현중이 모를 리가 없었다.

ー마스터입니다.

"……?"

뜬금없이 마스터라니? 현주는 그게 무슨 말인지 몰라서 잠시 현중과 테른을 번갈아보고 있었다. 테른은 정신체였다. 질문에 거짓말을 하지 못하기에 사실대로 말했을 뿐이지만 그냥 아는 형님이나 같이 사는 사람으로 생각했는데 마스터라는 말이 나오자 해석 자체를 못하고 있는 것이다.

"어렵게 생각할 거 없어. 내가 주식 투자를 좀 하는데 현재 내가 설립한 투자 회사의 유일한 사원이거든. 외국에서는 사장을 보스나 마스터라고 불러."

"네에?"

현주는 현중이 주식 투자 회사를 하나 만들어 운영하고 있다는 말에 제법 놀랐다.

원룸도 보니 고만고만한 것이 어째 약간 의심이 들긴 했지만 사촌오빠 친구가 자신에게 금방 들킬 거짓말을 할 이유가 없기에 억지로 믿어주기로 했다.

"후후훗, 거짓말 같애?"

현중이 정확하게 현주의 속마음을 집어내자 뜨끔한 듯 눈동자가 흔들리면서 현주는 살짝 웃었다.

"뭐 굳이 숨길 것도 없으니까. 테른, 잠깐 보여줘."

―네, 마스터.

테른은 곧 컴퓨터를 켜고 주식 프로그램을 실행했다. 현중투자사라는 닉네임을 클릭하자 현재 보유 자산이 나왔다.

"……!!"

현주는 그냥 취미로 주식 투자하거니 생각하고 슬쩍 봤는데 어째 숫자 0이 너무 많은 것이다.

"영, 일, 십, 백, 천, 만, 십만, 백만, 천만, 억, 십억, 백억, 천… 억? 2,545억… 3,145만… 2,300원……? "

"2,500억? 또 늘었나 보네."

별거 아니라는 듯 가볍게 말하는 현중과 달리 현주는 놀란 눈으로 현중을 바라보면서,

"오빠, 어디 재벌 집 아들이에요?"

"응? 아니. 나는 하늘 아래 친척 하나 없는 혈혈단신의 고아인데?"

"그럼 무슨 수로… 2,500억을 벌어요? 그것도 주식만으로."

현주도 주식이 뭔지는 알고 있었다. 10% 승률로 도전하는

도박과 같은 것이 바로 주식 투자라고 들었다. 물론 해본 적은 없다. 하지만 개인이 2,500억의 자산을 가지고 있다면 국내에서 웬만한 중소기업쯤은 우습게 보이는 재력이라는 것쯤은 알고 있기에 놀란 것이다.

"테른이 주식을 잘해."

다시 테른을 바라보는 현주는 슬그머니 테른에게 다가가더니,

"저기… 테른 오빠."

—…….

"나도 좀 해줘요."

—안 됩니다.

"잉? 왜 안 돼요?"

—주식 투자 회사라고 말했습니다. 그리고 마스터의 허락 없이는 개인적인 투자 자문은 해드릴 수 없습니다.

"쳇."

현중을 슬그머니 돌아보는 현주의 눈빛은 애처로웠지만 현중은 오히려 웃으면서 단칼에 거절했다.

"안 돼. 아무리 친구 사촌동생이라도 공과 사는 구분해야 되고, 난 누구의 투자도 도와줄 생각 없어. 어린 나이에 돈을 일찍 알면 그것도 좋지 않아."

"칫, 오빠도 어리면서. 병철 오빠랑 친구라면 같은 스물다

섯 살일 텐데… 저랑 몇 살 차이 난다고 어린애 취급이나 하
고."

현주야 토라지든 말든 현중은 애초에 주식 자체를 테른의
하나의 취미로 해줄 생각이었기에 누구도 주식에 관해서는
들어줄 생각이 없었다.

"그보다 오빠는 천 억대 부자인데 왜 이런 데 살아요?"

"왜? 원룸이 어때서?"

천 억대 주식 부자가 남자 둘이서 손바닥만 한 좁은 데서
산다는 게 왠지 어린 현주에게는 이해가 되지 않는 듯했다.
하지만 그런 현주의 반응에도 웃기만 하는 현중이었다.

"어차피 조만간에 오피스텔 하나 얻어서 옮길 거야. 몇 달
뒤면 학교 복학도 해야 하고, 가능하면 학교에서 가까운 곳으
로 얻으려고 생각 중이거든."

현중은 별뜻 없이 한 말이었는데 순간 현주의 눈빛이 번뜩
이는 것을 미처 현중도, 테른도 보지 못했다.

"아, 역시. 후후훗, 배고프죠? 내가 맛있는 아침 차려줄까
요?"

싱긋 웃으면서 일어선 현주는 곧 가스레인지 쪽으로 가더
니 냄비에 물을 부어서 무언가 열심히 준비하는 듯했다.

"뭘 하려고?"

현중이 지금 먹을 게 없을 거라는 생각에 물어보자 현주는

너무도 당당하게,

"라면 네 개 끓이려구요."

"하하하하! 그래, 뭐, 그거면 됐지."

역시나 라면이었다.

아무튼 그렇게 대충 아침을 먹고 난 다음에 현주는 현중에게 자신이 현재 지내고 있는 원룸까지 같이 가달라고 했다.

쾌활한 모습을 보이고 있긴 하지만 역시나 일부러 밝은 표정을 짓고 있다는 것이 느껴졌다. 그 순간 살짝 현주를 이용하는 게 미안한 마음이 들긴 했지만 서로 원원하는 거라는 생각에 무시했다. 가는 동안 일부러 현중은 자신을 노출시켰다.

"여기예요."

현중이 살고 있는 원룸에서 그리 멀지 않은 곳에 현주의 원룸이 있었다.

원래 이곳 자체가 원룸 촌이라고 불릴 만큼 원룸이 많은 곳이라 같이 가달라고 하는 말에 혹시나 했는데 역시나다. 웃기게도 현주를 구했던 골목 맞은편이 바로 현주가 살고 있는 원룸 빌라였던 것이다.

"문이 열려 있군."

어차피 납치범들이 문을 잠그고 나갈 것이라고는 생각지 않았다. 열린 문으로 들어가자 온 집안이 난장판이었고, 옷과 화장품 등이 어지럽게 방바닥에 널브러져 있는 것을 보고 현중도 살짝 이마를 찡그렸다.

"방 빼서 다른 데로 옮겨야겠네요."

"그렇겠지."

원래 최강석 같은 놈들은 자신이 원하는 것을 손에 넣기 위해 수단과 방법을 가리지 않는다. 이미 알려진 집에 다시 들어가 지낸다는 것은 그냥 자신을 잡아가라고 선전하는 것과 마찬가지였다.

그런데 어쩌다 보니 현중도 현주가 짐 싸는 데 같이 하게 되었다.

그렇게 싼 짐은 겨우 여행용 가방 네 개 정도였다.

여학생치고는 의외로 짐은 적은 편인데,

"현중 오빠, 저 당분간만 오빠 집에서 좀 살게요."

"응?"

"집에 가봐야 부모님 걱정만 할 것 같구요. 우선 방 구할 때까지 만이라도 오빠 집에 좀 보관해 주세요. 이 상태로는 친구 집에 들어가면 친구도 위험할 것 같아서요. 부모님 집도 마찬가지라고 생각해요."

이럴 수도, 저럴 수도 없는 상황이 되어버린 현주의 모습에 잠시 바라보던 현중은 속으로 웃으면서 허락했다. 이미 현주와 같이 원룸으로 들어갈 때 누군가 멀리서 사진을 찍는 것을 알고 있었지만 모른 척했기에 현주가 가능하면 현중과 가까이 붙어 있어야만 했다.

"편한 대로 해."

"정말요? 정말이죠? 저 오빠네 집에서 지내도 되는 거죠?"

"그래."

현중은 그대로 자신의 어깨 정도 오는 현주의 머리를 쓰다듬으면서 짐을 들고 먼저 나섰다. 그런데 그런 현중을 바라보던 현주는 입이 튀어나온 채,

"내가 어린앤가? 쳇."

지금 현중의 태도 하나로 대번에 자신을 어떻게 생각하는지 알아차린 현주는 괜히 심통이 난 듯 투덜거렸지만 곧바로 짐을 들고 나가 버린 현중의 뒤를 따랐다.

       *   *   *

"뭐야?"

검은 양복을 입고 듬직한 어깨와 커다란 덩치에 걸맞게 큰 키가 위협적인 남자가 젊은 남자 앞에 고개를 숙였다.

"최 부장, 일을 이렇게밖에 못합니까?"

젊은 남자가 앉아 있는 책상 앞에는 [최강석 마케팅부 실장]이라고 쓰여 있었다.

"죄송합니다. 솜씨 좋은 애들 둘이나 붙였는데… 그게……."

"겨우 여자 하나 데리고 오지도 못하고 녀석들이 잠수를 타다니… 설마 그놈들이?"

최강석의 말에 급히 최 부장은 고개를 흔들면서,

"아닙니다. 알아본 결과 기현주는 아침에 자신의 원룸으로 돌아왔다고 보고 받았습니다. 그런데 곁에 다른 남자가 있었다고 합니다."

"남자?"

최강석은 그동안 기현주를 차지하기 위해서 조사를 했다. 그런데 현재 기현주 주변에 남자는 없었다. 그리고 남자가 있었다면 몇 달이 지난 지금에서야 나타날 리가 없지 않은가? 잠시 생각에 빠진 최강석 앞에 최 부장은 사진 한 장을 내밀었다.

"이놈이?"

"네, 기현주 옆에 있는 녀석의 이름은 김현중, 10월에 군대를 제대한 녀석입니다. 그리고 N대 4학년 복학 준비 중인 것으로 알아냈습니다."

"김현중? 김현중… 김현중… 누구지?"

잠시 어디선가 들어본 적이 있는 듯한 느낌에 최강석이 잠시 생각하더니 조금 뒤에 기억난 듯 고개를 번쩍 들었다.

"맞아. 홍지연 그년이 데리고 다니던 그놈이군."

최강석은 이미 홍지연과 현중의 사이를 알고 있었다. 거기다 지금 말하는 투가 영 홍지연을 사랑하는 사람이라고 생각하기 어려웠다.

"홍지연이면… 곧 약혼할 분 아닙니까?"

최 부장은 최강석의 최측근이기에 홍지연을 당연히 알고 있었다. 그리고 최강석이 홍지연을 좋아하지 않는다는 것도 알고 있지만 그래도 말은 정중하게 했다.

"얼굴만 반반하고 양다리 걸친 년이지. 크크큭, 뭐, 회장님의 명령만 아니라면 벌써 버렸을 년인데. 김현중 이놈이 왜 기현주와 같이 있는 거지?"

최강석의 눈빛에 급히 고개를 숙인 최 부장은,

"아직 그것까지는 잘 모르겠습니다."

"그런데 현주 그년을 데리러 갔던 녀석들은 어디로 사라진 거야? 기껏 약까지 구해줬는데 사라지다니 일처리가 요즘 들어 영 마음에 들지 않아, 최 부장."

끝말을 늘리면서 놀리는 듯 말하는 최강석의 말투에 최 부장은 식은땀을 흘렸다.

최강석의 말 한마디면 자신은 흔적도 없이 사라질 수 있는 존재이기에.

"그것이… 계획대로 실행을 한 듯합니다. 하지만 집에서 기현주를 납치하고 나서 밖으로 나온 것까진 흔적이 있는데 그 이후의 흔적과 모든 소식이 끊겨 버렸습니다."

"쳇, 요즘 뭐 하나 제대로 되는 게 없구만. 홍지연 그년도 계속 보채는 게 짜증만 나는데 현주 그년은 보란 듯 다른 남자를 꿰차고 나타나다니."

몇 달째 공을 들였지만 끝까지 넘어오지 않는 현주 때문에 짜증이 났던 최강석은 입맛을 다시면서도 최 부장을 조용히 바라봤다.

"최 부장."

"네, 실장님."

"다시 한 번 기회를 줄 테니까 현주 그년을 내 앞으로 데려와."

"알겠습니다."

어쩔 수 없이 방을 나온 최 부장은 살기를 번뜩이면서 이를 갈았다.

"박철민, 우도우 이 두 놈은 도대체 어디로 사라진 거야. 젠장할!"

지금까지 박철민과 우도우 두 녀석에게 맡겨서 해결되지 않은 적이 없기에 이번에도 무려 세 가지를 섞은 마약을 주었다. 기현주는 자신이 봐도 매력적이고 괜찮은 여자이기에 확실하게 데리고 오기 위해 처음으로 약을 주었는데 이것들이 미쳤는지 아니면 실패한 건지 알 수가 없었다.

거기다 그날 이후로 흔적도 없이 사라져 버린 것이다.

최 부장은 현재 사라져 버린 박철민과 우도우가 동해 바다 깊은 곳에 영원히 가라앉아서 찾지 못하리라라는 것을 알지 못했다.

딸각.

최 부장은 주머니에서 전화를 꺼내 간단하게 단축번호를 눌렀다.

"나다. 그래, 제이슨을 불러야겠다. 알아서 처리하도록."

통화를 마친 최 부장의 표정은 싫은 부탁을 하는 듯 심하게 인상이 구겨졌다.

"웬만하면 그 녀석은 부르고 싶지 않았는데, 젠장할. 은퇴한 스페셜포스 녀석이면 충분하겠지."

제이슨, 그는 괴팍하지만 실력 하나만큼은 최고이기에 가끔 부르곤 했다. 완벽한 일처리도 장점이었다.

하지만 문제점도 컸다. 동양인을 원숭이 보듯 하는 백인 우월주의자임에도 스페셜포스 크라브마가(스페셜포스 백병전 정식 기술. 이스라엘 특수부대에서 처음 만들어진 것으로 가장 현대전과 도시전에 적합하도록 만들어진 무술) 교관이었고, 전 이스라엘 특수부대 출신이라는 이력 때문에 누구도 불만 한마디 못한다는 것이었다.

거기다 한번 움직일 때마다 돈이 천만 단위로 깨지기도 했다. 하지만 지금 최강석의 반응을 보니 차라리 돈이 좀 들더라도 제이슨을 쓰는 게 나을 듯했다.

아마추어 권투 금메달 리스트였던 박철민과 유도 동메달 리스트였던 우도우가 소리 소문 없이 사라진 것이 아무래도 마음에 걸리는 최 부장이다.

"기현주… 그리고 김현중……. 도대체 무슨 관계지?"

이미 1년 전에 군대를 가버린 병철이기에 뒤늦게 기현주와 김현중 사이에 병철이 있다는 것을 아무리 대동그룹이라도 알 수가 없을 것이다.

다만 현주를 납치하기로 한 다음날 기현주와 김현중이 같이 나타났기에 뭔가 관계가 있다고 의심하고 있을 뿐이다.

하지만 그런 의심도 곧 머릿속에서 지워 버렸다.

"제이슨이 움직이는 이상 실패는 없지. 크크큭, 돈값은 하는 녀석이니까."

제이슨은 스페셜포스 교관 시절 부대 내에서 적수가 없을 만큼 강한 고수였지만, 다혈질에 폭력적인 성격을 이기지 못하고 시범 중 다섯 명이나 반신불수로 만들어 버리는 바람에 불명예 퇴역을 당했다.

원래 군대라는 곳은 불명예 퇴역을 당하면 나라에서 한 푼도 나오지 않는다.

당연히 할 줄 아는 것이라고는 사람 죽이는 기술밖에 없는 제이슨은 어둠의 세계로 빠져들었고, 우연히 최 부장을 만나 한국으로 넘어와 가끔 한 번씩 움직이면서 일을 해주고는 몇 천만 원을 받아 생활하는 것이 익숙해져 버린 녀석이다.

조폭들이 악과 깡으로 뭉친 녀석들이라면 제이슨은 그런 조폭들과는 질적으로 달랐다.

사람을 죽이는 것이 몸에 익은 프로 중의 프로, 그것이 제이슨을 평가하는 최 부장의 생각이다.

아무리 무섭고 잘난 척하는 조폭이라도 사람을 죽이기까지는 결심이 필요하다. 가끔 인간 백정 같은 녀석이 나오지만 그런 녀석은 오히려 정신적으로 문제가 있기에 조폭들 스스로 폐기하기 일쑤였다. 하지만 제이슨은 정상인과 같았다. 오히려 호남형에 제법 잘생긴 얼굴이다. 성격이 다혈질일 뿐이지 사리 분별을 못하는 것도 아니다.

하지만 적이라고 판단되면 용서가 없는 것이 바로 프로다. 죽여야 하는 데 이유도 필요없고 의미도 필요없다. 오직 돈으로 움직이는 것이 프로다. 그리고 제이슨은 그런 프로들 바닥에서도 제법 알아주는 편이었다.

저격총으로 암살을 하는 암살자들은 제법 많지만 제이슨처럼 직접 몸으로 뛰어들어서 처리하는 실력자는 요즘 같은 세상에 구하기 어려워서 최 부장 재량껏 지금까지 제이슨을 데리고 있으면서 잘 이용하고 있는 편이었다.

　　　　　＊　　　　＊　　　　＊

"안 되겠다. 오늘 당장 집을 알아봐야겠어."

"응? 오늘요?"

현중은 현주의 짐을 가지고 원룸으로 들어와서야 현주의 동거를 가볍게 허락한 것이 실수였음을 깨달았다. 우선 원룸 자체가 남녀가 같이 지내기에는 부부가 아닌 이상 힘든 구조였다. 그리고 무엇보다 좁았다.

현주야 어떨지 모르지만 현중이 불편했다. 곧 일이 끝나면 기억을 지우고 돌려 보낼 거라 상관없다고 생각했는데 막상 와보니 그게 아니었다.

테른과 둘이 사는 것도 그나마 테른이 주식을 할 때 빼고는 거의 현중의 그림자 속에서 생활하기에 가능했지만 현주는 달랐다.

"어차피 며칠 내로 오피스텔 하나 얻어서 나가려고 생각했으니까."

"오피스텔!!"

한순간 현중의 말에 눈을 번뜩이는 현주는,

"오빠, 오피스텔에서 살 거예요?"

"응. 그게 편하니까."

오피스텔이 확실히 편했다. 다만 비쌀 뿐이지. 그리고 지금 현주의 반응을 보니 싫지는 않은 것 같다고 느끼는 현중이다. 실제로 현주는 싫은 게 아니라 이게 웬 떡이냐는 기분이었다.

젊은 여자들의 로망이 뭐겠는가? 바로 독립이다. 그리고 독립한 여성들이 가장 살고 싶어하는 곳이 바로 오피스텔이다.

제법 사는 집안의 여대생은 누구나 할 것 없이 오피스텔을 얻어서 학교를 다니는 것이 기본이다 보니 웬만한 대학가 근처에는 원룸과 하숙집 다음으로 많은 게 오피스텔이다.

거기다 경비도 있고 보안도 제법 좋은 편이라 여대생이라면 대부분 돈만 있다면 누구나 들어가고 싶어하는 곳이기도 했다.

"왜? 오피스텔 좋은 데 알아?"

현중은 전혀 모르는 상황이라 현주의 반응을 보니 혹시 아는 곳이 있는가 해서 물어본 것인데 그것이 실수였다.

"네! 제가 잘 알아요!!"

"그래? 그럼 너도 같이 가자. 짐은 지금 당장 풀 것 없고, 어차피 너도 수업이 오늘 없다면서?"

아까 수업도 없으니 그냥 오늘 쉬고 싶다고 한 말을 들었기에 생각없이 한 말인데 현중은 몰랐다. 여자란 어떤 존재인지를. 125년을 살면 뭐하는가, 여자를 아직도 모르는데.

"당장 같이 가요."

덥석!

곧바로 현주는 현중의 팔짱을 끼면서 이끌기 시작했다. 잠시 그냥 혼자 알아볼까 생각하던 현중은 생각을 고쳤다. 아무래도 자신보다 이곳에서 오래 살았고, 또 여자 특유의 꼼꼼함이 도움이 될 지도 모른다 여긴 것이다.

하지만 그 생각이 얼마나 잘못된 것인지 깨닫는 데는 겨우 두 시간도 걸리지 않았다.

"그러니까 전세라도 1억이라구요?"

현주는 지금 눈앞의 부동산업자가 장난치는가 싶은 마음에 다시 물었지만 오히려 그런 현주를 보는 중개업자는 세상 물정 너무 모른다는 표정을 지으면서 순식간에 표정이 바뀌었다. 그런 모습을 뒤에서 지켜보던 현중은 슬쩍 화가 나기 시작했다.

"아가씨는 잘 모르는 것 같은데, 학교에서 가까울수록 비싸다는 건 기본이야."

뒤로 몸을 뉘이면서 거드름 피우는 모습을 보니 돈도 없는 것들이 눈만 높아서 뭘 그렇게 따지냐는 표정이다.

"하지만 작년에만 해도 6천이면 전세 구할 수 있다고 알고 있는데요?"

현주는 자신과 같은 과에 있던 미영이 올해 초 방 세 개짜리 오피스텔을 6천에 전세로 들어갔다고 들었다. 그런데 아직 올해가 지나지도 않았는데 1억이라니 어이가 없었다.

"그럼 딴 데 가보던가. 흠흠."

"흥! 그럼 다른 데 가보죠."

현주도 중개업자의 표정을 읽었는지 잔뜩 화가 난 얼굴로 벌떡 일어서더니 현중의 팔을 잡고 나가려고 했다. 그런데 현중은 그런 현주의 팔을 살짝 막고는 천천히 걸어서 중개업자 앞으로 다가가더니,

"영감님."

"왜 그러는가?"

잔뜩 화가 난 목소리로 대꾸해 오자 현중은 씨익 웃으면서 조용히 말했다.

"자기 마음대로 가격을 후려치는 거 신고해도 괜찮은가요?"

뜨끔!

현중의 말을 들은 중개업자는 살짝 눈빛이 흔들렸지만 곧바로 오히려 더욱 화를 내면서 큰소리쳤다.

"어린것이 뭘 안다고 지금 그딴 개소리를 하는 거야? 응? 내가 가격을 후려치다니? 하! 기가 막히네, 정말. 야, 어린 녀석이 내가 늙었으니까 우습게 보이냐? 응? 이게 어디 돈도 없

는 것들이 재수없게 와서 개소리나 지껄이고 있어!!"

얼굴까지 붉히면서 난리치는 중개업자의 모습을 보고 있던 현주는 갑자기 겁이 났는지 현중의 뒤로 살짝 숨었다. 하지만 현중은 오히려 웃으면서 주머니에서 뭔가 꺼내 중개업자 앞에 슬쩍 던졌다.

"어째 여기 서류를 보니 어르신이 하는 말이 영 믿음이 가지 않아서 말이죠."

"뭐야? 이게 어디서 지금 장사하는 집에 와서 행패야, 행패가!! 이게 뭐라고 어따 대고 협박질이야!!"

중개업자는 입김을 뿜어내면서 현중이 준 서류를 거칠게 집어 들더니 찢어질 정도로 힘껏 펼쳐서 잠시 읽었다. 그리고 곧바로 얼굴이 굳어버렸다.

"이, 이걸… 어, 어떻게……."

그런 중개업자의 반응에 오히려 웃는 얼굴을 유지한 채 현중은 조용히 말했다.

"가격 담합에 후려치기에… 수수료를 많이 남기기 위해서 중간에 가격 조작까지. 대단하시군요, 박철중 어르신."

"헉!! 내… 이름을……."

지금 박철중의 손에 있는 것은 자신이 지금까지 가격을 바꿔서 중간에 가로챘던 기록이었다. 문제는 그건 분명히 자신의 집 금고 안에 있어야 하는 서류였다. 거기다 자신의 필체가 확실했기에 의심할 것도 없기에 놀라고 있는 것이다.

현중은 이미 처음부터 중개업자의 눈동자를 통해 천심통을 발휘해 가격을 후려치고 맘대로 조정해서 터무니없는 가격을 현주에게 말하고 있음을 알고 있었다. 거기다 웃기게도 발철중의 마음속을 들여다본 결과 학교 근처 부동산 중개업자들, 일명 복덕방을 운영하는 녀석들이 모두 짜고 가격을 후려치고 있었다.

그것을 확인하자마자 바로 현중은 테른을 조용히 불러 서류를 가져오게 했고, 그걸 박철중 앞에 던져 버린 것이다.

"서류를 보니 이 근처에 있는 부동산 중개업자들 모두 담합을 했더군요. 서로 말 맞추고 말이죠. 후후훗."

박철중은 지금 현중을 보면서 머릿속이 복잡하기만 했다.

보기에는 어리지만 서류를 가지고 있는 것부터 현중이 과연 누구인지 의심이 들기 시작한 것이다. 혹시 세무서 직원? 아니면 형사? 이중 서류를 이용했기에 그 누구도 알지 못할 것이라고 자신하고 있었고, 무려 10년을 그렇게 하는 동안 단한 번도 걸린 적이 없기에 이렇게 당황하는 것이다.

"이게 뭐라고 종이쪼가리 가지고 날 협박해! 이런 호래자식을 봤나!!"

아무리 생각해도 현중이 경찰이나 공무원 쪽의 사람으로 판단되지 않자 오히려 강하게 나가기로 한 박철중은 대뜸 욕까지 하면서 억지로 현중과 현주를 밀어냈다.

"후후훗, 뭐, 정 그러시다면……."

현중은 조용히 웃으면서 노인이라 힘도 없는 발철중이 밀어냄에 몸을 맡기고 밖으로 나왔다.

"뭐야!! 뭐 저런 새끼가 다 있어, 정말!!"

현주는 누가 봐도 적반하장인 박철중의 모습에 기가 막히고 코가 막혀서 가게를 나오자마자 현중 뒤에 숨어서 큰 소리로 한마디 했지만 얼굴만 내밀고 있을 뿐이다.

"그냥 가자. 테른에게 알아보라고 하면 될 테니까."

"홍!! 이딴 복덕방, 망해 버려라! 에이!!"

현주는 끝까지 현중의 뒤에 숨어서 화풀이를 하고는 조용히 현중을 따라 움직였다.

그리고 현중은 역시나 현주가 아직 어리다는 생각에 머리를 흔들면서 테른에게 조용히 몰래 부탁했다.

"오피스텔 좀 알아봐라."

―네, 마스터. 그런데 저 녀석은 어떻게 할까요?

"후후훗, 이 근처 모든 부동산 중개업자들의 자료를 가지고 인터넷과 신문, 방송사에 뿌려 버려라."

기껏해야 동네 경찰만 신경 썼을 것인 박철중의 생각을 뒤집어서 아예 대대적으로 퍼뜨려 버릴 생각을 한 것이다. 그리고 현중이 그냥 가볍게 말한 이 명령 때문에 한동안 부동산 중개업 하는 사람들은 세무 조사에 시달려야 했다. 그것도 2002년 월드컵을 1년 반 정도 앞두고 국제적으로 민감한 이 때에 부동산 중개업자들이 담합을 하고 가격을 맘대로 조정해서 세금을 탈세했다는 것은 도저히 그냥 넘어갈 수 없는 일이었다.

테른이 자료를 퍼뜨린 지 하루도 지나지 않아서 곧바로 방송사들은 일제히 중심 뉴스로 다루기 시작했다. 대다수 내 집 마련을 위해 힘쓰던 국민들은 그동안 믿고 맡겼던 부동산 중개업자들의 어이없는 비리를 듣고는 집값이 오르는 이유가 그들 때문이라고 생각하게 되었다. 당연히 범국민적으로 민심이 들썩이기 시작하자 이례적으로 대통령이 직접 명령을 내렸다.

명령을 받은 검찰들이 전국의 모든 부동산업자들을 작정하고 들쑤시자 처음에 밝혀진 자료는 오히려 빙산의 일각이라는 것이 드러났다. 수많은 사람들이 자격증을 취소당하고 공인중개사 시험이 새로 바뀌면서 자격 심사가 엄격하게 변하게 되었다.

물론 현중은 그런 일이 벌어지든 말든 관심도 없었고 상관도 없었다. 그리고 박철중은 그동안 뇌물을 주던 경찰들까지 줄줄이 엮여 고소당하는 바람에 다 늙어서 콩밥 좀 먹는 신세가 되었다.

뭐 조금 뒤에 일어날 일이지만 말이다.

"오빠, 기분도 꿀꿀한데 우리 뭐 시원한 거 좀 먹으러 가요."

아직도 화가 안 풀렸는지 툴툴거리는 현주가 초롱초롱한 눈빛을 보내면서 말하자 현중은 피식 웃으면서,

"그래, 가자."

"오, 예~ 그럼 오빠가 사주는 거예요? 알았죠?"

"후후훗, 그래."

아마 자신에게 여동생이 있다면 이런 애가 좋겠다는 생각이 들 정도로 천진난만하면서도 톡톡 튀는 매력을 보이는 현주에게 현중도 어느 정도는 편하게 대하고 있었다.

여자가 아닌 동생으로 인식하자 그나마 편하긴 했다.

제법 많이 걸었다는 생각에 눈에 띄는 가까운 카페에 들어온 현중과 현주였다.

"시원한 아이스 아메리카노 두 잔이랑 치즈케이크 한 개랑 티라미스 한 개, 이렇게 주세요. 오빠 계산~"

현주가 자기 맘대로 주문해 버리고는 뒤로 쏙 빠지자 현중이 계산을 했다. 그녀는 곧바로 현중의 팔을 잡고 창가 쪽으로 이끌더니 앉았다.

"여기 친구들이랑 자주 오는데 커피 맛있어요. 케이크도 맛있구요."

익숙하게 행동하는 게 대충 그럴 것이라 예상했던 현중은 거의 듣는 편이었고, 대화의 대부분은 현주가 하는 쪽이었다.

딸랑~

카페 문이 열리는 소리가 들리고 무심코 시선을 돌리던 현중은 우연인지 지연과 시선이 딱 마주쳤다.

"어머! 현중아!"

밝게 웃으면서 다가오는 지연의 모습에 현중은 입가에 미소는 띠지만 눈빛은 차갑게 가라앉았다.

"귀여운 아가씨는 누구야?"

살짝 경계하는 듯한 지연의 모습에 현중은 피식 웃으면서,

"병철이 알지? 병철이 사촌동생이야."

"병철이? 아, 만나서 반가워요. 나 홍지연이에요."

"네? 아, 네. 기현주예요."

당당하게 현중에게 다가와 친근하게 말하는 지연의 모습에 약간 기가 죽은 듯한 현주의 모습을 보던 현중은 자리에서 일어섰다.

"현주야, 잠깐만 이야기 좀 하고 올게."

"네? 아, 네. 그래요, 오빠."

현중이 지연과 카페 밖으로 나가자, 현주는 현중이 카페를 나간 시점부터 갑자기 눈동자가 흔들리기 시작했다. 그리고 곧 불안한지 카페 안이 훤히 들여다보이는 커다란 유리 너머

로 현중의 등에서 시선을 떼지 못했다.

사실 현주는 회복한 게 아니었다. 흔들다리 효과는 공포를 사랑으로 인식하게 만드는 일시적인 착각이다. 현중이 자신을 보호해 줄 수 있다고 믿기 시작하면서 현중과 있을 때는 평소의 모습과 변함이 없지만 현중이 약간이라도 자신을 떠날 것 같다는 느낌을 받기 시작하면 조금씩이지만 불안한 증세를 보이게 된 것이다.

다만 현주의 성격이 워낙 낙천적이고 쾌활한 편이라 겉으로 크게 드러나지 않아서 현중도 아직 모르고 있을 뿐이다.

"제대하고 처음이지? 그보다 너 많이 변했다. 나도 한순간 현중이 너 맞는지 의심했거든. 하지만 사귄 날이 오래된 내 눈은 속일 수가 없었지만 말야."

홍지연은 굳이 자신을 데리고 카페 밖으로 나온 현중에게 살짝 기분이 상했지만 웃으면서 말을 걸었다.

"……."

하지만 현중은 지연을 보지 않고 조용히 정면만 바라보면서 대답이 없었다.

"에이, 화난 거야? 내가 좀 바쁘기도 했지만 너도 바쁘다고 했잖아. 그러니 그냥 퉁 쳐서 없던 일로 하자. 응?"

현중의 팔을 들어 자신의 팔을 집어넣은 지연은 누가 봐도 연인의 모습이지만 현중은 대답이 없을 뿐이다.

"너, 군대 갔다 오더니 더 말이 없어진 것 같다?"

현중은 원래 말이 없긴 했다. 그래도 밖으로 나와서 한마디 말도 하지 않는 그를 보자 첫날 약속 펑크 때문에 단단히 삐진 것이라고 생각한 홍지연은,

"그만 화 풀어라. 응, 현중아? 그보다 너 정말 멋지게 변했다. 군대 다녀오면 남자는 변한다고 했지만 키도 그렇고 얼굴이랑 피부도 정말… 내가 아는 현중이가 맞는지 의심이 들 정도야. 호호호."

지연은 처음 카페를 들어왔을 때 한순간 현중을 알아보지 못했다. 하지만 조금 뒤 현중이라는 걸 알았다. 분위기도 그렇고 모든 게 변해서 잠시 다른 사람인가 착각도 했지만 얼굴이 크게 변한 것은 아니기에 금방 알아본 것이다. 다만 분위기가 너무나 바뀌어서 지금 지연은 자신의 가슴이 현중을 보고 이렇게 두근거린 게 얼마만인지 잠시 생각할 정도였다.

하지만 지연이 그런 마음이 드는 건 당연했다.

환골탈태를 세 번이나 겪으면서 현중의 기도가 완전히 달라진 것이다. 완벽하게 자신을 통제할 수 있는 능력을 가진 존재가 되면서 보이지 않지만 현중의 몸에서는 아우라가 언제나 주변을 휘감아 돌아 현중 자신에게 끌어당기는 마력을 뿜어내고 있었다.

이건 오직 현중이 익히고 있는 무공 때문에 생겨난 결과였지만 무공의 무 자도 모르는 현대인인 지연이 그걸 느낄 리가 없었다.

그냥 무한히 믿음직스럽고 호감이 가는 현중의 모습에 가슴이 뛰는 것을 느낄 뿐이다.

여자는 아무리 시대가 변해도 안정을 원하는 동물이다. 물론 도전과 모험을 원하는 여자도 있고 사랑에 목숨을 거는 여자들도 제법 있지만 안타깝게 지연은 안정적이고 돈만이 자신의 생활을 유지하는 필수품이라고 생각하는 여자였다.

다만 현중의 분위기가 지금까지 겪어본 적이 없는 새로운 느낌이고, 본능적으로 현중의 능력을 감지하고 가슴이 두근거릴 뿐이었다. 하지만 지연은 현대적인 커리어우먼이었다.

그렇기에 지연 스스로 본능보다 이성이 앞서는 것이 약간 아쉬울 뿐이다.

"그보다 만난 김에 오늘 저녁이나 같이 먹을까? 마침 외근도 일찍 끝났거든. 어때?"

일 때문에 이곳에 왔다가 마침 현중을 본 듯 지연은 선심 쓰듯 말했지만 현중은 그제야 지연을 바라보면서,

"아니. 오늘은 선약이 있어서 말야."

"선약이라니? 설마… 저기 현주라는 애 말하는 거야? 오호 ~ 너 설마 영계 좋아했어?"

지연이 보기에도 현주는 매력이 있었다. 딱 봐도 대학 초년 생이었고, 풋풋하면서도 발랄한 매력이 느껴졌다. 하지만 현 중이 자신 이외의 다른 여자에게 관심을 보인 적이 없기에 짐 짓 놀란 척 말했는데 현중의 입에서 뜻밖의 대답이 나왔다.

"응. 현주랑 오늘 같이 있어야 하거든."

"후후훗, 장난치기는."

홍지연은 현중에게 장난치지 말라고 말하면서 웃었지만 현중과 눈이 마주치는 순간 입가에서 웃음이 사라졌다.

"정말이야?"

"응."

무미건조한 현중의 대답에 홍지연은 잠시 멍하니 현중을 바라보다가,

"내가 좀 무심했다고 화난 거야? 아니면 면회 한 번 안 갔 다고 그런 거야? 음, 아니면 군대에서 군화 거꾸로 신은 거 야?"

화가 난 듯하지만 목소리는 조용히 가라앉아 있는 지연의 말에 현중은 조용히 말했다.

"저번 주에 최강석이라는 사람과 약혼식 날짜 잡았다고 들 었다."

"……!!"

전혀 예상치 못했던 말이 현중의 입에서 나오자 그 순간 온

몸이 얼어붙은 듯 굳어버린 지연이었다.

"고등학교 때부터 이미 최강석이랑 만나고 있었다고 들었다."

"……!!"

눈빛이 심하게 흔들리는 지연을 가만히 바라보던 현중은 표정의 변화도 목소리의 변화도 없었다.

"널 탓하지는 않아. 난 실제로 그때 능력이 없었으니까. 사고로 부모님이 갑자기 돌아가시고 아버지 친구 분인 명석 아저씨의 도움으로 겨우 학교을 다니고 생활을 하는 나였으니까. 그리고 넌 언제나 당당했고, 자신의 일은 스스로 결정해서 앞으로 나가는 너의 성격을 내가 모르지 않거든."

"너… 그걸 어떻게… 알았어? 설마… 최강석… 을 만난… 거야?"

홍지연과 최강석의 약혼에 대해서는 아직 양쪽 집안의 사람들만 아는 극비였다. 아직 그 누구도 알지 못하고 말한 적도 없다. 그런데 현중은 자신이 이미 고등학교 때 최강석을 만나왔다는 것까지 알고 있는 것이다.

"아니. 난 얼굴 한번 본 적 없어."

"그럼! 그걸 어떻게 아는 거야?!"

갑자기 얼굴을 무섭게 일그러뜨린 지연의 모습에 현중은 다른 감정보다 씁쓸함이 느껴져 안타까웠다.

"우연히 알게 되었어."

"거짓말!"

절대로 현중의 말을 믿을 수 없는 지연은 곧바로 현중과 떨어지면서 주변을 살폈다.

"그렇게 둘러볼 것도 없어. 정말 우연히 알게 된 사실이니까. 그리고 너, 거짓말할 때 말 더듬는 버릇 여전하더라."

"……!!"

마치 자신의 모든 것을 다 알고 있다는 듯한 현중의 눈빛을 마주 보는 순간 지연은 몸을 떨었다. 자신이 알고 있던 현중이 아니라는 느낌을 받은 것이다.

"너… 현중이 맞는 거야?"

"응."

현중은 홍지연의 질문에 망설임없이 바로 대답했다.

"지연이 네가 알고 있는 김현중이 나 맞아. 다만… 그냥 힘든 일을 겪다 보니 세상을 조금 깨달았다고나 할까?"

그녀가 알고 있는 현중은 이렇지 않았다. 지금 이 상황이라면 극도로 화를 내면서 그녀를 몰아붙여야 했다. 그런데 현중의 태도는 여유롭기만 했다. 지금의 그와 자신이 알고 있는 그의 괴리감이 느껴져 지연은 그의 곁에서 멀어졌다.

"지연아, 해준 것도 없고, 그동안 사랑했던 감정 때문이라도 행복을 빌어줄게. 내가 너에게 받은 게 많으니 한 번은 네가 나에게 도움을 청하면 도와줄게. 그럼 잘 지내."

웃는 얼굴로 할 말을 마친 현중이 다시 카페로 들어가 버리자 지연은 멍하니 바라만 보고 있었다.

"어떻게… 안 거지? 어떻게……. 혹시… 강석 씨가……."

지연은 절대로 우연히 알았다는 현중의 말을 믿을 수가 없었다. 그리고 현중도 믿으라고 한 말이 아니었다. 자신을 배신하긴 했지만 진취적이고 이성적으로 앞을 내다보면서 자신의 진로를 스스로 결정하던 지연이었기에 그녀를 탓할 생각도 없었다.

현중 자신도 지연을 사랑했는지 고민을 해본 적이 있지 않는가? 그 결과 사랑하는 마음은 없었다고 판단을 내렸다. 차원을 넘어 그렇게 힘든 훈련과 고비를 넘길 때 단 한 번이라도 지연이 떠오른 적이 없었다. 그리고 대륙에 있던 100년 동안 현중은 아예 지연에 대해서 잊고 살아왔다. 다만 그런 현중의 사정을 지연이 알 리가 없다.

오로지 최강석이 자신 몰래 현중에게 사실을 말했다고 생각한 것이다.

"먼저 계약을 어겼단 말이지, 최강석."

도대체 지연과 최강석은 무슨 사이인지 알 수는 없지만 평범한 연인은 아닌 것 같은 모습인 듯했다. 다만 현중이 지연에 대해서 완전히 관심을 끊어버렸을 뿐이다.

밖에서 혼자 분한 듯 온몸을 떨고 있는 지연을 뒤로하고 들어온 현중은 아무 일 없었다는 듯 다시 자리에 앉았다.

"오빠? 누구예요?"

현주는 분위기를 보나 뭘 보나 왠지 친구보다는 애인에 가까운 여자라고 직감적으로 느꼈고, 무엇보다 얼굴부터 몸매까지 왠지 성숙미가 풍기는 것에 약간 기가 죽어 있었다.

"전에 사귀던 여자야."

별거 아니라는 듯 말하는 현중과 달리 현주는 '사귀던'이라는 말을 잠시 되짚어보다가,

"그럼… 헤어졌어요?"

"응. 방금 완전히 헤어졌어."

"후, 다행이다."

안도의 한숨을 내쉬면서 자신도 모르게 다행이라는 말을 하던 현주는 급히 손으로 입을 막고는 현중을 슬쩍 바라보다가 실없이 웃었다.

"호호호, 오빠~"

"응?"

"근데 저, 오빠 원룸에서 지내면 잠은 어디서 자요?"

"그냥 내 침대 써라."

"그럼 오빠는요?"

"나? 음, 옆에서 같이 잘까?"

"헙!!"

전혀 예상치 못했던 말에 현주가 눈을 동그랗게 뜨고 현중을 바라보자 현중의 입가에 미소가 지어졌다.

"농담이야. 어차피 테른과 난 뉴욕 증시 때문에 거의 밤을 새우는 편이라 상관없어."

"아, 미국이랑 밤낮이 다르지."

뉴욕 증시가 새벽 5시에 마친다는 것쯤은 현주도 알고 있기에 대충 수긍했다. 주식으로 몇 천 억을 벌어들이는 현중이 뉴욕 증시 때문에 밤에 잠을 안 잔다는 것은 충분히 있을 수 있었다.

물론 실제로 주식 투자를 하는 건 테른이지만 현중도 옆에서 구경할 때가 많았다.

"근데 나랑 지내는 거 누구한테 말했어?"

우선 병철에게 이야기를 할까 생각했지만 상황이 참 누구에게 알리기도 그렇고 좀 묘했다. 최강석이 현주를 포기하지 않는 이상 현주는 어디에 있든 위험하다는 말이 되어서 군대에 가 있는 친구 병철에게 말을 할까 말까 고민 중인 것이다.

"그 누구한테도 말하면 안 돼요. 부모님한테도 말하면 안 돼요. 걱정하실 거예요."

"그래, 뭐, 어린애도 아니고 그렇게 결정했다면 편하게 지내라. 그리고 오피스텔 구해서 집 옮기면 방 하나 줄 테니까 거기서 지내."

그 말에 현주는 커다란 눈동자를 반짝이면서,

"정말요? 저 방 하나 줄 거예요?"

"어차피 방 세 개짜리 구할 생각이었어. 그중에 하나 준다고 뭐 어려울 게 있겠니?"

현중에게는 정말 별거 아닌 일이지만 현주는 감동의 눈물까지 흘리면서 초롱초롱한 눈망울로 현중을 바라보았다. 물론 그전에 일이 해결되면 기억을 지우고 다시 돌려 보낼 것이다.

"오빠~ 알라뷰~"

"여자가 그렇게 쉽게 사랑한다는 말 하는 거 아니다."

"헤헤헤, 그래도 오빠 정도면 뭐 내가 충분히 사랑해 줄 수도 있는데?"

현주는 장난삼아 슬쩍 고백했지만 현중의 반응이 없자 그냥 웃고 넘겼다. 현주 딴에는 은근히 고백을 한 것이지만 장난을 좀 섞어서 거절을 당해도 웃어넘길 수 있게 대충 편하게 말했던 것이다. 하지만 현중은 그냥 웃기만 했다.

카페를 나온 현중과 현주는 잠시 몇 군데 돌아다니다가 곧 원룸으로 들어갔다.

―마스터.

테른이 안에서 기다리고 있다가 현중이 들어오자 자신이 알아본 오피스텔에 대한 서류를 내밀기에 보니, 가격도 괜찮고 방도 세 개에 위치도 학교 바로 옆이라 최고의 조건이었다.

"계약은 언제 가능하다고 했지?"

—당장에라도 계약하면 2~3일 내로 비워주겠다고 합니다. 원래 교수가 살던 곳인데 이번에 외국 대학으로 옮기면서 자신이 살던 오피스텔을 판다고 내놓은 상태입니다.

원래 현중은 전세로 들어갈까 했는데 전세로 들어가는 거나 매입해서 들어가는 거나 가격이 크게 차이가 없었기에 그냥 매입하기로 마음먹었다.

돈이라면 지금 은행에 당장 현금으로 찾을 수 있는 금액만 50억이 넘게 있기에 여유는 많았다.

"현주랑 집에 있어라. 내가 갔다 오마."

—알겠습니다, 마스터.

"현중 오빠, 어디 가?"

TV를 보던 현주는 귀신같이 현중이 다시 나갈 듯한 느낌을 받았는지 다가와서는 슬그머니 그의 팔을 꼬옥 잡았다.

"오피스텔 계약하러 갈 거야. 테른과 같이 있어. 야밤에 여자가 돌아다니는 것도 안 좋으니까."

"…네. 일찍 오세요."

현중이 나간다는 말에 눈동자가 조금 흔들리는 현주였지만 그래도 테른이 있을 거라는 생각에 조금 안심하는 분위기였다.

Chapter 05
아라크네

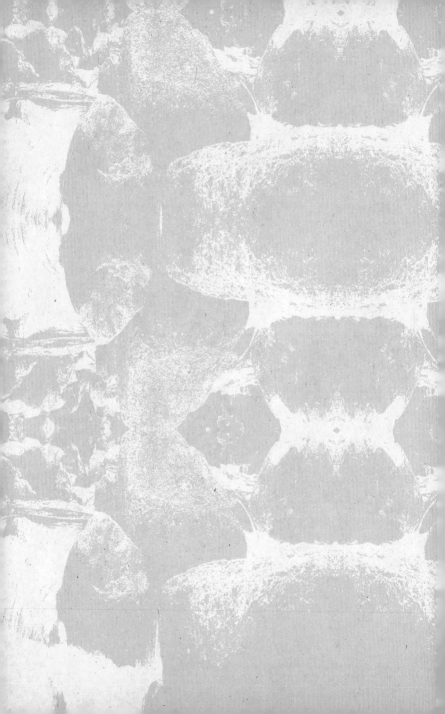

"여기 어디쯤이었는데……."

군대에서 2년 2개월, 대륙에서 100년을 지내다 온 현중은 자신이 3년간 다닌 학교인데도 기억이 가물가물해서 주변을 살펴보았다. 하지만 주소만 가지고 원하는 곳을 찾기란 쉽지가 않았다.

특히나 학교 주변은 카페와 술집, 고깃집이 복잡하게 들어서 있는 상황이라 골목까지 살펴봐야 했던 것이다.

"뭐가 이리 복잡하냐. 쩝."

처음 원룸을 나설 때는 길어봐야 한 시간 정도 걸릴 줄 알

있는데, 지금 계약하기로 한 오피스텔을 찾지도 못하고 1시간 30분 동안 학교 주변을 배회하는 중이었다.

이제 원룸 촌이라고 부르는 곳을 벗어나서 학교 후문 쪽으로 발길을 돌려 몇 걸음 걷던 현중은 불현듯 걸음을 멈췄다.

"미행이라……."

처음에는 그냥 같은 길을 가는 사람쯤으로 생각했는데 30분이 넘도록 일정한 거리를 두고 자신을 뒤따르는 느낌을 받은 현중은 일부러 사람이 잘 찾아오지 않는 골목 안쪽으로 발걸음을 옮겼다. 그러자 기다렸다는 듯 따라 들어오는 것에 미행을 확신했다.

우뚝!

골목 자체가 막다른 곳이라 더 이상 갈 곳도 없지만 어디로 갈 생각도 없었다.

천천히 고개를 돌린 현중의 눈앞에는 말끔한 슈트를 입은 덩치 두 명이 서 있었다.

어두운 밤인데 선글라스까지 쓴 모습이 어딘가 웃겼지만 그것보다 현중의 관심을 끈 것은 그들의 몸에서 풍기는 마나의 향기였다.

"마나의 향기라……. 설마 지구에서 마나의 향기를 느낄 줄은 몰랐는걸."

내공을 쌓지 않는 한 평범한 사람의 몸에서 마나의 향기가 느껴질 이유가 없기에 제법 외공을 쌓았을 것으로 생각했다. 솔직히 저들이 아무리 날고 긴다는 녀석들이라도 현재 자신에게는 그저 재롱잔치일 뿐이다. 거기다 미행은 했으되 살기를 느낄 수가 없는 것도 그냥 가만히 지켜보는 이유 중 하나였다.

저벅저벅.

검은 슈트를 입은 건장한 남자들 사이에서 누군가 모습을 드러냈다.

흰머리에 검버섯이 약간은 피었지만 땅땅한 몸매에 귀티가 흘러내리는 외국인이었다. 다만 대륙의 귀족들 같은 귀티가 느껴지는 것이 평범한 사람은 아닌 듯했다.

"누구지?"

살기도 없고 적대감도 없었다. 그렇다면 자신을 찾아온 이유가 있을 것이라는 생각에 조용히 말을 하자,

"아라크네, 겨우 찾았는데… 정말… 젊은 사람이군."

유창한 한국어였다. 푸른 눈에, 처음에는 흰머리로 생각했는데 은빛에 가까운 머리칼이었다. 현중을 바라보는 눈동자가 날카롭기 그지없었다.

"아라크네?"

"후후훗, 아라크네. 아니지. 김현중 군이라고 불러야 하나? 뉴욕 증시에 바람처럼 나타나서 불패의 신화를 이룩한 사람

치고는 많이 젊군."

아라크네라니? 처음 들어봤지만 상대는 분명히 자신을 알고 있었다. 거기다 뉴욕 증시까지 들먹이는 것을 보니 대충 어떻게 된 건지 알 만했다.

"잘못 보셨군요. 전 아라크네라는 사람이 아닙니다. 김현중은 맞지만요. 이만 전 바빠서……."

괜히 귀티를 흘리는 녀석들과 엮이고 싶지 않은 생각에 모른 척 벗어나려고 했지만 그럴 줄 알았다는 듯 검은 슈트의 장정 두 명이 입구를 막아서고 비켜주지 않았다.

"이게 무슨 뜻이죠?"

현중은 긴장감도 없었다. 그저 편안하게 자신을 막아선 두 명을 바라보다가 뒤쪽을 향해 한마디 하자,

"크헐헐헐, 그렇게 긴장하지 말게. 뉴욕 증시를 비롯해 북미 선물 증시까지 휘어잡는 희대의 풍운아가 누군지 궁금했을 뿐이니까."

기분 좋게 웃으면서 한마디 마친 노인이 슬쩍 눈짓을 하자 현중을 막아서던 두 명이 조용히 길을 비켜주었다.

하지만 현중은 나가지 않고 천천히 뒤돌아서면서 노인을 바라봤다.

평범한 사람은 아닌 게 확실해 보였다. 마나의 향기를 풍기는 녀석들을 데리고 다니는 노인이라……. 절대로 일반 부자

들의 관념에서 볼 사람이 아닌 게 확실하다.

마나는커녕 무공조차 사라져 가는 지구다. 무협지에 나오는 검사, 검기, 검강은 소설이나 영화에서나 나오는 푸닥거리에 비교하는 현실이 바로 지금이었다.

하지만 현중을 막아섰던 두 명은 확실하게 마나의 향기가 풍겼다.

최소 단전에 마나를 쌓고 있다는 말이 되는 것이다.

"당신, 누구지?"

"감히 어린 녀석이!!"

현중의 왼편에 있던 녀석이 발끈했는지 곧바로 현중의 어깨를 커다란 손으로 움켜잡았다.

그래도 현중은 미동도 없이 조용히 노인만 바라볼 뿐이었다.

'훗, 나를 시험하겠다는 건가?'

현중의 예상대로 노인은 지금 현중을 시험하는 중이었다. 하지만 그게 노인 자신만의 시험 방법이기에 짐작만 할 뿐이지만 입가의 가느다란 미소를 본 현중은 그냥 축지법으로 벗어나 버릴까 하다가 자신을 정확하게 추적한 것을 봐서는 나중에 뒤가 귀찮을 것 같다는 마음에 생각을 굳혔다.

"그 손 치워라."

현중은 조용하지만 변화가 없는 목소리로 말했다. 하지만 보기에 호리호리하니 키만 큰 현중의 위협이 먹혀들 리가 없었다. 거기다 노인도 암묵적으로 가만히 있는 것이 버릇을 고쳐주려는 생각인 듯 어깨를 잡은 손아귀에 힘이 들어가는 것이 느껴졌다.

'마나를 쓰는군.'

검은 양복의 사나이 산토스는 자신이 모시는 분이 어떤 분인지 모르고 건방진 말을 하는 현중의 모습에 참지 못하고 나섰다.

하지만 이미 산토스가 이렇게 나서는 것도 미리 계획된 일이었다.

아라크네, 뉴욕 증시에 어느 날 갑자기 나타나 투자하는 족족 최소 열 배에서 백 배까지 이득을 남기고 순식간에 사라지는 존재다. 당연히 뉴욕의 주식 시장은 바로 그를 주시하기 시작했고, 특별하게 방비하거나 자신을 감추겠다는 생각이 없는지 너무나 쉽게 정체가 밝혀졌다.

그런데 뉴욕 증시의 큰손들은 자신들의 잘난 머리로 복잡하게 생각하다 보니 오히려 현중이 자신들을 불러들인다고 생각한 것이다.

실제로 제법 천재적인 능력을 발휘하는 해커나 크래커, 그리고 증시 투자꾼들 중에는 이렇게 자신을 오픈시켜 놓고 능력을 보여 찾아오게 했던 사례가 자주 있었다. 그렇기에 당연히 현중도 그럴 것이라는 결론을 내린 것이다.

그리고 그런 뉴욕 증시의 큰손 중 한 명인 알렌 스팟이 바로 행동에 나섰다.

꽈악!

단전의 마나까지 끌어올려 손아귀에 힘을 준 산토스는 현중이 당연히 비명 소리를 지르면서 무릎을 꿇고 살려달라고 빌 것으로 생각했다. 절로 입가에 미소를 지었다.

그런데 현중은 가만히 서 있기만 할 뿐 반응이 없는 것이다.

'뭐야? 잘못된 건가?'

단전의 내공이 부족했는가 싶은 생각에 더욱 단전에서 내공을 끌어올려 손아귀에 힘을 보냈다. 이 정도면 대리석도 두부처럼 으깨 버릴 수 있는 힘이었기에 산토스는 자신만만했다.

"……!!"

하지만 현중은 오히려 천천히 산토스를 돌아보더니 웃었다.

"이런 건방진!"

한순간 자신을 놀리고 있다고 생각한 산토스는 곧바로 다른 손도 어깨에 올리고는 단전의 내공을 있는 대로 끌어올렸다.

하지만 변화가 없었다.

"마나의 향기를 풍기기에 뭐 좀 하는 줄 알았더니 소드 유저보다 못한 수준이군. 쯧쯧쯧."

"건방진!!"

소드 유저가 무슨 뜻인지는 모르지만 자신을 놀리고 있다는 것 정도는 눈치로 알 수 있는 산토스는 곧바로 옆을 바라보자 그동안 가만히 있던 페이토가 빠르게 현중의 곁으로 다가왔다.

"그만!"

페이토가 현중의 가슴으로 파고들어 가는 순간 노인 알렌스핏이 막아섰다. 산토스와 페이토는 곧바로 내공을 갈무리하고는 처음 그대로 현중의 뒤쪽으로 물러났다.

"굉장하군. 저 둘을 상대로 힘겨루기를 해서 이기다니 말야."

산토스와 페이토가 누구이던가? 네이비씰을 거쳐서 스페셜포스에 복무했고, 전쟁은 기본이고 온갖 특수 임무를 해온 정예 중의 정예다. 거기다 내공이라는 것까지 배우게 되면서 권총의 총알도 쉽게 피하고, 만일 칼을 들고 있으면 총구의 방향만 알아도 총알을 잘라 버리는 신기를 가진 것이 산토스와 페이토였다.

그런데 그런 그들 앞에서도 너무나 평온한 현중이 이상해 보일 수밖에 없었다.

"자네도 내공이라는 것을 쌓았군."

알렌 스핏은 한순간에 현중의 힘을 간파했다. 내공을 상대할 수 있는 것은 내공이라는 것을 산토스에게 들어본 적이 있고, 알게 모르게 내공을 단련한 무술가들이 의외로 제법 많다는 것도 알고 있기에 넘겨짚는 셈 치고 말했는데 의외로 현중은 순순히 대답했다.

"쌓았다."

"후후훗, 뭐, 그건 상관없겠지. 하지만⋯ 한국인은 웃어른한테는 존댓말이라는 것을 쓴다고 들었는데 자넨 반말을 하는군."

슬쩍 장난치듯 말하는 알렌 스핏이지만 눈동자만큼은 현중의 모든 것을 꿰뚫어보는 듯했다.

"후훗, 적에게는 필요없는 사치일 뿐이지."

"적? 푸하하하하핫! 그래, 그렇지. 적에게는 오히려 그런 게 사치일 뿐이지."

뒤에 있던 산토스와 페이토는 눈썹을 찡그리면서 건방진 말을 하는 현중을 향해 살기만 피워 올리고 있었다. 그런데 알렌 스핏은 뭐가 그리 좋은지 크게 웃다가 갑자기 웃음을 뚝 그치면서 현중을 바라보더니,

"마치 저 둘을 상대로 빠져나갈 수 있다고 말하고 있는 것

같군."

알렌 스핏을 물끄러미 바라본 현중은 오히려 피식 웃으면서,

"후후훗, 저 둘을 믿고 지금 이렇게 큰소리치는 건가?"

현중은 조용히 뒤를 돌아 산토스와 페이토를 바라봤다. 현중이 뒤돌아 그들을 바라보자 알렌 스핏도 웃으면서,

"능력을 보여봐라."

한마디 남기고는 뒤로 물러서자 '우드둑 우드둑' 소리를 내더니 어깨와 목을 가볍게 풀었다. 산토스와 페티오의 몸에서 살기가 폭사되기 시작했다.

"살기라……. 그럼 적이겠지?"

"건방진 자식!! 감히 보스 앞에서!!"

"울면서 빌게 만들어주마!"

산토스는 아까 알렌 스핏이 막아서 오히려 불만이 쌓여 있었는지 단전의 내공을 급격히 끌어 올려 온몸의 세포 하나하나를 활성화시켰다. 페이토도 품에서 작은 막대기를 꺼내더니,

촤라라락!

가볍게 휘둘렀을 뿐인데 5단 진압봉으로 변했다. 하지만 그런 그들을 보면서도 현중은 입가에 미소를 지으면서 중얼거리기를,

"싸움은 빠르고, 간결하게. 그리고 약점을 확실하게."

스윽~

산토스와 페이토가 거의 손을 뻗으면 주먹이 닿을 거리까지 다가오자 현중이 움직였다.

그리고 그 순간 그들의 시야에서 현중은 사라져 버렸다. 하지만 곧 다시 현중이 나타났는데, 산토스 바로 옆이었다.

"단전을 사용하는 내공의 약점은… 단전이지."

퍼억!

화려한 동작이나 거창한 준비 동작도 없었다. 그냥 산토스 옆에 나타나더니 손바닥으로 가볍게 산토스의 단전을 향해 일장을 내질렀을 뿐이다. 보기에는 가볍게 내지른 일장이지만 그 후폭풍은 엄청났다.

쿠억!!

쿠당탕탕탕!!

키가 2미터에 다다르고 몸무게만도 100kg은 가볍게 넘어 보이는 산토스가 마치 실 끊어진 연처럼 날아서 구석에 쌓여 있는 쓰레기더미 속으로 파묻혔다.

"이 자식이!!"

페이토는 산토스가 날아가는 모습을 보자 본능적으로 5단봉을 머리 위로 치켜들면서,

"카이쇼 참!!"

힘찬 일본어를 외치면서 현중의 머리부터 어깨까지 사선으로 5단봉을 내려쳤다.

휘이잉~!

공기를 찢어발기는 듯 엄청난 파공성이 울렸지만 손에 감각이 없자 페이토의 얼굴은 바로 일그러졌다. 그가 제대로 자세를 잡기도 전에 허리를 틀어 5단봉을 크게 옆으로 휘둘렀다.

휘이잉~!

설명으로는 커다란 두 번의 움직임일 뿐이다. 하지만 실제로는 눈 한 번 깜빡일 찰나에 페이토의 5단봉은 현중의 머리에서 어깨를 사선으로 베는 것을 실패하자 그대로 멈추지 않고 허리를 베듯 휘둘러진 것이다. 아무리 단련해도 이런 공격을 피할 수 있는 사람은 없다고 자부하는 페이토였지만 손에 느껴지는 것은 아무것도 없었다.

"쪽바리 검술인가?"

"헉!"

뒤에서 현중의 목소리가 들린 순간 페이토는 헛바람을 집어삼켰다.

"언제… 뒤로……."

눈으로 볼 수도 없는 움직임으로 두 번의 검격을 피하고 페이토의 뒤로 움직인 현중이 그의 어깨에 손을 얹는 순간,

"크윽!!"

페이토의 신형이 너무나도 쉽게 허물어져 버렸다.

현중은 아주 가볍게 페이토의 어깨에 손만 대었을 뿐인데 마치 감전된 듯 온몸을 부르르 떨면서 아무런 힘 없이 무너져 버린 것이다.

물론 손만 댄 것이 아니었다. 그 짧은 순간에 현중은 마나를 페이토의 몸에 침투시켜 산토스의 단전을 가격했을 때처럼 상대의 단전을 묶어버렸다. 단전의 내공을 끌어올려 온몸의 세포 하나하나를 활성화시키던 도중에 갑자기 단전이 묶이면서 내공이 뚝 끊어지자, 활성화되던 세포가 내공의 고갈로 쇼크를 일으킨 것이다.

그걸 무도가들은 내공 쇼크라고도 하며 전문적으로는 주화입마의 입문 단계라고도 했다.

마나를 사용하는 무도가들이 들으면 거품을 물고 기절할 능력이지만 그런 것을 현중은 아주 가볍게 발휘한 것이다.

산토스와 페이토를 처리하기까지 걸린 시간은 겨우 몇 초 정도일까, 사람이 한 번 호흡을 할 정도의 시간이었다.

"장난은 이 정도만 하지."

현중은 가볍게 둘을 해치우고 조용히 돌아서면서 알렌 스핏을 바라봤다.

산토스와 페이토의 실력으로 현중을 어떻게 할 수도 없지만 죽이겠다는 의지도 보이지 않았다. 그냥 몸에 익힌 살기를 뿜었을 뿐이니까 말이다. 그리고 이것까지도 모두 알렌 스핏의 장난으로 생각했다.

그런데 알렌 스핏은 눈동자가 파르르 떨리더니 천천히 현중의 앞으로 다가왔다.

"찍어 누르는 위압감, 평정을 잃지 않는 냉정함, 그리고 무엇보다 그 능력. 자네는 대체 누구신가?"

알렌 스핏의 말이 어느새 존대로 바뀌어 있었는데 본인도 느끼지 못한 듯했다.

"김현중. 그 이상도 그 이하도 아니지."

알렌 스핏이 본 현중은 그가 지금까지 본 사람들과는 달랐다.

그렇다.

능력!

이것이 모든 것을 말해주는 곳이 바로 현재의 자본주의 지구였다. 거기다 알렌 스핏은 자신을 머리 하나 더 높은 곳에서 내려다보는 현중의 눈빛에서 단 한 가지 감정만 읽을 수 있었다.

무심함.

이 정도로 위협을 가했다면 힘이 있는 자는 당연히 분노를 느끼거나, 머리가 있는 자라면 이득을 취하기 위해서 눈동자가 흔들리는 것이 보통이다.

알렌 스핏이 보아왔던 수많은 사람들은 크게 이렇게 두 가지 분류에서 벗어나지 못했던 것이다. 분노를 느낀 자는 소리 소문 없이 사라졌고 머리를 굴린 자는 알렌 스핏의 밑으로 들어왔다.

그런데 무심함이라니? 지금까지 살아오면서 알렌 스핏을 상대로 무심함을 보인 사람이 있던가? 아니, 없었다. 미국을 움직이는 실질적인 다섯 명 중 한 명으로 달러를 움직이는 손으로 불리는 알렌 스핏이다.

그의 가문은 이미 500년을 넘게 전 세계의 경찰이라고 떠드는 미국을 뒤에서 조정했고, 이스라엘에 뿌리를 둔 유대인이기도 했다.

세계 경제를 움직이는 사람의 열 명 중의 일곱 명이 유대인이라는 말이 거짓이 아님을 증명하는 것이다.

"크크크크클, 대단해. 정말 대단해!"

알렌 스핏은 성큼 현중 앞으로 다가서더니 손을 내밀었다.

갑자기 악수하자는 듯 손을 내미는 알렛 스핏의 의도를 몰라 묻자,

"무슨 뜻이지?"

살기는 드러내는 순간 적으로 판단해서 존대를 생략했지만 이미 싸움은 끝났다. 그러나 싸움이 끝났다고 해서 한번

살기를 드러낸 적이 친구가 될 수는 없었다. 다만 실제로 현중을 어떻게 한다기보다 뭔가 시험하려고 하는 것 같은 느낌이 기분 나쁜 현중이었다.

"푸하하하핫! 정말 재미있는 친구군. 적을 향한 냉정함도 그렇고 확실하게 주변을 인지하는 능력도 그렇고, 시험하는 줄 알면서도 내 근접 보디가드들을 폐인으로 만들다니 말야. 배짱 한번 두둑하다고 해야 할까? 푸하하하핫! 그냥 이건 내가 기분이 좋아서 그러는 것이네. 어떤가? 이 늙은 노인의 손을 잡아주기도 힘든가?"

알렌 스핏의 지금까지의 행동이 기분이 나쁘긴 하지만 이상하게 싫지 않은 현중은 알렌 스핏이 내민 손을 잡았다.

덥석.

"그래, 그거야. 그 정도는 되어야 내 마음을 움직인 남자지. 그런데 이제 내 부탁 하나를 들어줬으면 고맙겠는데, 저들, 정말 폐인으로 만든 건가?"

현중은 뭔가 알고 있다는 듯한 알렌 스핏의 눈빛을 보고는 씨익 웃으면서 무릎을 꿇은 채 아직도 몸을 떨고 있는 페이토의 등 뒤로 갔다. 가만히 그 등에 손바닥을 대고는,

"흡!"

"커억!! 쿨럭!"

현중이 단전을 묶어놓았던 자신의 마나를 소멸시키자 페

이토는 가볍게 각혈하며 몸의 떨림도 멈추고 비닥에 널브러졌다.

그리고 다음으로 현중이 향한 곳은 쓰레기더미에 처박혀 헐떡거리는 산토스에게 다가가더니 한 손으로 목을 가볍게 잡고 들어 올렸다.

아무렇지 않게 산토스를 집어 드는 현중의 행동에 알렌 스핏은 놀랐다.

"대단하군. 산토스는 몸무게만 102kg인데……."

순간적으로 힘을 발휘하는 것과 지금 현중이 산토스를 들어 올린 것처럼 지속적으로 힘을 쓰는 것은 엄연히 다르다는 사실쯤은 알렌 스핏도 알고 있었다.

놀라는 알렌 스핏은 안중에도 없다는 듯 현중은 산토스의 단전에 손을 대고는 페이토와 같이,

"흡!"

잠깐의 호흡과 함께 산토스의 단전을 묶어놓았던 마나를 소멸시켰다. 그러자,

"쿨럭! 커컥컥!"

페이토보다 조금 더 많은 양의 검붉은 각혈을 하고 산토스의 푸른 혈색이 정상으로 빠르게 돌아오면서 그가 눈이 풀려 그대로 쓰러져 버렸다.

현중이 뭘 어떻게 했는지는 모르지만 온몸이 감전된 듯 떨

면서 입술까지 파랗던 페이토와 산토스의 혈색이 정상으로 돌아온 것만으로 치료를 해주었다는 것을 알렌 스핏은 짐작할 뿐이다.

그렇게 둘의 치료가 끝나자,

딸각!

알렌 스핏은 가슴 주머니에서 작은 플라스틱 같은 것을 꺼내더니 가볍게 눌렀다. 그리고 몇 분 지났을까?

다다다다닥, 다다다닥.

비좁은 골목이 가득 찰 만큼 수십 명의 검은 슈트 차림의 거구가 들이닥치더니 쓰러진 산토스와 페이토를 데리고 사라져 버렸다.

"아라크네, 아니, 김현중 군. 나중에 한국이 좁다고 생각되면 연락하게."

명함 한 장 주는 것 없이 조용히 그 말만 남기고 사라지는 알렌 스핏이었다.

그렇게 잠시 골목에 서 있던 현중은 모두의 기척과 마나의 향기마저 사라지고 나서야 한숨을 쉬면서,

"…지구로 돌아온 지 겨우 한 달이 넘었는데 길 가다 납치범을 만나고 이제는 괴상한 노인까지……. 그보다 저 노인, 누구지?"

그렇다. 알렌 스핏은 자신이 누구인지 밝히지 않은 것이

다. 대학생이고 주식을 조금이라도 한다면 당연히 알렌 스핏을 모를 리가 없으니 알렌은 자신이 누구라고 굳이 밝히지 않았다. 하지만 실제로 주식은 테른이 했고 현중은 가끔 그래프 구경만 한 게 전부였기에 알 리가 없었다. 그러다 보니 당연히 알렌 스핏이 하는 말을 이해하지도 못했다. 이름도 모르는데 한국이 좁으면 연락하라니, 그냥 돈 많은 노인이 힘자랑하고 싶은 것이라 생각할 뿐이었다.

어처구니없는 상황이라고 하겠지만 그건 지구에서의 이야기일 뿐 대륙에 현중이 있을 때는 이런 일이 비일비재했다. 영웅으로 이름을 날리기 전에는 눈빛이 마주쳤다고 기사들과 싸웠고, 자기보다 앞서 걸었다고 기사들과 싸웠고, 귀족인 자신들의 뒤에서 걸어간다고 기사단과 싸운 적도 있지 않는가?

아직 지구로 귀환은 했지만 완전히 적응하지 못한 현중은 웃기지도 않은 이번 상황을 그냥 귀족들의 자존심 세우기쯤으로 생각하고 말았다.

현재 지구에서는 돈이 많은 자가 귀족이었고 아무리 알렌 스핏을 모르는 현중이라도 제법 돈이 많아 보이는 외국인 노인이라는 느낌은 받았기 때문이다.

오해는 오해를 불러온다고 했던가? 매사에 무심한 현중의 성격이 어느 정도 작용을 했다.

"이름은 알려줘야 뭘 연락하든지 말든지 하지. 나 참, 별 이상한 노인이군."

보통 사람이라면 지금 같은 일을 겪으면 외상 후 스트레스까지 받을 정도로 엄청난 일이지만 현중에게는 그저 푸닥거리에 불과했다. 마족과의 전쟁에 비하면 이건 동네 건달들이 영역 싸움하는 것만도 못한 축에 들기에 더욱 그럴지도 몰랐다.

"아, 그보다 어디야? 도대체 오피스텔이… 나 참, 주소를 봐도 더 복잡해. 어떻게 된 게……."

*   *   *

알렌 스핏은 골목을 나와 수십 명의 경호원의 호위를 받으면서 N대학 후문을 통과했다. 저 멀리서 알렌 스핏이 나오는 때에 맞춰 검은색의 엄청 긴 리무진이 천천히 다가와 정확하게 알렌 스핏이 서 있는 자리에 정차했다.

딸락.

"으싸~"

"왜 빈손이에요?"

알렌 스핏이 혼자 리무진에 올라타는 모습에 핀잔을 주는 이가 있었다. 보는 것만으로도 눈이 부셔서 혼을 빼앗을 것 같은 미녀가 늘씬한 각선미를 자랑하는 짧은 원피스를 입고 다리를 꼰 채 알렌 스핏을 보았다.

"마리아 스핀 양이 이런 동양의 작은 나라에까지 직접 올줄은 몰랐군요."

인자한 할아버지 같은 웃음을 지어 보이면서 알렌이 슬그머니 금발의 미녀 마리아의 다리에 손을 가져가자 마리아의 눈빛이 한순간 바뀌었다.

"영감, 내 몸에 손대는 순간 어떻게 되는지 알고 있지 않나?"

"크크큭, 왜, 만진다고 닳는 것도 아닌데. 안 그런가?"

마리아의 눈빛이 바뀌자 알렌 스핏의 인자한 모습도 어느 순간 사라지고 능구렁이 같은 느끼한 눈웃음만 남아 있는 얼굴로 변해 버렸다.

"묻는 말에나 대답하시지. 우리 쪽 사람이 되지 못한다면 처리해야 한다는 규율을 잊은 건가?"

"후후훗."

날카롭게 바라보면서 계속 추궁하는 마리아를 보던 알렌 스핏은 리무진의 폭신한 소파 의자에 편안하게 허리를 깊이 묻으면서 웃는 얼굴로,

"그럼 마리아 당신이 해보지그래? 당신이 자랑하던 산토스와 페이토가 단 일 합도 겨루지 못하고 폐인이 될 뻔했으니까 말야."

"……!!"

알렌 스핏의 말에 좀처럼 감정을 표현하지 않는 마리아도 제법 놀란 듯했다.

"농담하지 마라, 영감. 그들은 내가 직접 내공심법을 가르친 녀석들이야. 총알도 피하거나 막아내는 녀석들이 일합도 겨루지 못했다니, 나를 웃기려고 하는 건가?"

"크크큭, 직접 만나봐, 아라크네… 아니지, 김현중이라는 사내를 말야."

"……"

마리아는 알렌 스핏이 저렇게까지 말하는 모습에 잠시 고민하는 듯했다.

"그럼 아까 업혀서 실려 가던 녀석들이… 산토스와 페이토인가?"

"자기 제자도 못 알아보는 건가, 웨펀 마스터 마리아 스핀 바로슈 백작 각하?"

"흥!"

뭐가 기분 나쁜지 강하게 고개를 돌려 버리는 마리아의 모습에 알렌 스핏은 속으로 웃었다.

그녀는 영국 황실의 검으로도 잘 알려진 바로슈 가문의 실질적인 주인인 마리아 스핀 바로슈, 아니, 정확한 명칭은 웨펀 마스터 마리아 스핀 바로슈 백작이었다. 그녀가 풀네임을 지독히도 싫어하는 성격이란 것도 잘 알고 있기에 일부러 풀 네임을 불러 자극한 알렌 스핏이기도 했다.

"김현중… 김현중이라……."

마리아는 조용히 김현중의 이름을 되뇌면서 눈을 감았다. 이미 웨펀 마스터에 오른 그녀다. 이 정도 감정의 기복은 충분히 스스로 다스릴 수 있는 경지였다.

*   *   *

한편 자신을 둘러싼 무언가 움직임이 있다는 것도 모른 채 골목을 나온 현중은 편의점을 돌고 또 돌아 무려 여섯 군데나 돌고 나서야 오피스텔을 찾을 수 있었다. 그리고 정말 가까스로 문을 두드렸지만 아무도 없었다.

"아, 테른!"

힘 빠지는 목소리로 테른을 부르자 현중의 그림자에서 쑤욱 솟아난 테른이 무릎을 꿇고 나타났다.

―마스터, 부르셨습니까?

"오피스텔 주인이 없다."

―죄송합니다.

"됐어. 그냥 내일 다시 오자."

―지금 명령하시면 당장에라도 찾아서……

"됐어. 이미 시간이 늦었다. 내일 간다고 연락이나 해놔. 몇 시로 약속 잡고. 약속도 없이 그냥 나왔던 내 잘못이니까."

—네, 마스터. 죄송합니다.

현중이 무작정 나온 것은 모두 테른이 언제든지 가능하다고 한 말 때문이었는데, 그것은 당연했다. 집을 파는 사람으로서는 당연히 언제든지 가능하다고 말하게 마련이다. 그리고 테른은 그 말을 그대로 현중에게 전해준 것뿐이다.

입에 발린 인사나 상대편이 듣기 좋은 말을 하는 한국 사람의 습관을 아직 테른은 모르고 있었던 것이다. 예를 들면, 한국 사람이 오랜만에 만난 친구에게 인사차 밥 같이 먹자고 한다면, 외국인은 그걸 약속으로 생각하고 꼭 다시 연락하는 것과 같은 맥락이다. 테른은 그 말을 곧이곧대로 믿었고 현중은 그런 테른을 믿었을 뿐이다.

여러 모로 아직 테른은 한국을 알기에 갈 길이 멀기만 했다.

"돌아가자."

현중이 오른발을 슬쩍 움직이자 바로 축지법이 실행되면서 오피스텔 입구에서 사라져 버렸다.

뒤이어 테른은 잠시 뭔가 메모지를 써서 남기더니 오피스텔 입구에 붙였다가 곧 구겨 버리고는 휴대폰을 꺼내 들고 문자 한 통을 보낸 뒤에 현중이 간 방향으로 사라졌다.

그리고 테른이 보낸 문자 때문인지 다음날 바로 오전에 바로 계약을 마칠 수 있었다. 거기다 현중이 바로 그 자리에서 모든 금액을 계좌이체로 보내주자 교수는 기분이 좋았는지 오늘 집을 비워줄 테니 언제든지 이사 오라는 말을 남기고 헤어졌다.

"오빠, 정말… 오피스텔 산 거예요?"

"응."

"오빠… 따봉~! 그 많은 돈을… 현찰로 바로 넘기다니……."

그냥 계약하고 언제까지 돈을 주겠다는 식으로 이야기하는 것이 보통 집 계약인데, 현중은 뒤를 보는 것도, 물어볼 것도 없이 그냥 만나자마자 계약서에 사인하고는 교수가 보는 앞에서 바로 돈을 넣어준 것이다. 그것도 모두 은행에 있는 현금으로.

아무리 사회 초년생인 현주였지만 통이 크다고 해야 할지 대범하다고 해야 할지, 아니면 세상을 너무 모른다고 해야 할지 알 수가 없었다.

"오빠… 혹시 주변에서 특이하다는 말 듣지 않아요?"

초롱초롱한 눈으로 자신을 바라보면서 말하는 현주를 보면서 현중은 가만히 생각해 보니 대륙에서도 드래곤들은 자신을 별종이라고 불렀다. 대륙의 인간들은 심심하면 주신 카일라제를 향해 빌어먹을 신이라고 너무 욕을 해서 '반신도(신을 거부하는 자)'라고 불렀으며, 엘프들은 자유로움을 느낀다고 라엘프란(엘프어:바람)이라고 말했던 것이 기억났다.

뭐 어느 것 하나 평범한 것이 없긴 했다. 다만 본래 현중의 성격이 이렇게 별나지 않았다는 것을 스스로도 알고 있지만 대륙에서 100년의 시간이 지금의 현중을 만들어 버렸다. 거기다 신을 향해 욕도 서슴지 않는 지금의 현중이 평범하다는 게 웃을 일이었다.

"후훗, 뭐, 그런 말 자주 듣지."

"그런데 오빠는 이제 뭐할 거예요?"

"응?"

현주는 마시던 커피를 내려놓으면서 현중을 집중해서 바라보기 시작했지만, 현중은 막상 뭘 해야겠다는 것이 없었다. 돈이야 테른이 돈놀이(주식 투자)를 해서 펑펑 써대도 모자라지 않을 정도로 벌었고, 원한다면 지구 정복도 가능하지만 대륙의 통일 제국 황제도 하기 싫어서 도망치듯 지구로 넘어왔으니 있으니 지배한다는 것 자체도 싫었다.

지배자란 평민들이 보기에는 좋을 것이다. 단 그 어떤 힘에도 굴복하지 않을 만큼 힘이 있는 자에게는 권력의 정점이라는 지배자란 오히려 족쇄였다.

힘도 있고 능력도 있는데 뭐하러 서류랑 씨름하고 부하들과 씨름하고 세상과 씨름한단 말인가? 그런 미친 짓은 현중으로서는 절대 사양이다.

하지만 지구에서 자신은 이제 스물다섯 살이다. 세상의 잣대로 보면 그저 주식 투자로 벼락부자가 된 젊은이에 지나지 않는 것이다.

"그냥 돈이나 쓰면서 한량처럼 살아볼까?"

현중은 고아다. 옆에서 누가 뭐라고 할 사람도 없다. 명석 아저씨가 좀 걸리긴 하지만 엄연히 죽은 부모님의 친우일 뿐 그 이상도 그 이하도 아니다. 그러다 보니 막상 지구로 오긴 했지만 크게 뭘 해야겠다는 생각은 없었다.

"에이! 그건 아니다."

"왜?"

"오빠 나이가 이제 스물다섯 살이잖아요. 군대도 다녀왔고. 그죠?"

"그렇지. 제대한 지 대충 한 달 하고도 며칠 지났지."

실제로는 100년이 지났지만 말이다.

"그럼 가장 왕성하고 활발하게 움직일 나이 아니에요?"

"그래? 음."

현주의 말을 들어보니 그 말이 맞는 말이긴 했다. 2000년 현재 대학 졸업 예정자 중 IMF로 인해서 자원입대자가 속출하는 웃기지도 않은 상황이 벌어진 현실이 아닌가? 98년에 갑자기 터져 버린 외한금융위기라는 IMF, 현중도 솔직히 그 피해자였다.

원래는 대학 졸업을 하고 군대를 갈 생각이었다. 도중에 학업을 중단한다는 게 왠지 내키지 않았고, 그 시절 지연과 한참 사귀는 중이라 왠지 군대를 가면 지연이 떠날지도 모른다는 생각이 들기도 했다.

잘나가는 국내 서열 50위의 대동그룹 마케팅 팀장이라는 커리어우먼과 자기 생활비도 아르바이트로 겨우 벌어서 학교를 다니는 대학생, 현중 스스로가 봐도 찌질질했던 과거다. 물론 이미 지나간 과거이긴 하지만 말이다.

아무튼 그때는 미래가 없다고 생각했는데 대륙을 다녀온 지금의 현중은 의욕이 없다는 게 맞는 말이었다.

"뭐예요? 노인네처럼 이래도 흥, 저래도 흥, 두루뭉술하니 그냥 넘어가는 게 마치 울 할아버지 같아요. 피!"

새초롬하니 입술을 내밀고는 남은 커피를 홀짝 마시는 현주의 말에 현중은 피식 웃었다.

"어쩌면 그럴지도……."

외견은 25살의 젊은 현중이지만 실제 나이는 이미 125살이 넘었다. 그리고 앞으로도 이대로 늙지 않을 것이다. 세 번의 환골탈태를 거치면서 더 이상 나이를 먹는다는 게 의미가 없어져 버린 것이다. 드래곤 로드인 발리스터가 우스갯소리로 말하길, 아마 죽을 때도 지금 25살의 얼굴로 늙어 죽을 거라고 한 적이 있고 현중도 웃으면서 그럴 것 같다고 한 적이 있다.

현경? 생사경? 아니다. 아마 초혼경이라는 단계를 자신이 이뤘을 거라고 대충 예상만 하고 있을 뿐이다.

"아, 정말 재미없어. 오빠, 여자한테 그렇게 단답형으로 말하면 인기없다는 거 모르죠?"

"후후후훗, 그래? 군대를 제대한 지 얼마 안 되서 그런가?"

대충 둘러대기에는 군대를 제대한 지 얼마 되지 않았다는 것만큼 확실하게 먹혀드는 게 없었다. 길을 몰라도, 여자를 몰라도, 뭔가 어리바리해도, 약간 멍해 보여도 다 군대 제대한 지 얼마 안 되서 적응 중이라고 하면 한국 국민 대다수는 고개를 끄덕이면서 이해해 버리는 것이다.

"피이, 병철 오빠는 벌써 군화 거꾸로 신고 난리던데… 오빠는 반대네요?"

"응? 병철이가 군화를?"

"후후후훗, 웃기죠? 병철 오빠랑 사귀던 언니가 바로 과 선배거든요. 우연히 들었어요. 저번 달에 군화 거꾸로 신었다고 하면서 난리치던 걸요. 나도 그 때문에 얼마나 애먹었는지 나 원참, 고무신 거꾸로 신는다는 건 이제 다 옛말이라구요. 군대 보내놓고 나니까 어떤 여자랑 눈 맞아서 군화 거꾸로 신는 짓이나 하는 남자 놈들, 다 거시기를 확 잘라 버려야 해요, 정말!"

마치 자신의 애인이 군화를 거꾸로 신은 것 같이 흥분하는 현주를 보면서 현중은 피식 웃었다. 확실히 그런 녀석도 있긴 했다. 하지만 실제 여자들이 아는 것과 좀 다른 현실을 모를 뿐이다. 군대 가서 군화 거꾸로 신는 남자 중에 90%는 술집이나 티켓다방의 여자와 눈이 맞아서 군화를 거꾸로 신는 것이다. 뭐 10% 정도는 정말 그 동네나 휴가 나갔다가 다른 여자와 눈이 맞아서 바람피우는 군인도 있지만 그건 의외로 극소수다.

그리고 그렇게 꽃뱀 같은 여자들에게 걸린 군인 녀석들은 몸과 돈을 다 바쳐서 휴가와 외박 나갈 때마다 충성을 다하지만 제대하는 것과 동시에 개밥의 도토리가 되는 것을 본 적이 한두 번이 아니다.

"불쌍한 놈들이다, 군바리들."

"어머~! 오빠도 군인이었다고 남자 편 들어주는 거예요? 참, 누가 남자 아니랄까 봐. 쯧쯧쯧."

혀까지 차면서 모든 남자를 싸잡아 분노를 표현하는 현주가 현중에게는 그냥 귀여울 뿐이다. 그러다 문득 생각이 들어 현주에게 물었다.

"현주야."

"왜요?"

초롱초롱한 눈을 다시 크게 뜨고 커피를 내려놓고 조용히

현중을 바라보는 현주는 뭔가 잔뜩 기대한 눈빛이지만,

"현주가 만약에 돈이 있다면 뭘 하고 싶어?"

"저요?"

"응."

"음… 나라면… 나라면……."

뜻밖의 질문에 잠시 고민하는 듯하던 현주는 주변을 둘러보고 이마를 찡그리기까지 하면서 고민하다가 결국 한숨을 쉬더니,

"나라면 커다란 카페를 하나 차려서 정원도 가꾸고… 커피를 타주면서 손님과 이야기도 하고… 그렇게 여러 사람을 만나면서 살고 싶어요."

"카페? 이런 카페?"

의외의 답에 현중이 잠시 지금 자신이 앉아 있는 카페를 가리키자 현주는 고개를 끄덕였다.

"네. 카페 좋지 않아요? 분위기 있고~ 그리고 왠지 폼 나잖아요. 호호호홋."

"흠, 카페라… 카페……."

현중은 잠시 현주의 말을 듣고는 뭔가 생각에 빠졌다.

Chapter 06
꼭 맞아야 되는 놈

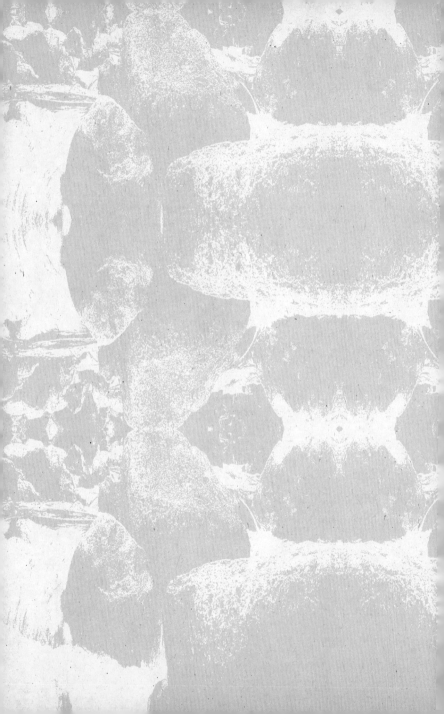

또각또각또각.

딸각.

깔끔하면서도 몸의 굴곡이 확연히 드러난 원피스 정장에 볼레로 비슷한 재킷을 걸친, 누가 봐도 커리어우먼의 분위기를 풍기는 여자가 복도를 걸어가고 있었다.

"실장님 계시죠?"

"네, 홍지연 팀장님."

실장실 바로 앞에 비서가 홍지연을 알아보고 급히 전화를 넣더니 곧 문을 열어줬다.

"마실 것은 됐어요. 금방 나갈 거예요."

사무실을 나가는 비서에게 홍지연은 간단하게 말하고, 정면에 앉아서 서류를 살펴보고 있는 최강석을 날카로운 눈빛으로 바라봤다.

"어쩐 일이야? 이 시간에."

얼굴도 들지 않고 서류를 보면서 말하는 최강석은 물어도 아무 말이 없자 곧 서류를 대충 정리하고 고개를 들었다.

"그 눈빛은 뭐야?"

도전적이고 날카로운 눈빛에 최강석도 갑자기 기분이 나빠졌는지 인상을 살짝 찡그리면서 말했다.

"왜 계약을 어겼지?"

"응? 무슨 소리야?"

뜬금없이 계약을 어겼다고 다그치는 홍지연의 모습에 최강석은 금시초문이라는 듯 어깨를 으쓱하는 제스처까지 보이면서 물었다.

"서로 연애는 상관하지 않기로 했잖아!"

"무슨 소리야? 그건 오히려 내가 하고 싶은 말인데. 난 너의 연애에 대해서 티끌만큼도 간섭할 생각이 없으니까."

"거짓말!!"

날카롭게 말하는 홍지연의 말투에 최강석도 기분이 나쁜 듯 눈가에 주름이 잡히면서 목소리가 변했다.

"지금 아침부터 찾아와서 시비 거는 건가? 아니면 회장님만 믿고 너무 나대는 거 아닌가? 우린 아직 결혼한 것도 아닌데. 안 그래?"

"흥!! 그럼 어째서 현중이 나와 당신의 관계를 알고 있는 거지?"

뜻밖의 말에 최강석이 모르겠다는 듯 말을 하자 홍지연은 더욱 화난 얼굴로,

"어제 현중을 만났어. 그런데 저번 주에 당신과 약혼한 것과 고등학교 때부터 만나왔다는 것까지 모두 알고 있던데, 이건 어떻게 설명한 건가요, 최.강.석. 실장님."

이름을 한 자 한 자 끊어 말하면서 화를 내는 홍지연보다 오히려 황당한 건 최강석이었다.

"방금 뭐라고 했지?"

"한국말도 몰라? 최강석 당신과 내가 고등학교 때부터 만난 것과 저번 주에 약혼한 사실까지 어떻게 김현중이 알고 있는지 대답을 듣고 싶다는 거야. 약혼 사실은 가족 외에는 아무도 몰라. 내 부모님이 그걸 말할 리도 없지만 현중과 만날 일도 없어. 그리고 내가 미쳤다고 그걸 말할 리도 없고. 그런데 현중이 알고 있었어. 그럼 남은 사람은 최강석 당신뿐이지 않아?"

홍지연의 말에 최강석은 기가 막힌다는 듯 놀란 표정을 짓

더니,

"하하하, 지금 장난해? 응? 내가 미쳤어? 너랑 결혼하는 것도 회장님 명령이 아니면 어림도 없을 텐데, 뭐, 네 연애를 내가 방해해? 하하하하하! 기가 막히는구만. 오랜만에 나를 웃겼어."

기가 막힌다는 표정으로 헛웃음을 지으면서 무섭게 자신을 바라보는 최강석을 보자 순간 흔들렸다.

"…정말 아닌가요?"

홍지연은 자신의 생각과 달리 절대로 아니라고 말하는 최강석의 모습에 오히려 당황했다. 최강석이 누구던가? 자존심 하나로 똘똘 뭉친 녀석이 바로 최강석이다. 자신이 가지고 싶은 건 가져야 하고 싫은 건 죽어도 싫은, 한마디로 제멋대로의 성격이다. 이런 걸로 거짓말할 녀석이 아니라는 것쯤은 홍지연도 대충 알고 있었다.

그 정도는 충분히 알 만큼 홍지연도 최강석과 지낸 시간이 길다는 얘기다.

"장난해? 응? 응?! 내가 그따위 평민 새끼를 뭐가 아쉬워서. 하하하! 아침부터 기분 더럽게 만드는 재주가 있구만."

홍지연은 확신했다, 최강석은 아니라고.

"아니면 됐어요. 그럼 수고하세요."

찬바람이 휑하니 불 만큼 몸을 돌려 실장실을 나가 버리는

홍지연을 바라본 최강석은 이를 갈면서 책상을 힘껏 내려쳤
다.

쾅!!

"젠장!! 빌어먹을 년!! 늙은이만 믿고 기고만장해서! 늙은
이가 죽기만 해봐. 아니지, 내가 회사를 물려받기만 해봐. 저
년부터 시멘트 처발라서 아무도 모르게 처리해 버릴 테니
까!"

마치 철천지원수를 본 듯 이를 갈면서 억지로 화를 가라앉
힌 최강석은 급히 비서를 불렀다.

"최 부장 불러."

[네, 실장님.]

홍지연 때문에 아침부터 기분이 망친 것을 겨우 달래는 와
중에 최 부장이 들어왔다.

"실장님, 부르셨습니까."

"최 부장… 나에게 뭔가 할 말이 없나?"

"네? 무슨……. 혹시 현주 년 때문이라면 가장 확실하게 믿
을 만한 녀석을 준비했습니다."

"음."

최강석은 물끄러미 최 부장을 바라봤다. 혹시 최 부장이 배
신을 하지 않았을까 하는 생각 때문이다. 하지만 지금까지 5
년 동안 자신의 손발이 되어주고 온갖 더러운 일을 처리해 준

최 부장이다. 이제 와서 자신을 배신할 것이라고는 생각하지 않았다. 홍지연의 편에 붙어봐야 나올 것이 없다는 것은 누구보다 잘 알고 있고, 홍지연과 자신의 관계는 최 부장도 아직 잘 모르고 있기 때문이다. 하지만 왠지 홍지연이 했던 말이 계속 걸렸다.

"최 부장, 현주 그년이랑 같이 있던 녀석 이름이 김현중이었지?"

"네, 실장님."

"N대 4학년 일문학과 복학 준비 중이고 사고로 양친이 죽은 고아 맞지?"

"네, 그렇습니다만… 고아라는 것은 어떻게 아셨습니까? 며칠 전에 저도 고아라고 알고 다시 보고서를 올리려고 했습니다만."

최강석은 오히려 웃으면서,

"김현중 그 녀석 사진 있나?"

"네, 여기."

최 부장이 품에서 증명사진 하나를 꺼내 최강석 앞에 내밀자, 사진을 본 최강석은 입가에 미소가 번졌다.

"맞아. 그 자식이군. 그 자식이야. 크크크. 최 부장!"

"네, 실장님."

"김현중이라는 이 자식, 묻어버려."

"네? 네, 알겠습니다!"

최 부장도 현재 홍지연과 최강석의 관계를 알지 못했다. 그러기에 저런 반응을 보인 것이리라. 그저 최 부장은 기현주 옆에 붙어 있기에 처리하라고 하는 줄 알았다.

"나가봐."

"네, 실장님."

최 부장이 사무실을 나가자 최강석은 진한 미소를 지으면서,

"홍지연… 네가 사랑하는 그 님이 세상에 죽고 없으면 참~ 가슴 아프겠지? 그렇지? 크크큭. 내 앞에서 고개 빳빳이 쳐들고 큰소리치는 것도 아주 잠시뿐이야. 아주 잠시 말야. 크크큭!"

진하게 살기를 풍기면서 웃는 최강석을 뒤로 하고 사무실을 나온 최 부장은 곧 옥상에서 모습을 드러냈다.

딸각.

휴대폰을 열고는 어딘가 전화를 걸었다.

"나다. 그래, 제이슨. 서울에 도착했나? 알았다. 오늘 저녁에 처리하라고 전해. 그리고 김현중이라는 녀석은 제이슨이 맘대로 해도 된다고 해라. 대신 500을 깎는다고 해. 그래, 알았다.

간단하게 통화를 마친 최 부장은 한숨을 쉬었다.

"멍청한 자식. 그분이 찍은 여자를 건드리다니. 크크큭, 간만에 피 맛을 볼 수 있게 되었으니 제이슨도 좋아하겠군. 피에 미친 녀석이니까."

*   *   *

"그거 재미있어요? 그보다 다 알아들어요?"

테른이 TV를 보고 있는데 곁으로 다가서며 현주가 조용히 물었다.

─레이디, 이 정도 언어도 알아듣지 못한다면 남자로서 자격이 없지 않을까요?

"푸훗, 레이디요? 설마 저보고 말한 거예요?"

벌써 같이 지낸 지 며칠 되었는데도 여전히 테른의 말투는 적응되지 않는지 현주는 수시로 이렇게 웃었다. 물론 테른은 현주가 왜 웃는지도 모르고 있지만 말이다.

─그럼 여기에 레이디가 누구죠? 당연히 현주 양이죠.

혀에 버터를 발랐는지 너무나 부드럽고 마음을 포근하게 해주는 마력을 가진 테른이지만 이미 현중에게 꽂혀 버린 현주는 재미있는 말투일 뿐이었다.

"CNN 방송을 보면 뭔가 도움이 되요?"

─후후훗, 당연히 도움이 되죠. 제가 뭘 하는지는 아시죠?

"네. 현중 오빠 쫄다구로 지금 주식·투자하고 있지 않아요? 그런데 그거랑 CNN 방송이랑 무슨 상관이에요?"

현주는 영어 공부용으로 자주 보긴 했던 CNN 방송을 주식 투자를 하는 테른이 왜 그렇게 집중해서 보는지 이유를 알 수 없었다. 아마 대부분의 평범한 사람들은 그럴 것이다. 하지만 테른은 오히려 손가락을 흔들면서,

—오, 노~ 그건 잘못된 생각이에요. 경제를 알아야 돈의 흐름을 알고 돈의 흐름을 알아야 주식 투자를 할 수 있는 거죠. 즉, 아주 밀접한 관계가 있어요. 그리고 직접 그 미국에 가서 살필 수 없는 현재 뉴스만큼 확실한 정보 수단은 없죠.

"…주식 투자라는 게 그렇게 어려운 거예요?"

주식이라는 건 그저 숫자놀음의 도박이라고 생각했던 현주는 논리적으로 말하는 테른의 말에 기가 질려 버렸다. 거기다 혹시나 테른 옆에 있으면 주식에 대해서 뭔가 배울 수 있지 않을까 하는 생각을 가지고 있던 것도 그냥 포기했다.

현재 테른이 보고 있는 CNN 방송의 20%도 알아듣지 못하는데 무슨 수로 주식을 배우겠는가? 그리고 한술 더 떠서 CNN이 전부가 아니었다. 중국 CCTV와 일본 NHK 등 거의 위성에서 방송해 주는 모든 뉴스를 보는 것이다.

거기다 현주가 고개를 흔들면서 질린 표정으로 테른의 곁을 벗어난 결정적인 이유는 그 모든 뉴스의 원어를 다 알아듣

고 기록하고 분석까지 하는 모습을 봤기 때문이었다.

"도대체 몇 개 국어를 하는 거야, 테른이라는 사람은."

언어의 천재라고 불리는 사람은 보통 4~5개 국어가 대부분이다.

그것도 일본어, 중국어, 영어, 독어, 프랑스어 이렇게 5개 국어는 기본이라고 할 수 있지만, 테른은 인도어, 베트남어, 몽골어, 광동어 등등 현주가 본 뉴스 채널만 해도 스무 개가 넘었다. 그런데 그걸 다 원어로 듣고 기록하니 질릴 수밖에 없었다.

"사람 맞아?"

테른이 사람인지도 의심스러운 현주였다. 결국 테른의 곁을 벗어나서 침대로 걸어가며,

"아, 현중 오빠는 언제 오려나."

사뿐히 침대에 누워서 방구석에서만 뒹굴뒹굴하던 현주는 벌떡 일어섰다가 다시 앉았다가를 반복하더니 결국 샤워실로 들어가 버렸다.

─홋. 아직은 혼자서 밖을 나가기는 무리라는 거군.

테른은 현재 현주의 상태를 대충이나마 느끼고 있었다. 정확하게 지금 현주의 상태가 흔들다리 효과로 인해서라고 생각하지는 못했지만 상황을 볼 때 현중을 많이 의지한다는 것을 충분히 넘치게 느끼고 있는 중이다.

하지만 처음에는 현중이 옆에 없으면 불안에 떨던 현주의 눈동자는 이제 많이 부드러워지고 편안해지고 있었기에 그냥 하고 싶은 걸 하게 내버려 두는 편이었다.

한편 이렇게 현주가 애타게 찾는 현중은 지금 오피스텔에 와 있었다.

"음… 뭐, 크게 손볼 건 없네."

전 주인이 대학교수라서 그런지, 아니면 거의 여기서 생활을 하지 않아서 그런지 약간의 먼지와 쓰레기가 좀 있을 뿐 도배도 새로 하지 않아도 될 정도로 전체적으로 깨끗한 상태였다.

거기다 강화유리에 선팅까지 잘 되어 있어서 밖으로 크게 노출될 위험도 없었다. 제법 넓고 방음 시설도 잘 되어 있고 방도 원하던 대로 세 개이니 확실히 편하게 생활할 수 있도록 갖춰진 것들이 많았다.

"청소만 하면 되나? 뭐 청소는 테른을 시키면 될 테고… 쩝, 이럴 때 마법을 쓸 수 있다면 멀티 클리어로 깨끗하게 청소하고 바로 이사 오면 되는데……."

전쟁 중에는 솔직히 마법은 필요치 않았다. 룬어에 수식을 계산하고, 시동어를 발동하고, 목표를 조준하고, 그리고 마법을 발현하고, 무려 단계만 여러 개를 거쳐야 하는 마법과 그냥 마나를 끌어올려 온몸에 오러 갑옷을 두르고 주먹으로 때려잡는 것 중 어느 것이 편할까? 특히 마법이라면 드래곤만큼이나 저항력도 강하고 잘 알고 있는 마족을 상대로라면 말이다.

당연히 후자였다. 물론 마법을 배우기 싫어서 안 배운 것이 아니다. 배울 수 없는 것이었다.

"쩝, 치우천황무… 다 좋은데 심장에 써클을 만들 수 없다니…… 쩝."

바로 현중이 익히고 있는 무공 때문에 마법을 배울 수 없는 것이었다.

치우천황무(蚩尤天皇武).

옛날 치우천황이라는 위대한 대륙의 왕이 있었다. 당연히 현중은 옛날 중국과 한국 모두에게서 전신으로 불린 구려족(九黎族)의 왕이었던 치우와 무공의 이름이 같아서 알아보니 정말 구려족의 왕 치우가 썼던 바로 그 무공이었다. 어째서 치우천황무가 그곳 이계 대륙에 있는지는 드래곤 로드인 발리스터도 잘 모른다고 했다. 다만 주신 카일라제가 주었다고 했을 뿐이다. 하지만 치우천황무를 익힌 현중은 대성하고 나서야 알게 되었다. 모든 무공의 기본이자 시작이 되는 인간의 몸으로 신의 반열에 오를 수 있는 천부경의 기틀이 되는 무공이 바로 치우천황무였다.

다만 마법이 애초에 없는 지구에서는 상관없지만 마법이

하나의 생활에 가까운 대륙에서는 치우천황무에 심각한 결점이 있었으니 바로 심장에 마나 서클을 만들 수 없다는 것이었다.

치우천황무는 자연을 기본으로 만들어진 무공이다. 당연히 자연스럽고, 편안하고, 흘러가면 흘러가는 대로 마나를 맡겨서 움직이고 주변의 마나를 자신의 것으로 사용하는 것이었다.

하지만 마법은 그 반대로 마나를 옭아매서 심장에 강제로 서클을 만들어 저장해 두었다가 사용하는 방법이었다.

자연을 기본으로 만들어진 치우천황무는 현중의 몸 전체를 하나의 단전으로 만들어 버리는 무공이었다. 그리고 단전 안에 마나 서클을 만들 수는 없었다. 왜냐? 자연스러움과 부자연스러움이 동시에 공존할 수 없는 것과 같은 이치이기에.

"뭐, 조금 더 걷고 조금 더 움직이고 조금 더 힘을 쓰면 될 뿐이지."

현중도 처음에는 마법을 쓸 수 없다는 것에 실망했지만 어차피 이계인인 현중이 대륙에서 마법을 쓸 수 없는 건 마찬가지였다. 치우천황무를 배우나 배우지 않나 결국 이계인이라는 이유로 대륙의 마나가 현중에게 구속되지 않는 이상 마법 서클을 만들 수 없는 것이다. 그렇기에 마법에 대해서는 애초에 미련조차도 없었지만 이럴 때는 조금 아쉬울 뿐이었다.

"청소만 하면 바로 내일 들어와도 되겠네. 이사는 테른의 아공간에 짐을 다 집어넣고 옮기면 되고 현주의 짐은 그대로 들고 나오면 되고."

오피스텔에서 자신의 원룸 쪽으로 방향을 잡은 현중은 오른발을 내밀면서 축지법을 쓰자 바람과 같이 그 자리에서 사라졌다.

*   *   *

서울 외곽에서 조금 떨어진 산이 아름다운 곳, 2층으로 지어진 화려한 별장이 있었다.

그 별장 2층에 불이 켜지면서 발코니에 모습을 드러낸 미녀가 생각에 잠긴 듯 멍하니 하늘을 바라봤다.

"현중아, 그게 아니야. 정말… 그게 아니라고."

허공을 바라보면서 멍하니 바라보던 미녀는 바로 홍지연이었다. 뭐가 그리 답답한지 와인을 병째 들고 한 모금 마시고는 신경질적으로 와인 병을 밖으로 던져 버렸다.

파삭!

와인이 들어 있어 그런지 무직한 파열음이 홍지연의 귀에 들렸지만 그것으로는 기분이 풀어지기는커녕 오히려 더욱 가라앉는 걸 느꼈다.

"젠장!! 도대체 누구야!! 누구냐고!! 누가 현중에게 말한 거냐고!!"

눈물이 글썽이는 홍지연은 자신의 비밀을 말하던 현중의 목소리를 잊을 수가 없었다. 그리고 훌쩍 커버린 키로 인해 자신을 내려다보던 눈빛을 생각하는 순간 또다시 옆에 있던 가벼운 의자를 거칠게 집어 들어 바깥으로 던져 버렸다.

쾅! 터걱터걱!

적당한 강도의 알루미늄으로 최대한 가볍고 심플하게 만들어진 의자는 여자인 홍지연이 집어 던졌음에도 2층에서 떨어진 높이 때문인지 심하게 구겨지고 망가져 버렸다.

그런데 그렇게 망가진 의자를 바라보는 홍지연은 마치 그게 자신을 보는 것 같아서 더욱 화가 치밀었다.

"도대체 누구냐고!!"

지금까지 확실하게 현중에게 비밀로 했다고 생각했다. 그리고 커리어우먼이 되기 위해서 어쩔 수 없는 선택이라고 현중에게 회사에 입사하던 날부터 이야기를 해놓았기에 당연히 현중이 알아챌 것이라고는 생각지도 않았다. 그러나 홍지연은 무심하게 자신을 내려다보면서 말하던 현중의 모습이 잊히질 않는 것이다.

"어떤 자식이 도대체⋯ 비밀을 말한 거야. 어떤 자식이 도대체⋯⋯."

평소에 냉철한 판단을 한 줄 아는 홍지연의 원래 모습은 온데간데없이 사라지고 없었다.

"현중이를 가장 잘 아는 건 나야. 바로 나라고. 나 홍지연이라고!!"

표독스럽게 눈을 부릅뜬 홍지연은 바로 몸을 돌려 별장을 나와 자신의 자가용에 몸을 싣고는 도심을 향해 사라졌다.

부아앙~!! 부아아앙~!!

도심 속이라고 생각지 않는 속도로 달리던 홍지연은 N대학가에 도착하자 바로 차를 세우고 급히 어딘가로 걸었다.

한참을 바쁜 걸음으로 걸어 홍지연이 도착한 곳은 현중의 원룸 문 앞이었다.

"…진정하자, 홍지연."

똑똑!

가볍지만 확실하게 노크를 했다. 제대하기 전 마지막 휴가 때 급하게 구한 원룸이고 그 흔한 초인종 하나 없는 제법 오래된 곳이라 이렇게 누가 찾아오면 노크를 해야 하는 웃긴 상황이 종종 벌어지긴 했다. 하지만 지금 홍지연은 이런 것에 신경 쓸 정신이 없었다.

똑똑! 똑똑!

몇 번을 두드려도 대답이 없는 문에 대고 홍지연은 계속 두드리기를 몇 번이나 했을까.

쾅!! 쾅쾅!!

발까지 사용해서 문을 두드렸다.

"문 열어, 이 자식아!! 내 말도 좀 들어봐야 할 거 아냐!!"

처음 현중이 홍지연 자신의 비밀을 말했을 때는 워낙 갑자기 당한 일이라 머릿속이 뒤죽박죽되어 어떻게 하지도 못하고 헤어졌지만 차분히 생각한 결과 이렇게 헤어지는 건 아니라는 결론만 머릿속에 가득했다. 아니, 이렇게 헤어질 수 없었다.

쾅쾅!! 쾅!!

"문 열어달라고!! 할 말이 있다고!!"

킬힐을 신은 발로 문을 걷어차기까지 하면서 계속 두드렸지만 반응이 없었다.

한참 두드리고 발로 차고 하면서 시끄럽게 할 때쯤 바로 위층에서 누군가 내려오면서,

"거참, 정말 시끄럽게 하네. 거기 아까 이사 갔어요!"

"……!!"

갑자기 정신이 번쩍 든 홍지연은 급히 남자를 향해 다가가서는,

"이사라니? 무슨 말이에요?"

"이 아가씨가 정말. 흠흠."

너무 시끄럽게 굴어서 한소리 하려고 나왔던 순간 남자는

화려하면서도 커다란 눈망울이 매력적인 미인의 얼굴을 확인
하곤 곧 헛기침을 했다.

"아까 제가 만났는데 이사 나간다고 잘 지내라고 하더라구
요. 정 궁금하면 주인 아줌마한테 물어봐요."

후다다닥!!

남자의 말이 끝나자마자 바로 홍지연은 킬힐을 신고 뛰었
다고는 믿어지지 않을 만큼 빠르게 계단을 뛰어올라 갔다. 6
층까지 올라간 그녀는 마침 문을 열고 나오던 주인 아줌마를
만났다.

"응? 아가씨는 누구시오?"

"주인 되시죠? 저기 2층에 김현중이라고 살고 있었잖아
요."

"아~ 현중 총각? 그 총각 아까 이사 간다고 나갔는데."

"혹시 어디로 갔는지 아세요? 제가 급하게 만나야 해서 그
래요. 제발 알려주세요."

갑작스럽게 나타났지만 가끔 원룸을 운영하다 보면 뒤늦
게 누군가를 찾는다고 주인을 찾아오는 경우가 있기에 별다
른 의심이 없었다. 다만 눈물까지 글썽이는 홍지연의 부탁에
주인도 마음이 안타까웠지만 자신도 알지 못했다. 갑자기 좋
은 곳으로 이사한다고 웃으면서 나간 것까지만 기억할 뿐이
니 말이다.

"안타깝지만 나도 몰라. 그냥 좋은 곳으로 옮긴다고 말하고는 나갔으니까."

마케팅 팀장을 맡고 있는 홍지연이다. 사람을 상대하는 게 주업무이다 보니 지금 주인의 표정에서 정말 모른다는 것을 느낄 수 있었다. 하지만 이대로 그냥 돌아갈 수는 없었다. 아주 작은 힌트나 실마리라도 얻어야 한다는 다급한 마음이 너무 앞서 잠시 생각하더니,

"주인 아주머니, 혹시 현중이 옆에 누구 없었나요?"

"누구? 음, 오빠라고 부르던 참한 아가씨 한 명이랑 혼혈로 보이는 잘생긴 남자가 하나 있긴 했지."

"아가씨! 혼혈… 남자?"

홍지연은 아가씨라는 말에 순간 직감적으로 그때 카페에서 만났던 기현주를 떠올렸지만 혼혈의 남자라는 말에는 누군지 생각나는 사람이 없었다.

"정말 모르세요? 제가 급히 현중이를 만나야 되는데요. 제발요."

"아가씨를 보니 안타까워서라도 알려주고 싶은데 오늘 갑자기 나한테 와서는 이사 나간다고, 보증금은 나중에 계좌로 보내달라고 하면서 인사만 하고는 그대로 나가 버린 사람을 내가 무슨 수로 알려준단 말인지……."

같은 여자로서 뭔가 사연이 있어 보이는 홍지연의 모습에

주인도 알려주고 싶지만 정말 아는 게 없었다. 어느 날 갑자기 이사 가는 경우가 대부분인 원룸에서는 주인도 별로 신경 쓰지 않는 경우가 많았다.

"네… 감사합니다."

힘없이 터덜터덜 걸어서 계단을 내려가는 모습에 주인 아줌마도 안쓰러웠는지 도와주고 싶은 마음에 한마디 했다.

"내년에 복학할 거라는 말을 들었으니까 꼭 만나고 싶으면 학교에서 보면 되지 않아?"

번뜩!!

순간 홍지연의 고개가 번쩍 들리면서 무겁게 짓누르던 무언가가 잠시 가벼워지는 것을 느꼈다.

"그래, 복학. 현중이 그 녀석은 절대로 학교를 그만둘 녀석이 아니니까. 학교가 있었어. 그래, 학교."

혼자 되새기듯 중얼거리면서 현중이 떠나 버린 원룸을 나와 차에 올라타고는 그렇게 그녀는 사라져 버렸다. 그런데 홍지연이 사라진 맞은편 쪽에 검은색 세단 운전석이 열리면서 얼굴을 내민 사람이 있었는데, 바로 최 부장이었다.

"…홍지연 씨? 그녀가 왜 김현중 녀석이 살고 있는 원룸에서 나오는 거지?"

아주 간발의 차이였지만 홍지연이 원룸으로 들어가고 나서 최 부장이 뒤이어 도착한 것이다. 그렇기에 홍지연이 어째서 현중이 살고 있는 원룸에서 나오는지 이유를 모르는 최 부장은 궁금하긴 했지만 지금 그것보다 먼저 해야 할 일이 있었다.

"제이슨."

최 부장의 부름에 뒷좌석에서 조용히 앉아 있던 제이슨은 얼굴만 앞좌석을 향해 슬쩍 내밀고는,

"크크크클… 뒷일은 걱정 안 해도 되겠지?"

유창한 한국어가 나오면서 드러난 사람은 흑인이었다. 희번덕이는 눈동자와 새하얀 치아만 빼면 어둠 속에 숨어들 경우 그 누구도 쉽게 알아차리기 힘들어 보일 만큼 검은 피부였다.

"뒷일은 내가 알아서 처리한다. 2층에 들어가서 남자 녀석은 맘대로 해도 되지만, 알지? 여자는 상처 하나 없이 데리고 나와야 된다는 걸."

"OK! 쓰읍~"

기운차게 대답하고는 혀를 내밀어 입술을 한번 크게 휘젓고 차에서 내린 제이슨은 천천히 걸어 사람들 속으로 흔적을 감춰 버렸다. 그리고 그런 제이슨을 지켜보던 최 부장 옆에 앉아 있던 동철은,

"형님, 저 녀석한테 맡겨도 괜찮을까요?"

그는 소문만 들었지 실제로 보긴 처음인 제이슨이 왠지 믿

음이 안 가고 걱정이 되는저 물었다.

"걱정 마라. 아무리 피에 미친 녀석이지만 저 녀석이 피 다음으로 좋아하는 게 바로 돈이야. 그리고 현중이라는 녀석을 맘대로 하라고 했으니 멀쩡히 기현주 그년을 데리고 나올 거다."

지금 제이슨을 한 번 움직이게 하는 돈은 무려 1,500만 원이었다. 제이슨을 한 번 움직이게 하는 데 들어가는 돈이 기본적으로 그 정도라는 말이다. 그것도 현중을 제물로 주고 500만 원 깎은 것이다. 하지만 최 부장은 전혀 돈이 아까운 표정이 아니었다. 아니, 돈이라면 대동그룹을 통해 몇 천만 원 정도는 얼마든지 유통할 수 있는 위치에 있기에 걱정이 없는 것일지도 몰랐다. 다음 대동그룹의 회장이자 현 회장님의 외손자인 최강석의 신임만 얻을 수 있다면 이까짓 것은 푼돈에 불과했다.

"헉! 형님, 제이슨이 안 보입니다."

갑자기 제이슨을 놓친 듯 쌍안경까지 꺼내 들고 주변을 살피는 동철을 보면서 최 부장은 가볍게 핀잔을 줬다.

"멍청한 놈!"

"네? 혀, 형님."

최 부장의 오른팔이자 가장 측근인 동철은 자신을 향해 못마땅하다는 듯 핀잔을 주는 최 부장의 모습에 살짝 움츠러들었다. 최 부장은 겨우 이 정도에 기가 죽는 소심한 동철이 더욱 한심해 보였다.

"제이슨은 스페셜포스 출신이다. 그게 뭘 뜻하는지 알아?"

"…그냥 엄청 세다는 거 아닙니까?"

"…무식한 놈."

아무리 조직폭력배지만 충성심 하나만 빼면 정말 쓸데없는 녀석이 동철이라고 생각하는 최 부장이다. 다만 그 충성심 하나만큼은 현재 그 누구보다 믿을 수 있기에 데리고 다닐 뿐이다.

"스페셜포스 출신 중에서도 제이슨은 특급이다, 특급! 스페셜포스 녀석들을 가르치던 교관이었던 녀석인데 너 같은 조폭의 눈에 보이겠냐? 이미 원룸 안에 들어가 있을 거다."

"네? 설마… 제가 계속 원룸 입구를 바라봤는데……."

동철의 말이 거짓은 아니었다. 놀랍게도 최 부장의 말이 끝나자 2층의 원룸에 불이 켜지는 게 아닌가. 그리고 건장한 남자의 그림자가 어지럽게 움직이기 시작했다.

"봤냐?"

최 부장이 가볍게 말하자 할 말이 없는 동철이었다.

"스페셜포스를 그냥 전쟁이랑 싸움에 미친놈으로 생각하지 마라. 내가 괜히 비싼 돈 쥐가면서 제이슨에게 일을 맡기는 줄 알았냐? 멍청한 놈!!"

"죄, 죄송합니다, 형님."

"됐다. 넌 뒷차에 애들이나 준비시켜. 제이슨이 기현주 그년을 데리고 차로 오면 난 바로 갈 테니 넌 남아서 뒷정리 깔끔하게 하고 오는 거 잊지 않도록 해."

"네, 형님!"

괜히 미안한 동철은 재빨리 조수석에서 내리고는 바로 뒤쪽 검은 밴으로 들어가 버렸다.

"멍청한 새끼."

최 부장은 그가 밴으로 완전히 들어간 것을 확인하고서야 속에 담아두었던 욕지거리를 내뱉은 다음 한숨을 쉬었다.

"조폭도 이제는 대학물 먹은 녀석들을 고르든가 해야지, 원. 답답하네. 배운 놈은 배신을 해대니 믿음이 안 가고 못 배운 놈은 믿음은 가는데 멍청해서 일일이 설명해야 하니, 나원 참."

딸각.

혼자 중얼거리는 와중에 뒷문이 열리는 소리가 들렸다. 최 부장이 돌아보니 제이슨이 태연히 차 안으로 들어오는데, 어째 혼자였다.

"제이슨, 왜 혼자야?"

"아무도 없던데?"

"응? 그게 무슨 소리야? 아무도 없다니?"

제이슨이 어깨만 으쓱거리고 다른 말이 없자 최 부장이 직접 차에서 내리더니 뒤쪽의 검은 밴으로 가서 문을 활짝 열었다.

촤라라락.

"동철아, 애들 데리고 가서 확인해 봐라."

"네? 벌써 끝났습니까?"

의외로 일찍 끝났다는 생각에 물어보지만 오히려 최 부장은 그런 동철의 모습에 짜증만 생겼다. 무식한 놈들은 어떻게된 게 하나같이 눈치도 없다.

"시끄러! 얼른 가서 확인해 봐!"

신경질적으로 말하는 최 부장의 표정을 보고서야 동철은 겨우 눈치를 챘는지 급히 애들 다섯 명을 데리고 현중이 살던 원룸으로 들어가더니 곧바로 나왔다.

"어때?"

"형님, 깨끗합니다."

"깨끗해?"

최 부장이 설명을 바란다는 듯 되묻자,

"그게, 급히 피한 것 같지 않았습니다. 살림살이 하나도 없이 완전 싹 비워져 있습니다."

"뭐? 그게 무슨 소리야?"

어제만 해도 그곳에서 살고 있는 것을 직접 확인했다. 빌어먹을 기현주 그년도 창문을 통해 있는 것을 확인하고 오늘 바로 온 것인데 아무것도 없다니?

이해할 수가 없어 직접 원룸으로 들어가자 정말 동철이 말한 대로 아무것도 없었다.

"뭐야, 이거?"

"형님!"

텅텅 비어 있는 원룸을 보고 멍하니 있던 최 부장의 뒤로 헐레벌떡 뛰어들어 온 동철은,

"형님, 알아냈습니다. 몇 시간 전에 이사 나갔다고 합니다."

"뭐야?!"

"그게… 지금 제일 위층에 사는 주인한테 물어봤더니 몇 시간 전에 짐 싸서 나갔답니다."

동철의 보고를 받은 최 부장은 급히 가슴에서 휴대폰을 꺼내 걸더니 상대가 전화를 받자마자 대뜸 큰소리부터 쳤다.

"야! 이 새끼들아! 뭔 일을 이따위로 해!! 지금 장난해!! 몇 시간 전에 짐 싸서 나갔다잖아!! 앙!! 지금 나를 상대로 장난 쳐? 당장 한 시간 내로 기현주 그년이 있는 곳을 알아내서 전화해!!"

거칠게 휴대폰을 끊은 최 부장은 다시 한 번 텅텅 비어버린 원룸을 보고는 신경질적으로 돌아서 나왔다.

"헤이! 최!"

"왜 그래?"

가뜩이나 뭔가 틀어진 게 짜증나는 중에 뒷좌석에 느긋하게 앉아 있던 제이슨이 자신을 부르자 최 부장은 날카롭게 대답했다.

"오늘 일 없는 건가?"

"아니. 조금만 기다려 봐. 애들이 지금 알아보고 있어."

뭔가 일이 틀어지는 것을 끔찍이 싫어하는 최 부장의 성격을 제이슨도 알고 있기에 씨익 웃으면서 조용히 입을 다물었다.

"짜증나게 운 좋은 놈이군. 쳇!"

입에 물던 담배도 던져 버린 최 부장은 휴대폰만 만지작거리면서 전화를 기다렸다.

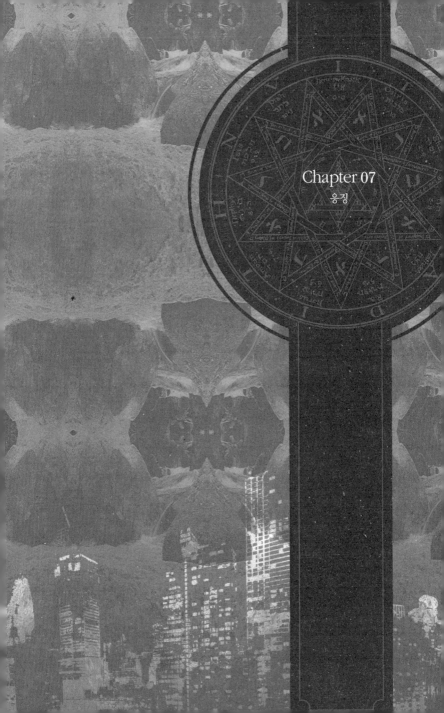

Chapter 07
응징

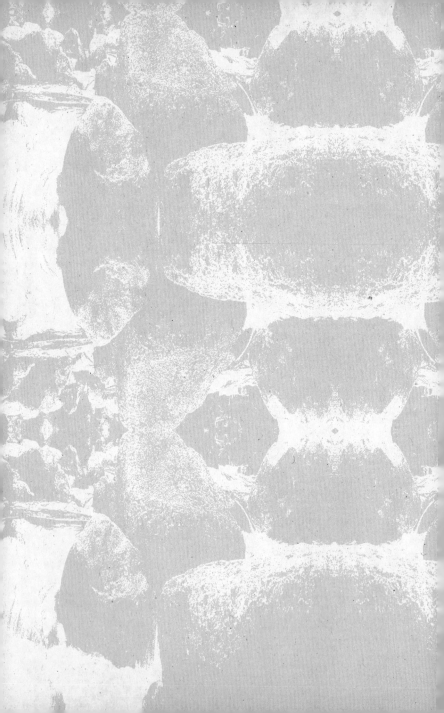

　한편 현중과 테른, 현주는 이미 오피스텔로 들어와 짐을 풀고 있었다.

　하지만 현주는 지금 눈앞의 상황에 입만 벌린 채 멍하니 입구에 서서 움직일 줄 몰랐다.

　"컴퓨터는 저쪽 방으로 넣고 침대는 여기로 하고."

　─네, 마스터.

　현중이 거실 중앙에서 지시를 하면 테른은 현중의 지시에 따라 허공에 손을 쑤욱 집어넣더니 그 속에서 PC부터 옷가지, 그릇 등등을 꺼내 정리하는 것이다. 현주는 침대가 허공에서 나타날 때는 정말 기절하는 줄 알았다.

쿵!

육중한 침대 매트리스가 작은 먼지를 일으키면서 한쪽 벽에 세워지고, 테른은 곧이어 침대 받침대를 조립도 필요없이 통째로 꺼내 내려놓고는 세워놓은 침대 매트리스를 한 손으로 올렸다.

"뭐해? 짐 정리 안 해? 저기 입구 옆방이 네 방이야."

현중은 가장 큰 방을 테른의 방으로 주었다. 주식 투자 때문에 PC만 해도 아마 반을 차지할 것이 뻔하기에 큰방을 주고 자신은 맞은편인 중간 방으로, 가장 작은 방인 입구 쪽 방을 현주에게 주었다.

"네, 오빠……. 그런데 방금 그거 뭐예요?"

"응?"

현주가 손가락을 들어 아공간에서 꺼낸 PC를 설치하고 있는 테른을 가리키자,

"테른?"

"아니요. 그… 손을 들어서 침대부터 쑥쑥 꺼내던 그거요."

"아, 아공간이라고 그냥 쓸 만한 거 넣어두는 가방이라고 생각하면 돼."

별 대수롭지 않게 말하는 현중과 현주가 놀라든 말든 아예

관심도 없는 테른을 보고 있자니 더 이상 자세한 설명을 기대하기 힘들어 보였다.

"그게 설명이에요? 허공에서 침대가 나오는데요? 침대가 들어가는 가방이 있어요? 오빠, 이해할 수 있게 좀 해줘요."

현주가 현중 옆에 붙어서 다시 한 번 물었지만 오히려 현중의 입에서 나온 대답은,

"난 몰라. 할 줄 모르거든."

"네?"

"테른한테 물어봐."

자신은 모른다고, 사용하는 사람에게 물어보라고 말하며 다시 TV를 보는 현중에게서 더 이상은 설명을 듣기는 힘들다는 판단을 내린 현주는 막 PC 설치를 마치고 시험 부팅을 하고 있는 테른의 곁으로 갔다.

"테른 씨."

―말해보세요, 레이디.

순간 레이디라는 말에 닭살이 살짝 돋았지만 이제 어느 정도 적응이 된 상태였다.

"방금 침대 꺼낸 거, 그거 뭐예요?"

―마스터가 말해주지 않았나요? 아공간입니다.

현중과 똑같은 대답만 했다. 순간 현주는 어떻게 고용주나 고용부나 똑같은 대답만 하는지 모르겠다는 생각이 들었지만

그래도 무뚝뚝하고 단답형인 현중보다는 혀에 버터를 바른 테른이라면 설명해 주지 않을까 하는 생각에,

"그 아공간이 뭐냐니까요. 현중 오빠는 테른한테 물어보래요. 자기는 쓸 줄 모른다고."

─음… 어떻게 설명해야 될까요.

현주의 말을 들은 테른은 마스터의 허락이 떨어졌다는 생각이 들었는지 잠시 고민하더니,

"혹시 현주 양은 마법을 믿으시나요?"

"마법이요? 그 이은결 마술사… 아, 그건 마술이지? 그 뭐냐, 게임에서 불 나오고 뭐 그런 거요?"

현주도 온라인 게임을 해본 적 있기에 가장 먼저 생각난 걸 말했다. 테른은 호기심 어린 눈으로 자신을 바라보는 현주에게 말로 설명하기보다는 한번 보여주기로 했다. 어차피 현중의 계획을 테른도 진작에 눈치채고 있었다. 나중에 최강석의 처리가 끝나면 자신들과 연관된 모든 기억을 지우면 되니 상관없었다.

─네, 그겁니다. 이런 거죠.

화르륵~!

대뜸 테른은 현주 눈앞에 손 올리더니 손바닥 위로 작은 불덩이를 만들어냈다.

"까악!"

휙!

현주가 놀라서 뒤로 엉덩방아까지 찧는 걸 보고 테른은 자신이 만들어낸 파이어 볼을 급히 캔슬시키고는 현주를 향해 손을 내밀었다.

—이런, 놀라셨군요. 자, 제 손을 잡으세요.

현주도 순간 놀라서 부끄러운 모습을 보였다는 생각에 급히 테른의 손을 잡으려고 손을 뻗었다가 지금 있는 곳이 방이라는 생각에 그만두고 테른을 바라봤다.

"테른, 사람 맞아요?"

—후후훗, 생각하기 나름이겠죠?

마족이라고 말할 수는 없었다. 아무리 마법이 없는 곳이지만 그래도 인간이었다. 그리고 인간은 본능적으로 마족을 싫어하고 배척하는 경우가 대부분이라 대충 얼버무린 테른이었다.

하지만 현주는 테른의 마법에 더욱 놀라고 있었다.

"그러니까 아공간이라는 게 마법이란 거죠?"

—네. 현주 양은 똑똑하군요. 바로 이해하다니요.

테른은 슬쩍 현주를 추켜세웠지만 현주는 오히려 테른을 향해 초롱초롱한 눈빛을 보이며,

"테른, 그럼 얼음을 얼게 하거나 하늘을 날거나 하늘에서 운석을 소환해서 지구를 멸망시킬 수도 있겠네요?"

—······?

테른은 지금 현주를 보면서 도대체 무슨 여자가 저렇게 쉽게 메테오를 소환해서 지구를 멸망시킨다는 말을 하는지 이해가 가지 않았다. 언어의 힘을 아는 마족으로서는 함부로 말을 하지 않는 법이다.

—설마요. 전 그렇게 전능한 존재는 아닙니다. 다만 불과 물 아공간으로 생활을 편리하게 할 뿐이죠.

"피! 거짓말. 전에 첫날 내 눈앞에서 팍 사라지기도 했잖아요."

현주의 말에 웃던 테른은 현주의 눈동자를 마주치는 순간,

—후후훗, 현주 양. 세상에는 몰라도 되는 게 있답니다.

테른은 현주의 눈동자를 보는 순간 현주의 마음속에 있는 욕망을 읽을 수 있었다. 특히 진조 혈족은 사람의 욕망과 마음에 민감했다. 당연히 현주의 눈동자에 피어오르는 마법에 대한 호기심과 배우고 싶어한다는 욕망을 알게 되자 더 이상의 설명을 그만둔 것이다.

지구의 인간이 알아서 좋을 게 없는 힘이다. 그리고 마스터의 허락 없이 더 이상 설명할 이유도 없었다. 아공간에 대해서 이해만 시키는 것이 마스터가 허락한 것이었으니까.

그런데 과연 현중은 무슨 생각으로 현주에게 마법을 서슴없이 보여주도록 한 것일까? 뭐 나중에 기억 소거 마법을 쓰

면 되기에 크게 걱정은 하지 않았지만 살짝 궁금한 테른이었
다.

"피! 알려주기 싫은 거죠? 내가 가르쳐 달라고 할까 봐 그
렇죠?"

역시 현주도 어리지만 여자라 그런지 대번에 테른의 변화
에 뾰로통하게 말했다. 테른은 그저 웃기만 했다.

─현주 양, 믿으실지 모르지만 현주 양은 제가 가르친다고
배울 수 있는 것도 아니에요. 가질 수도, 배울 수도 없으면 모
르는 게 가장 좋지 않나요?

어린애 달래듯 말하는 테른의 말투에 현주는 우선 친하지
도 않는데 자신이 아무리 졸라봐야 소용없을 거라는 것을 느
끼고는 한발 물러서기로 했다. 하지만 현주의 가슴에 마법을
배우고 싶다는 욕망을 더욱 부채질할 뿐이었고, 테른도 그런
현주의 욕망을 읽었다.

하지만 이계로 넘어갔던 현중도 마법을 배울 수 없었다.
즉, 대륙의 마나가 현중을 거부했던 것이다. 그런데 이곳 지
구에서 마법을 배운다? 어림도 없었다. 죽을 때까지 마나 배
열 공식을 외워도 마법 발현은 불가능할 것이다. 마나란 그런
존재였으니까. 한번 거부하면 절대로 다시 힘을 주는 법이 없
었다. 그래서 마법사들을 보통 사람들은 마나의 자식이라고
부르는 것이다.

마나의 허락을 받은 존재, 굳이 사람이 아니라도 엘프나 몬스터인 오크 중에서 마법을 사용하는 존재가 나오는 이유가 바로 마나의 허락을 받았기에 가능한 것이다.

그리고 테른은 이곳에 왔을 때 마나를 느낄 수 있었다. 당연히 이미 마법을 사용하는 테른은 곧바로 마나와 동화해서 지구 마나의 허락을 받았다. 그러면서 느낀 것은 지구의 마나가 이곳에 살아가는 인간들에게 너무나 적대적이라는 것이었다.

지구가 오염되고, 생태계는 파괴가 되고, 병들어가게 된 주범이 바로 인간이었다. 때문에 마나가 자신의 힘을 사용하도록 허락한 존재가 동물 중에서는 가끔 나오지만 인간들에게서는 아직 나오지 않았다.

그리고 점점 지구가 병들어갈수록 마나는 더욱 인간을 적대할 것이다.

―그런데 마법을 쓰는 제가 신기하거나 외계인 같이 보이지 않나요?

테른의 말을 들은 현주는 그제야 갑자기 고민하는 듯하더니,

"왜요? 좋잖아요. 얼마나 좋아요. 그리고 저 오컬트 좋아해요. UMA도 좋아하구요."

보통 인간들은 자신보다 강하거나 다른 능력을 가진 존재

를 부정하거나 배타적으로 대하게 마련이다. 그건 대륙도 마찬가지였다. 그러니 엘프를 유사인종이라고 하고 절대로 인간과 같은 종족으로 생각하지 않는 것이다. 실제로 지구에 와서 테른이 알아낸 것은 엘프와 인간은 99.999%가 유전자적으로 같다는 결론이었다.

유전자적으로 교배를 해서 자식이 나온다면 그건 같은 종족으로 봐도 무방하다는 과학책을 읽었기 때문이다.

그런데 오컬트를 좋아한다는 현주의 말을 듣고는 테른도 피식 웃었다.

뭐 사람마다 개성이 있는 것이니까. 하지만 이렇게 쉽게 믿을 줄도 몰랐다.

따라라~ 라랑~

때마침 PC의 부팅이 완료되는 소리가 들리자 테른은 다시 모니터에 집중했고, 현주는 주식 같은 숫자놀음은 이미 흥미를 잃었기에 다시 TV를 보고 있는 현중에게 다가갔다.

"오빠."

"왜?"

"결혼하고 싶어요?"

"응? 갑자기 무슨 소리야?"

현주는 대답 대신 현중이 보고 있던 TV 프로를 손가락으로 가리켰지만 여전히 현중은 이유를 몰랐다.

"저거 미팅 프로그램이에요. 제법 유명하긴 한데 오빠가 저걸 볼 줄은 몰랐네요."

"미팅 프로그램? 그보다 왜 내가 그럴 줄 몰랐다는 거야?"

당연히 현중도 남자다. 그저 혈기왕성한 20대가 아니라 이미 세상 풍파는 기본이고 전쟁부터 산전수전 공중전까지 다 겪은 125살의 남자라는 게 문제일 뿐이다.

"어머, 몰랐어요?"

정말 자신을 너무 모른다는 듯 장난스럽게 놀라는 표정을 지어 보인 현주는,

"오빠는 이래도 흥, 저래도 흥, 뭐 간단하게 말하면 마치 세상 풍파 다 겪은 할아버지 같다고 전에 말했잖아요. 그리고 할아버지들은 저런 파릇파릇한 청춘들의 프로그램은 별로 좋아하지 않구요."

"내가?"

현중은 현주의 말에 처음에는 그냥 웃어넘겼지만 계속 듣게 되자 정말 자신이 그랬나 하는 생각이 들었다. 하지만 역시나 알 수가 없었다. 무관심하게 대륙을 살아온 시간이 100년이다. 주신 카일라제의 부탁 때문에 최대한 이방인처럼 대륙에서 생활한 탓에 지구에서도 알게 모르게 자신이 내키면 참견하고 아니면 아예 무시해 버리는 태도가 자연스러워져 버린 것이다.

"어머! 저 여자도 나왔네."

현주는 현중에게 핀잔 아닌 핀잔을 주다가 화면이 바뀌자 출연자를 아는 척했다. 현중도 현주를 따라 고개를 돌려보니 화면에는 어깨까지 내려오는 단정한 머리에 늘씬한 몸매, 날카롭지만 사람들의 시선을 당기는 매력이 있는 외모의 여자가 나와 있었다.

"누군데?"

현중은 처음 보는 여자였지만 왠지 남자의 호기심을 자극할 만한 매력을 느꼈기에 현주에게 물었다.

"몰라요? 유명한데. 천산그룹 셋째 손녀딸이에요. 이름이 천유화라고 할 걸요?"

현주의 설명이 끝나자 곧바로 천유화의 얼굴 아래쪽에 이름과 프로필이 간단하게 보였다.

"현재 국내 그룹 순위 2위에 있는 천산그룹의 회장 천산태 회장의 셋째 손녀예요. 하지만 피아니스트로 더 유명해요. 국내에서는 아는 사람만 알지만 세계적으로는 조수민 선생님 다음으로 클래식 계에서 알려진 인물이구요. 전에 한번 우연히 친구 따라 천유화 피아노 독주회에 간 적이 있는데… 정말… 잘 쳐요."

"후훗, 그래?"

현재 현주가 현중에게 자세히 설명하는 프로그램은 '결혼하자' 라는 제목으로 공중파에서 방영하는 미팅 프로그램이 었다. 이상하게 요즘 연예인끼리 미팅하는 프로그램부터 일반인끼리 미팅하는 것까지, 완전 미팅 프로그램의 붐이라고 해도 과언이 아닐 만큼 소개팅, 미팅 오락 프로그램이 넘쳐나고 있었다.

특히나 그런 오락 프로그램의 특성인지 벼락 스타가 된 연예인도 제법 많았다. 김빈이라는 여자는 섹시함과 발랄함을 무기로 군인들 사이에서 유명했고, 팅클이라는 걸 그룹도 미팅 프로그램에 제법 얼굴을 비추는 편이었다.

뭐 군인으로 있던 현중 자신도 그런 프로를 제법 많이 본 기억이 있다. 그리고 방금 우연히 채널을 틀다가 오랜만에 군대에서 자주 보던 프로그램이 나오기에 보고 있었을 뿐인데 때마침 현주가 곁에 왔던 것이다.

"오빠, 그거 알아요?"

"뭘?"

여자들 특유의 수다가 발휘되는 것 같은 느낌에 현중은 그냥 무시할 것을 실수로 아무 생각 없이 대답을 해버렸다.

"저 프로그램에 여자들 스펙이 장난 아닌 거요. 그리고 남자도 기본이 검사, 변호사 같은 사 자로 끝나는 직업이 기본이에요. 벤처기업으로 떼돈 번 사람도 있어요. 그리고 저번 달인가? 실제로 저 프로그램으로 만나서 결혼한 커플이 있어서 지금 더 난리예요."

"실제로 결혼? 후훗, 뭐 인연이라면 그렇겠지."

처음부터 별 관심이 없던 현중이기에 그냥 그렇겠지, 라고 대답하고 채널을 돌리려고 했는데 리모컨을 찾을 수 없었다.

"오빠, 저 남자 멋지다. 그죠?"

리모컨은 현주의 손에 이미 쥐어져 있는 상태였다. 이사를 막 마친 상태였지만 정리 같은 건 테른이 알아서 하는 편이라 심심해서 TV를 봤던 것뿐이라, 뒤늦게 완전히 TV에 빠져 버린 현주를 버려두고 현중은 테른의 방으로 지정한 가장 큰 방으로 발걸음을 옮겼다.

─마스터, 오셨습니까.

테른은 자리에서 일어나 90도로 인사를 했고, 현중은 그냥 고개만 까딱거렸다.

사실 원래는 한쪽 무릎을 꿇고 완전히 고개를 숙이는 것이 테른의 인사법인데 현중이 너무 거추장스럽고 지구에서는 그런 인사 하지 않는다고 하면서 바꿔 버린 것이다.

"주식 시세 좋아?"

테른이 지금까지 주식을 하면서 손해 본 적이 없기에 그냥 인사치레로 물어본 말이지만 테른은 입가에 미소까지 띠면서 말했다.

─오랜만에 대박 하나 터졌습니다.

"대박?"

몇 천억을 벌어도 아무 말 없던 테른이 자신있게 대박이라는 말을 하자 호기심이 생긴 현중이 모니터 앞으로 다가가 앉았다. 재빨리 테른은 현중 앞에 있는 모니터의 화면을 바꾸더니 작은 표 하나를 보여주었다.

―이건 인도에 있는 칼라조라는 이름의 석유 발굴 회사의 주식입니다.

현중이야 봐도 알 수 없어 테른이 그렇다고 하면 그러려니 할 뿐이다.

―그런데 일주일 전에 한 주당 2천 원 하던 주식이 오늘 100만 원까지 올랐습니다.

"응? 2천 원짜리 주식이 2주 만에 100만 원?"

현중은 잠시 몇 배나 이득을 본 건지 생각해 보았지만 2만 원이면 열 배고, 20만 원이면 백 배였다. 거기다 100만 원이면 500배를 벌었다는 말이다.

"너 몇 주나 투자했는데?"

―100만 주. 그 회사 주식 30%를 현재 마스터께서 가지고 계십니다.

"100만 주?"

지금 한 주에 100만 원짜리 주식을 100만 주 가지고 있다면 1조라는 결론이다.

아라비아 숫자로 표시하면 1,000,000,000,000으로 표시할
수 있다. 뒤에 붙은 0의 개수만 해도 정말 어마어마한 액수였
다.

그런데 아무리 주식이 도박이라고 하지만 2천 원짜리 주식
이 몇 주 만에 갑자기 100만 원까지 오르는 경우는 거의 없었
다. 도대체 무슨 일인지 궁금할 수밖에 없었다.

"도대체 어떻게 500배나 오른 거야?"

─그게, 제가 약간의 도움을 주긴 했습니다.

"응? 도움을 주다니?"

─사실 그 회사는 석유와 천연가스를 발굴하는 회사였습
니다. 처음 시작은 인도의 재벌 중 한 명인 칼라조라는 사람
의 자본 투자로 시작되었습니다. 하지만 알아보니 5년째 허
탕만 치면서 엄청난 돈을 먹어치우는 애물단지가 되어 있었
습니다. 그렇기에 보통 석유나 천연가스 같은 발굴을 하는 업
체는 주식 상장하지 않지만 5년 동안 맨땅만 파다 보니 인도
의 거부였던 칼라조도 파산해서 손을 떼버렸습니다. 인도 정
부에서도 모른 체하니 더 이상 인도 내에서는 자금을 마련할
수 없다고 판단한 모양입니다. 그래서 주식을 올렸기에 제가
바로 사서 살짝 석유가 나올 만한 곳과 천연가스를 동시에 시
추할 수 있는 곳을 알려주었을 뿐입니다.

말이 조금 도와준 거지 테른은 한마디로 회사 하나를 살린

것이다.

대충 20억 투자해서 1조를 번 셈이다. 거기다 회사 지분 중 30%라면 대주주였다. 그 회사 안에서는 현중의 말 한마디면 아마 현재 사장도 바꾸는 데 영향을 미칠 만큼 엄청난 입김을 발휘하는 수준인 것이다.

확실히 석유와 천연가스는 발굴하기만 하면 대박이지만 실패하는 경우가 많아서 주식을 올려도 사는 사람이 거의 없었다. 실제로 테른이 산 칼리조 회사의 주식을 모두 독식했기에 30%라는 지분이 가능할 것이다. 거기다 5년 동안 실패를 거듭해 처음 투자자가 파산해서 손을 뗐다면 당연히 주식 시장에서 소문도 안 좋을 것이다.

그럼 한 주에 2천 원도 비싼 거나 마찬가지다. 실패할 게 뻔한 주식을 누가 사겠는가? 그것도 중동이라면 기대를 해보겠지만 석유 발굴 경험이 전혀 없는 회사였고, 5년간 실패했던 경력까지 있으니 주식 시장에서도 테른이 사는 것 자체를 비관했다.

"그런데 인도에 석유가 나와?"

인도 땅에서 석유가 난다는 말을 들은 적이 없다.

─인도가 아닙니다. 베트남 남쪽 해상에서 발굴해서 성공했습니다.

"그럼 나, 부자 된 건가?"

─실제 100억 원 투자했지만 이 정도면 대박이라고 생각합니다.

한 주에 2천 원짜리 주식인데 100억이라는 말은 뭔가 맞지 않았다.

─시추 구멍 한 번 뚫는 데 몇 억 원이 그냥 사라지는 게 석유 발굴입니다. 당연히 현장에 바로 현금이 돌아야 발굴되겠다는 판단에 따로 마스터 이름으로 투자 계약을 했습니다. 그래서 실제로 마스터의 보유 주식만 30%이지 따로 한 투자 계약까지 하면 지분률이 60%를 넘을 것입니다 실질적으로 거의 마스터의 회사입니다.

"허……."

할 말을 잃었다는 것이 정확할 것이다.

아무리 인생이 한 방이라고 하지만 이렇게 한 방에 일발 역전할 줄은 몰랐던 현중이다. 그리고 테른도 석유라는 게 설마 이 정도 위력을 가지고 있다고 생각하지 못했던 것이다.

그저 손해 보고 싶은 생각이 없기에 테른이 직접 찾아본 정보를 토대로 장소를 알려주었을 뿐이지, 100% 석유와 천연가스가 나온다는 보장은 테른도 없었다.

한마디로 석유와 천연가스가 동시에 터진 것 자체가 90% 이상 운이었던 것이다.

"인생 한 방이군, 정말."

아무리 무심한 현중이지만 저절로 나오는 말이다.

그렇게 테른이 이룩한 엄청난 결과를 현중은 이해하기 쉬운 주식 그래프로 보면서 뭔가 이것저것 살펴보고 있는데, 그래프 밑에 사람의 얼굴이 선명하게 찍힌 사진이 한 장씩 슬라이드로 지나가고 있었다.

물론 보려고 본 건 아니지만 우연히 현중의 시선이 사진에 머무는 순간 낯익은 사람의 얼굴이 보이는 게 아닌가?

"잠깐!"

ㅡ네? 마스터, 무슨 일이십니까?

슬라이드라서 자동으로 익숙한 사람의 얼굴이 이미 지나가 버렸다.

"방금 여기 사진에 나왔던 사람 다시 볼 수 없어?"

컴퓨터를 약간은 하지만 테른처럼 능숙하게 할 수 없기에 명령하자 테른은 마우스로 그냥 클릭해서 드래그했다. 사진이 다시 되돌려지면서 화면에 나타났다.

"이 영감이다!"

ㅡ네? 이 영감이라니… 알렌 스핏을 말하는 것입니까?

테른이 얼굴을 보자마자 바로 이름을 말하는 것을 보니 잘 아는 듯했다.

"그래, 저 영감이었어. 갑자기 미행하더니 나보고 아라크네라고 하면서 내 이름도 알고 있더군. 음, 그런데 알렌 스핏이었어? 어디선가 들어본 것 같은데……."

알렌 스핏, 알렌 스핏……. 기억이 날 듯 말 듯 가물가물했다. 아무래도 경제나 주식 쪽에 관련된 사람 같은데 일문학을 공부하던 그가 크게 관심이 없다 보니 많이 들어본 것 같다는 느낌만 계속 뇌리에 남았다.

"투자의 귀재로 불리는 알렌 스핏입니다. 알렌 스핏이 투자하면 90% 확률로 성공하고 알렌 스핏이 포기하면 아무리 잘나가는 회사라도 곧 망한다는 소문이 돌 정도로 엄청난 사람입니다. 뭐 현재 투자 성공률 100% 달성하고 있는 저에 비하면 어린애 수준이지만 인간 중에는 천재로 불리고 있습니다."

테른의 설명을 듣자 그제야 기억이 났다.

알렌 스핏, 투자의 귀신이자 가진 재산만 수십 억 달러에 이르는 세계 열 손가락 안에 들어가는 부자였다.

"아, 알렌 스핏. 어쩐지 들어본 듯한 이름이더라니. 그런데 이 영감이 왜 나한테 아라크네라고 한 거야?"

―그건 이것 때문입니다.

테른이 바로 마우스로 클릭하자 화면이 순식간에 바뀌면서 지금까지 테른이 투자해서 벌어들인 수익과 배분율 등 수많은 숫자가 깔끔하게 표로 정리되어 보여졌다.

그런데 그 정리된 표의 가장 윗부분에 영어로

ARACHNE(아라크네)라고 쓰인 것이다.

"테른, 네가 지은 거냐?"

─네. 멋지지 않습니까? 지구의 신화라는 것을 공부하던 중에 아라크네라는 단어를 본 적이 있습니다. 신화에는 거미를 뜻한다고 나와 있었습니다.

"너, 거미가 좋냐?"

─전 좋습니다만 마스터의 취향이 아니라면 바로 바꾸겠습니다.

테른은 바로 뭔가 클릭 몇 번 하더니 작은 창에 네임드 체인지라는 명령 프롬프트를 띄워놓고는 현중을 봤다.

"아니다 이미 소문 날 대로 다 났는데 바꿔봐야 뭔 소용 있겠니. 그리고 주식은 테른 네 취미로 하라고 저번에 이미 명령했으니까 그건 네 맘대로 해도 된다. 다만 그 알렌 스핏이라는 영감이 어떻게 나를 알고 있냐는 건데……."

─알렌 스핏이 마스터에 대해서 알고 있는 건 당연합니다.

오히려 현중이 궁금해하는 게 미안할 만큼 단호하게 말하는 테른의 모습에 슬쩍 바라보니,

─마스터의 개인 정보는 공개되어 있습니다. 정보를 숨기게 되면 아무래도 세무 조사를 받더라도 복잡하게 받기 때문에 일부러 공개했습니다. 원하시면 지금이라도 숨길까요?

"……."

지금 숨긴다고 숨겨질 정보가 아니었다. 하긴 알렌 스핏 정도면 숨겨도 알아내는 건 쉬울 거라는 생각에 관뒀다.

"아니야. 뭐 영감탱이가 귀찮게 굴면 가서 좀 어르고 달래지, 뭐. 아, 심심하다."

웬만한 일은 테른이 다 알아서 하기에 현중은 그냥 TV 보고 밥 먹고, 복학 준비로 공부하는 게 전부였는데, 치우천황 무를 완성하고 나서는 머리도 좋아졌는지 이미 일문학 과정을 완전히 무시할 수 있는 JLPT 점수는 이미 990점을 받아놓은 상태였다.

일문과에서는 JPT 점수가 900점 이상이면 졸업 논문도 패스이기 때문에 일문과는 그냥 졸업장 때문에 1년 더 다녀야 하는 상황이기에 문제가 없었다.

그래도 단기간에 습득한 거라 시험 삼아 NHK 방송을 테른과 같이 봤는데, 마치 원래 쓰던 한국어처럼 너무나 자연스럽고 편안하게 해석되어 귀에 들리는 걸 경험하고는 그냥 가끔 책만 몇 번 보는 게 전부였다.

"다시 TV나 봐야겠다."

현중은 주식은 관심도 없지만 숫자 놀이 자체를 별로 좋아하지 않는지라 일어서서 거실로 나가려고 하는데 방 안에 박쥐 한 마리가 나타나더니 곧 테른의 어깨 위로 앉았다가 사라졌다.

"오랜만이네, 테른의 패밀리어를 보는 건."

테른의 패밀리어는 모두 세 가지가 있는데, 박쥐와 늑대, 고양이였다. 하지만 실제로 자주 사용하는 패밀리어는 박쥐로, 정신 감응으로 연결되어야 하는 패밀리어의 특징을 박쥐는 가지지 않기 때문이다.

즉, 보통 패밀리어 마법은 패밀리어가 되는 동물의 뇌를 마나로 조정해 실시간으로 정보를 알아내는 마법이지만 심각한 단점이 있었다.

바로 패밀리어 마법이 걸린 동물이 죽거나 다치면 그 타격이 그대로 시전자에게 두 배로 되돌아온다는 것이다.

그렇기에 백마법은 패밀리어 마법을 자주 사용하지 않았고, 실제로 사용하더라도 쉽게 죽지 않는 커다랗고 강한 동물을 선호했다. 다만 그런 동물은 마법과 마나가 풍부한 대륙의 특성상 마법 저항력이 강해서 7서클 이하는 아예 시도조차 못하는 마법이긴 했지만 말이다.

이런 제약은 흑마법도 마찬가지였다. 당연히 마족인 테른도 패밀리어 마법을 사용하면 똑같이 부작용이 있었지만 단 하나, 박쥐는 아니었다.

박쥐는 패밀리어이면서도 패밀리어가 아닌 존재로 테른의 피로 만들어진 녀석이다. 즉, 테른이 창조주가 되는 셈이다. 거기다 장점은 박쥐가 설사 소멸되더라도 테른이 박쥐를 만들 때 사용한 피만 소멸될 뿐이지 테른에게는 전혀 타격이 없다는 점이었다.

　물론 단점도 있는데, 실시간으로 정보를 알아내는 패밀리어와 달리 박쥐는 모든 것을 녹화했다가 테른의 몸으로 흡수되고 나서야 정보가 전달된다는 것이다.

　강한 마족이라면 괜찮지만 진조 혈족인 테른은 순수하게 힘만 따지면 마족 서열 100위 안에도 들기 힘들었다. 하지만 마계는 이기는 자가 강자인 곳이라 순수 힘만 따질 수는 없었다.

　지금 테른의 얼굴을 보니 뭔가 정보를 물어왔다는 것을 현중은 알 수 있었다.

　—마스터, 그들이 미끼를 물었습니다.

　"물었단 말이지. 크크큭."

　지금 테른이 말하는 미끼란 저번에 현주의 납치범이 최강자라는 말을 듣고 나서부터 세웠던 계획의 일부였다. 실제로 현중은 몰래 현주의 집으로 들어갈 수 있지만 일부러 대놓고 현주와 같이 현주가 살던 원룸으로 가서 신분을 노출시켰다. 감시하는 자가 있다는 것을 알고 있었지만 일부러 놔뒀던 것이다.

　그리고 테른이 오늘 녀석들이 쳐들어올 것을 미리 알려주었기에 계약도 된 상황이라 그냥 이사해 버린 것이다. 원래는 집 밖에서 모조리 처리할 생각이었다.

하지만 무료한 현중의 지금을 충분히 재미있게 해줄 수 있는 일이었다.

―마스터, 그런데 홍지연도 녀석들보다 약간 먼저 다녀갔습니다. 원룸 주인에게 마스터의 거처를 물어보고는 그냥 돌아간 듯합니다.

"지연이가?"

생각지 못했던 지연의 등장이 살짝 머릿속에 머물렀지만 곧 사라졌다.

"됐다. 지연이는 이제 남이니까."

―알겠습니다. 그보다 제가 처리할까요, 아니면 마스터께서 직접 하시겠습니까? 한 가지 기쁜 소식이 제 패밀리어가 그 녀석들 중 한 녀석에게서 마나의 향기를 느꼈다고 합니다.

"그래? 그럼 더 좋지."

현중은 알렌 스핏과 만나면서 지구에도 마나의 향기를 풍길 정도의 내공을 쌓는 사람들이 있다는 것을 처음 알게 되었고, 그러다 보니 자연스럽게 마나의 향기를 풍기는 사람들에게 관심이 가는 중이었다.

"나, 다녀올게."

마치 어디 슈퍼에 담배 사러 갔다 오겠다는 듯 일어선 현중은 오른발을 움직이자 바로 사라졌다.

그런데 곧바로 다시 나타났다.

"하하하, 신발 놓고 갔다."

방 안에서 축지법을 썼으니 양말 신은 그대로 나갔던 것이다. 뒤늦게 알아채고 바로 돌아온 현중은 TV 프로에 집중하는 현주를 뒤로하고 신발을 신자마자 바로 다시 축지법으로 사라졌다.

그리고 다시 나타난 곳은 오늘 오전만 해도 살고 있던 원룸 빌라의 옥상이었다.

"어디 보자. 저건가?"

마나의 향기를 느끼는 것만큼은 대륙에서도 최고였던 현중이 좀 떨어진 원룸 빌라 옥상이라고 느끼지 못할 리가 없었다.

"살기가 좀 진하긴 한데 의외네, 제법 마나의 향기가 진한 걸 보니."

의외라는 듯 현중은 살짝 놀랐다. 알렌 스팟의 보디가드였던 녀석들도 가까이 다가왔을 때야 겨우 느꼈는데 지금 검은 세단 안에서 흘러나오는 마나의 향기는 이 정도 거리였지만 두 배는 진하게 느껴졌기 때문이다.

설마 지구에서 이 정도로 마나의 향기가 진한 사람이 있을 줄은 몰랐다.

"소드 익스퍼트 정도는 되겠는데? 휴우, 재미있겠어."

그대로 옥상에서 사라진 현중은 최 부장과 제이슨이 타고 있는 세단의 몇 걸음 뒤쪽에 있는 골목에 모습을 드러내더니 천천히 걸어서 최 부장에게 다가갔다.

똑똑.

"응? 누구……?!"

휴대폰만 죽어라 보고 있던 최 부장은 갑자기 창문 두드리는 소리에 고개를 돌렸다.

"김현중!!"

그렇게 애타게 찾던 김현중의 얼굴이 보이자 자신도 모르게 소리쳤다.

하지만 그런 최 부장의 마음을 아는지 모르는지 현중은 가지런히 하얀 치아를 드러내 보이며 한없이 천진난만한 미소를 지었다. 그리고 주먹을 스윽 내밀더니 가운뎃손가락을 하나 폈다.

"이 새끼가!!"

만국 공통의 욕인 뻑큐를 보여준 뒤, 뒷좌석에 앉아 있는 제이슨에게는 손을 그대로 뒤집어서 살짝 흔들어주었다.

"……!"

최 부장에게 했던 뻑큐를 보고도 미동이 없던 제이슨이 눈썹이 꿈틀거리면서 반응을 보였다.

현중은 유유히 걸어서 바로 옆 골목으로 들어가 버렸다.

덜컥!

곧바로 문을 열고 나온 최 부장은 뒤쪽 밴으로 뛰어가서는 거칠게 문을 열었다.

"야, 이 새끼들아! 눈앞에 김현중 새끼가 난리치는데 앉아만 있냐!!"

"네? 형님, 무슨……?"

차 안에서 담배를 피우며 시간을 때우고 있던 동철은 날벼락 같은 불호령에 순간 무슨 말을 하려다가 최 부장의 주먹을 얼굴로 맞아야 했다.

퍽!

"굼벵이 같은 새끼들, 얼른 저기 골목으로 들어가서 김현중 그 새끼 잡아와!! 당장 기현주 년 위치를 알아야 되니까 죽이지는 말고!! 얼른! 제이슨이 그 새끼 목 따기 전에 먼저!!"

"넷! 형님!!"

급하게 밴에서 뛰어내린 동철은 차 안에 있던 열 명의 동생을 모두 데리고 헐레벌떡 최 부장이 가리킨 곳을 향해 뛰었다. 하지만 그렇게 뛰는 모습도 짜증나는지 최 부장은 동철의 엉덩이를 구둣발로 걷어찼다.

퍼억!

"빨리 뛰어!! 제이슨보다 늦으면 오늘 죽을 줄 알아!!"

오늘따라 예민한 최 부장의 성질 때문에 죽어나는 동철이었다.

엉덩이까지 걷어차이면서 헐레벌떡 뛰어들어 간 곳을 확인한 동철은 크게 웃었다.

"하하하! 병신 같은 자식, 막다른 곳으로 제 발로 뛰어가다니 말야."

두 명이 어깨를 맞닿아야 겨우 지나다닐 만큼 좁은 골목이었고, 거기다 대충 10미터 안쪽은 커다란 벽으로 막혀 있는 곳이었다. 거기다 건물의 구석에서 꺾이는 지점이라 사람의 눈도 거의 없는 곳으로, 동철은 설마 도망치는 녀석이 이런 곳으로 유인했을 거라는 생각은 하지 못했다.

"독 안에 든 쥐새끼군. 크크큭."

동철이 최 부장에게 걷어차인 엉덩이를 슬쩍 손으로 만지면서 고갯짓을 하자 동철 뒤에 있던 열 명의 떡대들이 좁은 골목 입구를 완전히 막아섰다.

"어차피 묻어버릴 녀석이었으니까 맘대로 조져!"

동철의 입에서 명령이 떨어지자 기다렸다는 듯 조폭들의 품에서는 사시미(회칼)가 하나씩 나오는데 그런 그들의 모습을 본 현중의 무표정하던 얼굴에 미소가 번지기 시작했다.

"나를 묻겠다라……. 묻는단 말이지? 크크큭, 그래, 오랜만

이야, 이런 살기."

오히려 즐겁다는 듯 웃는 현중의 모습을 본 조폭들은 그가 겁에 질려서 미쳐 버렸다고 생각했다. 같이 웃으면서 먼저 앞에 있던 한 녀석이 천천히 현중에게 다가갔다.

앞이고 뒤고 도망갈 데가 없으니 가장 먼저 앞으로 나간 수철은 기고만장했다.

"이 새끼가 웃어?"

씨익.

현중은 수철의 협박에도 눈 하나 깜짝하지 않고 하얀 치아를 드러내 보일 정도로 웃었다. 그러면서 자그마하게 중얼거렸다.

"세 번의 살인, 열 번의 폭력 전과, 열네 번의 강간……."

"이 새끼, 뭐라는 거야?"

희미하게 중얼거리는 듯 말해서 수철은 듣지 못했지만 현중은 수철과 눈이 마주치는 순간 천심통으로 수철이 저지른 죄의 무게를 볼 수 있었고, 그걸 간단하게 말한 것이다.

"야~ 이 새끼, 미쳐 버렸나 보네?"

수철은 회칼을 들어 현중의 머리를 툭툭 치는 시늉까지 하면서 겁에 질려 미쳐 버린 녀석처럼 천진난만하게 웃는 현중을 가지고 노는 중이었다. 그런데 가만히 있던 현중의 눈동자와 수철의 눈동자가 마주치는 순간,

덥석!

뭐가 어떻게 된 건지 알지도 못한 수철은 어느새 현중의 오른손에 목이 잡혀 버렸다.

그리고 그 순간 전기에 감전된 듯 온몸을 부르르 떨더니 눈동자가 뒤집히고 입에서는 게거품이 뿜어져 나오면서 그대로 기절했다.

철퍼덕!

탱그랑!

현중이 손을 놓자 수철의 커다란 몸이 바닥에 쓰러지고, 뒤이어 수철이 들고 있던 회칼이 보도블록 위에 떨어지는 소리가 들렸다.

그런데 쓰러진 수철에게 다가간 현중은,

"세 번째로군."

콰직!

"크억!!"

털썩!

일말의 망설임도 없이 쓰러져 있던 수철의 다리 사이에 있는 거시기를 힘껏 밟아서 골반 뼈까지 철저하게 부숴 버렸다. 현중은 수철의 사타구니에 발목까지 박혀 있던 발을 꺼내면서 고개를 들었다. 그의 눈과 조폭들의 눈이 마주쳤다.

"기본이 강간이고 옵션으로 폭행, 갈취, 납치, 살인이라……. 크크큭."

눈이 마주치는 순간 앞에 있던 두 녀석을 통해 지금 이곳에 있는 녀석들의 전부가 어떤 녀석들인지 파악하는 건 그리 어렵지 않았다. 그런데 그런 조폭들의 눈동자는 편안하고 여유 있는 현중과 달리 100킬로그램가 넘는 거구인 수철의 사타구니에 현중의 발이 발목까지 박혀 들어갔다가 나오는 것에만 집중되어 있었다.

"…이 새끼가!!"

수철과 거의 같이 조직에 몸담았던 홍철은 놀란 마음이 겨우 진정되자 눈에서 불똥이 튀며 바람같이 현중에게 달려들었다. 조직에서도 덩치와 달리 움직임은 마치 다람쥐 같다고 해서 별명도 날다람쥐 홍철이라고 불리고 있는 그였다. 대충 거리 3미터 정도였지만 단 두 걸음 만에 현중의 앞까지 도달해 회칼을 양손으로 잡고 그대로 달려가는 체중을 실어 찔렀다.

"화가 나는가?"

"……!!"

분명히 자신의 거구에서 뿜어져 나오는 체중과 달려가는 힘, 그리고 회칼의 날카로움까지 더해서 찔렀다. 지금까지 이렇게 돌격해서 찔러 죽인 녀석만 몇 놈이 되는지 기억도 하지

못하는 홍철인데 너무나 여유로운 현중의 목소리에 눈동자를
아래로 돌리니 손가락 하나로 회칼의 끝을 막고 서 있는 모습
이 보였다. 하지만 그것에 놀라기도 전에 현중의 목소리가 홍
철의 귓가에 들렸다.

"피는 피로, 죄는 그것을 행한 도구로. 그렇지?"

퍼걱!

'뭐, 뭐지? 뭐가 방금… 나를…….'

현중의 조용하면서도 왠지 소름이 돋는 목소리가 끝나는
것과 동시에 세상이 흔들렸다.

'왜 이리 흔들려? 어? 땅이 보이네?'

땅속으로 빨려들어 가는 듯 흔들리던 세상이 멈춘 것은 금
방이었다. 하지만 그런 홍철의 눈앞에 보인 것은 평범한 운동
화 바닥이었다.

빠각!

부드득!

그것이 마지막이었다, 홍철이 살아서 세상에 본 것은.

그렇게 홍철이 등 뒤쪽으로 얼굴을 향한 채 쓰러지자 현중
이 가만히 서서 입가에 미소를 지으며 말했다.

"다음은 누구?"

조폭에게는 치아를 훤히 드러내 보인 현중의 모습이 인간
으로 보이지 않았다.

"······!!"

"미··· 친······!!"

아무리 조폭이지만 주먹밥을 먹고사는 녀석들이다. 수철과 홍철이 당한 걸 고스란히 바라본 남은 여덟 명의 조폭은 자신들이 뒷걸음질 치고 있다는 것도 몰랐다.

처벅!

현중이 한 걸음 내디디면 조폭들은 보이지 않는 벽에 밀린 듯 일제히 우르르 한 걸음 물러났다.

"이 새끼들아! 뭐해!! 치라니까!!"

가장 뒤에 있어 수철과 홍철이 당하는 모습을 보지 못한 동철은 갑자기 자신을 향해 밀려오는 동생들을 발로 차면서 난리쳤지만 오히려 그럴수록 부하들은 더 밀려 나왔다.

"이것들이 다 미꾸라지를 처먹었나! 왜 이리 계속 밀려 나와!!"

상대적으로 동생들보다는 덩치가 살짝 작은 동철이 슬쩍 뒤를 보니 검은 세단 안에서 최 부장이 두 눈을 시퍼렇게 번뜩이면서 자신을 바라보고 있었다. 거기다 최 부장의 눈동자 옆에 검은 피부의 제이슨이 하얀 눈동자만 깜빡거리면서 구경하고 있는 게 보였다.

이대로는 잘못하면 최 부장에게 내쳐질 수 있다는 생각이 들기 시작한 동철이었다.

조직 세계에서 1인자의 곁에 남아 있는 건 힘? 능력? 모두 아니다. 바로 눈치였다.

물론 동철의 눈치가 좀 떨어지고 오로지 충성심 하나로 현재 최 부장의 오른팔이 되었지만 아무리 둔한 동철이라도 자신을 탐탁지 않게 생각하는 최 부장의 마음을 모를 리가 없었다.

으드득!

"이대로는 안 돼! 비켜, 새끼들아! 핏덩어리 하나 처리 못해!!"

결국 동철이 이를 악물고 동생들을 밀치면서 앞으로 나오자 뭔가 이상했다. 수철로 보이는 녀석은 눈동자가 하얗게 뒤집혀 입에서는 게거품을 뿜어내면서 손발을 하늘로 향한 채 온몸을 떨고 있었고, 날다람쥐라는 별명으로 조직에서도 빠르기로는 둘째가라면 서러운 홍철이 땅바닥에 쓰러져 있는데 얼굴이 보이지 않았다.

상황이 어떤지 알 길이 없는 동철은 옆에 불곰이라는 별명을 가진 혁재를 바라보면서,

"어떻게 된 거냐?"

"…동철 형님, 저놈… 인간이 아니에요. 괴물이에요."

"웅? 인간이… 아니, 뭐? 괴물? 이 새끼가 어제 술 처먹고 아직 정신 못 차렸지!!"

팍!

힘껏 겁에 질려서 말도 제대로 못하는 혁재의 뒤통수를 힘껏 치고는 반대편에 있는 면도날이라는 별명의 이재에게 물었다.

"이재야, 너희들 왜 이러는 거냐?"

"…형님."

얼굴빛이 완전 새하얗게 변한 이재는 천천히 고개를 돌려 동철을 한번 보고는 그대로 몸을 돌려 튀었다.

다다다다닥!

다다다다다다닥!!

"뭐야… 이건?"

동철이 앞으로 나오자 그동안 동철 때문에 도망가지 못했던 녀석들은 순식간에 골목에서 사라졌고, 동철과 현중 단둘만 골목에 덩그러니 남게 되었다.

"이 새끼들이!! 주먹밥 먹는 새끼들이 등을 보이고 튀어!!"

한발 늦게 자신의 동생들이 도망갔다는 것을 알게 된 동철이 인상을 찡그리고 소리치면서 곧바로 골목 밖으로 나왔다. 하지만 동생들은 이미 밴으로 돌아가서 급하게 시동을 켜고는 출발해 버렸다.

부아아앙!

"이 새끼들이 정말!!"

검은 세단에 지금까지 앉아 있던 최 부장과 제이슨이 차에서 내렸다.

"헤이, 최, 당신 부하들 모두 겁쟁이구만. 크크큭."

골목에서 덩치만 산만 한 녀석들 여덟 명이 갑자기 새파랗게 질린 얼굴로 뛰어나오더니 뒤쪽 밴에 급히 올라타고 사라지는 모습을 본 제이슨은 비아냥거렸다. 최 부장은 차마 말로 표현하기 힘든 표정을 짓고 있었다.

아마 자신이 똥과 벌레를 동시에 입안에 넣고 씹으면 그런 표정이 나올지도 모른다는 생각이 들 정도로 심하게 구겨진 얼굴이었다.

으드득!! 으드득!!

치아가 부서지도록 세차게 깨문 최 부장은 곧바로 동철에게 다가가서는 손이고 발이고 모두 동원해서 두들겨 패기 시작했다.

퍽! 퍼퍼퍽! 퍼퍽!!

"혀, 형님! 어이쿠, 형님! 제발!! 형님!!"

갑자기 날아든 것도 있지만 동철이 최 부장의 손을 막거나 피한다는 건 상상도 할 수 없는 일이었다.

"형… 님……. 쿨럭!"

얼마나 발로 밟았는지 동철의 얼굴이 금세 부어올랐고, 한쪽 눈에서는 피가 흘러내렸다. 하지만 최 부장은 아직도 분이 풀리지 않았는지 다시 오른발을 들었다가 제이슨이 말리고 나서야 그만두었다.

"최, 아무리 화가 나도 부하를 그렇게 다루는 건 아니지. 노~ 노노노우~"

손가락까지 흔들면서 막아서는 제이슨의 행동에 최 부장은 결국 눈에서 불똥이 튀면서,

"이 깜둥이 새끼가 !! 어따 대고 훈계야!!"

획!

잔뜩 힘이 실린 주먹을 제이슨의 비아냥거리는 얼굴에 휘둘렀지만 그런 주먹에 맞을 제이슨이 아니었다. 가볍게 고개만 돌려서 피한 제이슨은 한 발짝 물러서면서,

"미스터 최, 지금 나를 깜둥이라고 불렀지?"

소리치고 나서야 최 부장도 자신이 화를 이기지 못하고 실수를 했음을 알아차렸다. 곧장 정신을 차렸지만 이미 늦어버렸다. 말은 한번 뱉어내면 주워 담을 수 없는 법. 제이슨의 얼굴 표정이 웃는 얼굴에서 천천히 무표정으로 변하는 모습을 보던 최 부장은 황급히 말했다.

"제이슨, 그건 실수야. 그만 화가 난 상태에서 그랬어. 미안하네."

최 부장은 최대한 조용히 말하면서 제이슨의 눈치를 살폈

다. 무표정한 눈, 꽉 쥐고 있는 주먹, 하지만 입이 웃고 있지 않는 것을 확인하고는 아직은 기회가 있다고 생각했다.

제이슨이 정말 화가 나면 무표정한 얼굴에 입만 웃는 아주 이상한 표정이 된다는 것을 들었고, 처음 제이슨을 소개받을 때도 소개인에게서 혹시라도 제이슨이 무표정으로 입만 웃고 있다면 무조건 도망가라고 전해 들었기 때문이다.

"제이슨, 이번 일 끝나면 더블로 주겠어!"

그 말이 결정적이었는지 무표정한 얼굴이 풀리며 다시 능글맞으면서도 비아냥거리던 제이슨으로 돌아왔다.

"최, 탁월한 선택을 한 거야. 그리고 이번 실수는 내가 눈감아주지. 크크큭."

"고, 고맙네, 제이슨."

속으로야 무슨 욕이든 다 하는 최 부장이었지만 지금은 아니었다. 부하들은 모두 밴을 타고 도망가 버렸고, 동철은 직접 철저하게 밟아서 신음 소리만 내고 있는 상황에 제이슨이 뚜껑 열려서 자신을 향해 공격한다면? 그건 죽은 목숨이었다.

최 부장은 제이슨의 실력을 인정하고 한국에 머물 수 있도록 편의를 봐주고 있다. 제이슨은 다혈질에 즉흥적인 성격이지만 돈이 필요하다. 서로 윈윈하는 관계인 최 부장을 제이슨 성질대로하면 당장 돈이 나올 구멍이 없어진다.

그러나 정말로 제이슨이 독하게 마음먹으면 아무리 부하들에게 보호를 받고 있다고 해도 죽은 목숨이나 마찬가지였기에 최대한 기분을 풀어줘야만 했다. 무엇보다 본래 목적인 김현중을 잡아야 하지 않겠는가? 김현중과 기현주 그 둘을 처리하지 못하면 제이슨이 아니라 최강석의 손에 자신이 어떻게 될지 모를 상황이었다.

"그럼 어디 얼마나 황당한 녀석인지 궁금한데……."

제이슨이 최 부장에게서 시선을 돌리고 천천히 걸어서 골목 입구에 들어서자 편안하게 서 있는 현중이 보였다. 그런데 제이슨은 현중을 한번 보고는 주변을 살펴보더니 뭔가 이상하다는 듯 눈썹이 살짝 움직였다.

제이슨은 본능적으로 뭔가 이상하다는 것을 느낀 것이다.

"보이~ 아까 겁에 질려 도망가는 녀석들 중에 두 녀석이 비는데 혹시 아나?"

분명히 동철을 제외하고는 열 명이 골목으로 들어갔다. 하지만 밴을 타고 도망간 것은 여덟 명뿐이다. 그럼 나머지 두 명은 어디로?

"대답하지 않겠다는 건가? 이런, 이래서 동양인은 안 된다니까. 여유가 없어."

웃으면서 구렁이 담 넘어가듯 흐느적거리는 듯하지만 제이슨의 눈은 현중에게 고정되어 있었다. 스페셜포스 출신이다. 네이비씰부터 시작해 수많은 전장과 죽음을 경험한 제이슨은 현중의 분위기에 뭔가 이질감을 느꼈다.

말로는 설명할 수 없지만 본능이 외치는 건 하나였다.

위험하다!

그렇지만 이성은 오히려 반대로 뭔가 있다고 제이슨을 자꾸 부추기고 있는 상황이었다.

씨익~

보기에는 그냥 건들거리면서 천천히 걸어오는 것 같은 제이슨이지만 그의 온몸에서 마나의 향기와 함께 살기가 풍겨 나오는 것을 느끼고 현중은 웃었다.

"흑인이 내공심법이라……."

외국인이라니 현중은 조금 의외라는 듯 생각이 들었지만 저번에 알렌 스핏의 보디가드도 그렇고 기와 내공은 동양의 무술이라는 예상을 깨고 지금까지 만난 내공을 수련한 녀석들은 모두 서양인이었다. 그것도 백인에 이어 이번에는 흑인이다.

사실 순수하게 운동 능력만 보면 아마 모든 인종 중에 흑인이 가장 우월할 것이다. 태어날 때부터 가지고 태어나는 강력한 탄성을 머금은 몸과 유연한 관절까지, 세계 유명 스포츠 선수 중에 흑인의 비율이 많은 것도 어쩌면 당연했다. 하지만 설마 내공까지 가진 녀석이 있을 줄은 몰랐던 것이다.

"한국말을 잘하는군."

"한국에서 몇 년 살아보니 아무래도 한국말을 알아야 사기를 당하지 않더라고."

제이슨은 처음 최 부장과 손을 잡고 한국에 왔을 때 알게 모르게 손해를 본 적이 있었다. 서로 원원하는 최 부장과 등 돌릴 정도는 아니지만 그래도 열등한 동양 원숭이에게 당했다는 자존심이 한국어를 공부하게 만들었고, 지금 그 어느 외국인보다 유창하게 한국말을 할 정도가 된 것이다.

"그런데 보이, 너 강한가?"

"후훗."

현중은 일부러 대답하지 않았다. 그리고 제이슨도 대답을 바라지 않는지 계속 질문만 하면서 한 발 한 발 현중에게 다가와 손을 뻗으면 닿을 거리에서 멈췄다. 그리고 가만히 현중을 바라보았다.

현중도 제이슨을 마주봤다. 키는 서로 비슷해서 눈높이가 맞다는 게 다행일까? 누가 내려다보고 올려다보는 일은 없었다.

"제이슨, 아직 죽이지는 마! 기현주가 있는 곳을 알아야 하니까!"

최 부장은 제이슨과 마주 선 현중을 보고는 혹시나 제이슨이 흥분해서 현중을 미리 죽여 버릴까 봐 소리친 거였지만 제이슨은 이미 귀에 아무것도 들리지 않았다.

"제이슨이라……. 미국계 군인이군. 스페셜포스 전술과 백병전 교관이었고 훈련 중 맘에 안 드는 병사 몇몇을 병신 만들고 강제 퇴역에 살인 사건 열네 건과 미국에서는 지명수배자군."

"……!!"

현중의 입에서 제이슨의 과거가 숨김없이 드러나자 여유 있게 웃던 표정이 순식간에 굳어지면서 무표정으로 변했다.

씨익.

무표정에서 특이하게 입만 씰룩 올라가듯 미소를 지은 제이슨은,

"보이, 잘 아는군."

"훗. 적에 대해 정보를 아는 건 당연한 거 아닌가?"

"보이, 배짱이 좋군."

제이슨은 이미 내공을 끌어올린 상태였다. 처음에 현중을 보는 순간 본능적으로 단전이 움직이면서 내공이 온몸을 휘돌았고, 세포 하나하나가 활성화된 상태였기에 마나의 향기가 끝없이 풍겨져 나오는 중이었다.

"그런데 말야, 그런 배짱은……."

탁탁탁!

느닷없이 말하는 와중에 공기를 찢을 듯한 소리가 들리고 나서 제이슨의 주먹이 현중의 손에 막혀 있었다. 권투의 잽을 날리듯 빠르게 세 번 얼굴과 목, 그리고 가슴을 향해 내공을 운용한 채 휘둘렀지만 너무나 쉽게 현중이 막아버린 것이다.

그리고 그게 시작이었다.

휙휙!

붕붕!!

눈으로 따라가지도 못할 만큼 빠른 제이슨의 잽이 허공을 수놓았고, 현중은 그런 제이슨의 주먹을 끝까지 보다가 가볍게 피해 버렸다.

너무나도 쉽게 피하는 모습에 제이슨은 결국 잽을 때리기 위해 멈추었던 호흡을 들이마시면서 세 발자국 뒤로 물러나 주머니에서 뭔가를 꺼냈다.

철렁! 철렁!

요란한 금속음을 내는 것이 한눈에 열쇠 꾸러미라는 것을 알아봤다. 아무리 봐도 평범한 열쇠 꾸러미인데 제이슨이 열쇠들을 손가락 사이로 튀어나오게 주먹을 말아쥐자 간단하게 너클이 되었다.

어떻게 보면 완벽한 무기일지도 몰랐다. 금속 너클이 훨씬 더 좋을지도 모르지만 무겁고 부피도 크고 휴대하기가 좀 불편하다는 단점이 있는데 열쇠 꾸러미는 그 모든 것을 커버하

는 것이었다. 거기다 열쇠 꾸러미 들고 다닌다고 의심할 사람
도 없으니 말이다.

췻췻! 취췻!

짧은 기합을 내지르는 제이슨의 양 주먹에 가시처럼 튀어
나온 열쇠를 보던 현중이 살짝 인상을 찡그렸다.

"무기의 벽을 허무는 녀석이군."

칼과 마법 방패 등 전문적으로 무기라고 하는 것들만 상대
했던 현중이 보기에는 열쇠 꾸러미를 너클처럼 쥐고 사용하
는 제이슨의 모습에서 간단하지만 발상의 전환이 어떤 건지
배우게 되었다.

거기다 열쇠 주둥이 부분은 불규칙적으로 홈이 파여 있어
서 살을 파고들어 가는 순간 칼로 베이거나 하는 수준을 넘
어 톱에 잘린 것처럼 완전 너덜너덜하게 변할 것이 분명했
다.

톱에 베인 상처는 실제로 외과 수술로 봉합이 어려워서 톱
날에 걸레가 된 살 부분을 베어내고 봉합 수술을 한다고 들
은 적이 있기에 주먹을 잘 쓰는 서양인의 특징을 생각하면
열쇠 꾸러미를 너클처럼 사용하는 제이슨의 선택은 탁월했
다.

무기이자 무기가 아니기 때문이다.

"보이, 놀라는 건 아직 일러. 그보다 보이도 내공이란 걸

배웠나 보지?"

씨익~

현중은 웃기만 했지만 제이슨에겐 대답을 들은 것과 마찬가지였다.

제이슨은 내공으로 활성화해서 프로 권투선수의 세 배나 달하는 속도로 잽을 뻗었다. 하지만 그런 자신의 주먹을 끝까지 보고 피한다는 건 절대로 불가능했다.

동체시력이 아무리 좋아도 인간의 몸은 한계가 있는 법이다.

제이슨도 그 한계를 넘고 싶어서 내공을 배운 게 아니던가? 내공 없이는 절대로 자신의 주먹을 피한 녀석을 보지 못했다.

"제이슨이라고 했지?"

"후후훗, 보이는 특별하니 알려주지. 제이슨 팔론이다. 멋지지?"

여전히 자신이 우세하다고 생각하는 제이슨을 보던 현중은 양팔을 늘어뜨린 채 누가 봐도 무방비 상태로 서서는,

"제이슨, 넌 내공을 누구에게 배웠지?"

현중은 그게 가장 궁금했다. 내공이라는 게 그렇게 흔하게 배울 수 있는 게 아니다. 실제로 무술가들 사이에서도 내공은 몇 십 년 수련해야 조금 얻을까 말까 한데 청부 싸움이나 하

는 제이슨이 배울 수 있는 게 아니었다. 거기다 마나의 향기가 너무 진하게 풍기는 것도 조금 이상했다.

수련으로 내공을 쌓았다면 당연히 자신이 필요한 곳에만 마나를 흘려보내 활성화시킬 줄 안다. 마나를 쓸데없이 허비하는 일이 적기에 보통 본능적으로 마나를 쌓은 기사들은 어느 정도 스스로 제어를 하는 편이었다.

내공심법이 없는 대륙에서도 본능적으로 마나 제어를 하는데, 누구에게서 내공을 배웠을 것으로 생각되는 제이슨이 겨우 주먹질하는 데 온몸에 마나를 퍼뜨려 활성화시키는 미련한 짓을 하는 이유가 궁금한 것이다.

"내공? 아, 포스를 말하는 건가? 흐읍!!"

마치 자랑하듯 힘을 주자 마나의 향기가 두 배는 진하게 흘러나오는 모습에 현중은 확실히 이상하다는 것을 알았다.

제이슨은 내공을 쓸 줄만 알지 정확하게 어떻게 사용하고 어떻게 제어하는지는 모르고 있는 것이다. 거기다 온몸의 세포에 마나를 보낸다는 것은 치우천황무를 배우면서 혈맥과 세맥으로 마나를 흘려보내 마나를 제어하는 현중 자신의 방법과 너무 다른 것이었다.

현중이 보기에도 제이슨의 단전 크기는 겨우 10년 정도 내공이었다. 그런데 제이슨은 그 10년의 내공을 모두 온몸에 흘려보내서 사용하고 있는 중이었다.

"진원지기까지 다 뽑아 쓸 생각인가."

"크하하하하!! 어떠냐, 보이?"

제이슨 뒤에서 지금까지 구경하던 최 부장은 갑자기 제이슨의 몸에서 머리카락이 쭈뼛쭈뼛 서는 느낌을 받고는 일부러 벽 너머로 몸을 숨겼다.

"젠장. 제이슨 녀석, 완전 꼭지가 돌아버렸구만."

뭔가 분위기가 귀찮게 될 것 같다는 느낌을 받은 최 부장은 급히 휴대폰을 꺼내 어딘가로 전화하려는데,

─쉿!

"응? 누구… 컥!"

휴대폰을 든 상태로 누군가의 손에 목이 잡힌 채 발이 허공에 떠버린 최 부장의 눈이 커졌다.

─마스터께서 무료함을 달래시는데 더 이상 쓸데없는 날파리는 사양입니다.

색기가 흘러넘치는 테른의 목소리가 최 부장의 귀에 들리면서 서서히 그의 눈앞이 흐릿하게 변했다.

철퍼덕!

오직 한 손으로 목의 동맥을 압박해서 뇌로 가는 산소를 차단해 최 부장을 기절시켜 버린 테른은 천천히 그의 머리채를 쥐고는,

─우리 할 이야기가 참 많을 겁니다. 크크…….

스르륵.

기절한 최 부장의 머리채를 움켜쥔 테른은 어둠 속으로 그대로 녹아들 듯 사라져 버렸다.

한편 제이슨은 온몸의 내공을 끌어올려서 허세를 부리면서까지 현중을 압박했지만 이상하게 자신이 밀리고 있다는 느낌을 받는 중이었다.

'뭐야? 이건 도대체… 저 보이는 누구길래……'

너무나 태연하게 서 있는 현중이 내심 자존심 상하면서도 어딘가 한곳이 불안하게 느껴지는 제이슨은 불안감을 떨쳐 버리려는 듯 열쇠 너클을 쥔 주먹을 가볍게 뻗었는데,

덥석!

너무나 자연스럽게 현중의 손에 잡혔다.

현중은 주먹을 잡자마자 자신의 마나를 흘려보냈다. 그러자 즉시 효과가 나타났다.

"컥!! 쿨럭!!"

아주 약간 마나를 흘려보냈을 뿐인데 제이슨은 알렛 스핏의 보디가드였던 산토스보다 몇 배는 강한 반응을 보였다.

현중은 가볍게 오른발을 굴렀다. 그 순간 이미 제이슨의 품에 파고든 현중은 주먹을 말아쥐고 제이슨의 단전을 짧게 끊어 쳤다.

"쿨럭!!"

현중이 물러서자 제이슨의 입에서 검붉은 피가 조금씩 흐르더니 서서히 눈동자를 허옇게 뒤집으면서 힘없이 쓰러져 버렸다.

하지만 모든 일이 끝났는데도 현중은 뭔가 이상하다는 듯 고개를 갸웃거렸다.

"이상해. 단전을 파괴하면 당연히 내공의 역류가 있어야 하는데 그런 것이 없다니……."

온몸을 단전으로 만들어 버리는 치우천황무이기에 그 어떤 무공보다 단전에 대해서는 해박한 지식을 가지고 있는 현중이었다. 그런데 방금 제이슨의 단전을 파괴할 때의 느낌이 너무 이질적이라 이상했다.

마치 쉽게 깨지는 유리그릇에 내공을 억지로 쑤셔 넣은 것 같은 느낌이랄까?

현중이 단전을 파괴하자마자 마나의 향기는 순식간에 사라져 버리고, 갑자기 사라진 마나로 인해 제이슨의 몸은 주화입마를 당한 상태 그대로 멈춰 버렸다.

"테른."

―네, 마스터.

현중의 그림자에서 불쑥 솟아난 테른을 보던 현중은,

"저것도 우선 챙겨라."

—네, 마스터.

현중의 말이 떨어지자마자 테른은 땅바닥에서 경련을 일으키면서 입에서는 아직도 검붉은 피를 게워내고 있는 제이슨의 머리채를 움켜잡고 사라졌다.

"슬슬 현주도 돌려보내야겠지?"

현중의 계획대로 모든 게 움직였고, 이제 더 이상 현주를 자신이 데리고 있을 필요가 없었다.

현주는 처음부터 최강석을 끌어내기 위한 미끼에 불과했다. 원래 지연은 변심한 여자일 뿐이라고, 더 이상 미련도 없어서 그녀와 최강석의 일에 상관하지 않으려 했다. 그런데 역시나 엮이려고 하는 운명이었던 모양이다. 최강석은 결국 현중을 움직이게 만든 것이다.

스르륵!

현중의 오른발이 움직이자 골목에는 더 이상 그조차 남아 있지 않았다. 그리고 모두가 사라진 골목에 신음 소리와 함께 동철이 겨우 깨어났는데,

"형, 형님, 어디에… 계십니까?"

입안은 다 터지고 눈을 뜨기도 힘들 만큼 부어버린 얼굴을 겨우 어루만지면서 아무리 둘러봐도 아무도 없다는 것을 느낀 동철은 덜컥 겁이 나서 자신의 휴대폰을 품에서 꺼냈다.

그런데 그때 최 부장의 휴대폰이 바닥에 떨어져 있는 걸 보

왔다.

"이건… 혀니… 임의 포온인데……."

터져 버린 입안 때문에 발음이 조금 새긴 했지만 최 부장이 떨어뜨린 휴대폰을 주워서는 어딘가로 전화를 걸었다. 조금 시간이 지나자 검은색 밴 세 대가 도착해 동철을 업고서는 사라졌다.

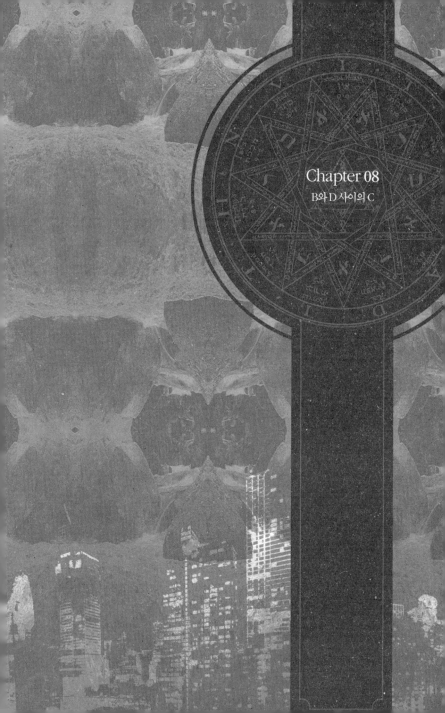

Chapter 08
B와 D 사이의 C

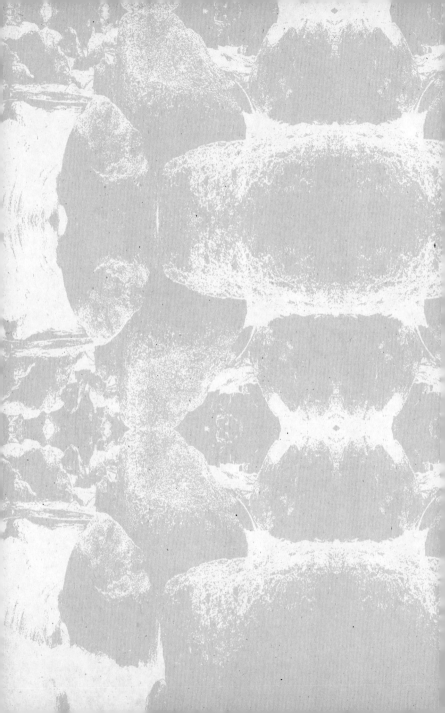

　―마스터, 현주 양은 우선 재웠습니다.

　테른은 오피스텔 현관에 모습을 나타낸 현중을 보고는 거실 소파에 잠들어 있는 현주에 대해서 말했다. 어차피 이제 더 이상 현주를 볼일이 없을 거라는 생각에 현중은 다른 것이 먼저였다.

　"최 부장이라는 녀석과 제이슨은?"

　―현주 양이 머물던 방에 우선 잡아놓았습니다.

　잠시 방문을 열어본 현중은 쥐 죽은 듯 기절해 있는 최 부장과 아직도 경련으로 온몸을 떨고 있는 제이슨을 한번 보고 미련없이 문을 닫았다.

"현주가 머물던 원룸은 그대로지?"

—네. 아직 계약 기간도 2년이나 남아 있는 곳이었습니다. 그런데 기억을 어디까지 소거시킬까요?

"나와 너, 그리고 최강석을 만난 것조차도 지워 버려."

—알겠습니다.

테른은 잠들어 있는 현주의 곁으로 가더니,

—옴사이바 훕!

테른의 주문이 끝나자 허공에 미리 메모리해 둔 마법진이 생겨났다.

—심벌, 기억 소거!

현주의 머리에 손을 대자 허공에 생겨난 마법진이 잠들어 있는 현주의 온몸을 한번 뚫고 지나가고는 소멸하듯 사라져 버렸다.

"짐과 함께 원룸에 데려다 주고 와."

—네, 마스터.

가벼운 바람이 불고 나자 현주와 현주의 여행용 캐비닛은 이미 원래 살던 원룸으로 옮겨져 있었고, 현주는 내일 깨어나면 아무것도 기억하지 못할 것이다.

현주를 안전하게 데려다 주고 온 테른은 최 부장과 제이슨이 있는 방을 보고 있는 현중을 쳐다봤다.

―마스터, 저들을 어떻게 할까요?

"우선 알아낼 것이 있으니까 살려는 놔야지. 그보다 아까 내가 죽인 두 녀석은?"

현중이 자신을 향해 덤벼들던 조폭 수철과 홍철의 행방을 묻자,

―역시나 동해 바다 깊은 곳에 던졌습니다.

"그래, 잘했어."

별일 아니라는 듯 TV를 향해 고개를 돌려 앉는 현중을 보고 테른이 물었다.

―마스터, 감히 질문을 해도 되겠습니까?

"질문? 응, 해봐."

―기현주 양을 돌보신 것이 무슨 이유인지 궁금합니다.

테른이야 원래 현중의 수족이지만 이곳에 와서 현중이 제법 풀어준 것도 있기에 궁금한 것을 물었다.

"왜? 내가 현주한테 뭔가 마음이라도 있는 줄 알았어?"

―그것이… 마법부터 모든 것을 허물없이 보여주시기에 잠시 그런 생각을 했습니다.

당연히 테른은 현중이 현주에게 관심이 있는 줄 알았다.

지연의 배신으로 아무리 냉철한 현중이지만 상처를 입었을지 모른다. 본래 사랑의 상처를 새로운 사랑으로 치유한다고 들은 적 있는 테른은 그래서 웬만하면 현주에게 살갑게 대

했던 것이다. 그런데 방금 보니 미련은커녕 오히려 재미있었다는 듯 현주의 기억에서 자신들은 물론 최강석에 대한 것까지 소거시키고는 돌려보낸 것이다.

"후후훗, 내가 여자한테 흔들리는 녀석으로 보이니? 뭐, 현주 정도면 대륙을 넘어가기 전의 나였다면 아마 흔들렸을지도 모르지. 하지만 이제는 누가 내 마음을 좀 흔들어줬으면 좋겠다."

―마스터.

별거 아닌 척하는 현중의 말이지만 테른은 뭔가 현중이 변했다는 것을 느꼈다.

대륙에 있을 때의 무신경과 귀차니즘은 여전했지만 미묘하게 무언가 달랐다.

"그냥 잠깐의 유희라고 생각해. 최강석이라는 녀석이 열받아서 날뛰는 모습이 보고 싶었거든. 크크크큭. 그리고 아마 지금쯤 난리 났겠지?"

짐작하던 것과 달리 확실하게 대답을 듣고 나서야 테른은 현중의 입가에 맺힌 미소를 보고는 같이 웃었다.

오직 최강석이 열 받아서 날뛰는 모습을 보고 싶어서 일부러 자신을 노출시키고 계속 건드린 것이다. 테른이 정보 차단을 하려고 했다면 최강석과 최 부장은 현중의 존재를 몰랐을 것이다. 암묵적으로 현중이 따로 명령을 내리지 않는 이상 테른도 별달리 크게 손쓰는 경우가 없었고, 뒤늦게 오피스텔로 빠르게 이사를 하면서 테른도 현중이 어떤 의도를 가지고 있는지 짐작했다.

—마스터, 짓궂은 버릇이 또 나오셨습니다.

"그래도 간만에 재미있지 않아? 우월하다고 착각하는 놈들 골탕 먹이는 거 말야. 크크큭."

—그럼 지금 바로 최강석에게 가시겠습니까, 아니면 저 녀석들을 심문할까요?

테른의 눈빛을 보던 현중은 이미 알고 있다는 듯 웃으면서,

"테른, 알아낼 수 있는 정보는 모두 알아내 봐. 그리고 제이슨이라는 저 녀석이 마나를 사용할 수 있게 된 이유를 철저하게 알아내라."

테른은 공손히 허리를 굽히고 인사하면서,

—마스터의 명령, 수행하겠습니다.

현중의 명령이 떨어지자 테른은 곧바로 제이슨과 최 부장의 머리채를 움켜쥐고는 살기가 잔뜩 배어 있는 미소를 보이면서 말했다.

—가자꾸나. 크크큭, 마계에는 수만 가지의 고문법이 있는데 간만에 인간을 상대로 써보겠군.

테른이 아무리 현중의 수족이고 순해 보여도 마계 서열 50위의 진조 혈족의 마족이다.

그리고 마족은 고통과 공포, 그리고 두려움을 가장 좋아한 다는 것을 알 만한 사람은 다 알 것이다.

오랜만에 즐거운 유희거리를 만난 듯 가벼운 발걸음으로 두 녀석의 머리채를 잡은 채 조용히 사라진 테른을 바라보던 현중은 웃었다.

"녀석, 어지간히 답답했나 보군. 저렇게 밝게 웃다니 말 야."

금방이라도 피가 떨어질 듯 살기가 흘러넘치는 테른의 미 소가 현중에게는 마치 어린애가 가장 좋아하는 장난감을 받 아서 좋아하는 미소로만 보일 뿐이었다.

. 잠깐 기다리던 현중은 TV도 잠시 보았다가 책도 보고했지 만 역시나 쇠뿔도당긴 김에 빼란 말이 있다고, 이왕 움직인 상태에서 미루기보다는 최강석까지 처리하기로 마음이 바뀌 었다.

"어차피 유희는 유희일 뿐이지."

서두르지 않고 느긋하게 움직이는 현중은 지금 이 모든 것 이 하나의 유희거리였다.

절대적인 무력을 바탕에 둔 존재만 할 수 있다는 유희. 그 저 호기심과 함께 나중에 귀찮을 거 같다는 생각이 현재 현중 이 최강석을 처리하려는 이유였다.

"테른."

—네, 마스터.

현중의 그림자에서 튀어나온 테른의 볼에 핏자국이 살짝 남아 있는 것을 본 현중이지만 대륙에서 자주 보던 모습일 뿐이다.

"최강석이 지금 어디 있지?"

—평창에 있는 별장에서 기다리고 있다고 합니다.

"평창. 멀리도 갔네."

의외로 멀리 있다는 생각에 축지법으로 움직이려다가,

"테른, 안내해라."

내딛기만 하면 축지법이 발동되는 현중은 허공에서 발을 멈추고 되돌렸다.

평창 별장이 어딘지도 모르고 최강석과 직접 만난 적이 없으니 상대의 기운이나 장소를 알아야만 이동이 가능한 축지법으로는 갈 수 없었다.

—네, 마스터.

"아, 얼른 축천법을 완성해야 되는데… 은근히 제약이 많군."

공간과 공간을 가로지르는 신법인 축천법은 마법으로 치면 텔레포트나 마찬가지였다. 다만 복잡한 마법 수식을 기본으로 하는 마법과 달리 축천법은 오로지 깨달음으로 이뤄야 하는 경지이기에 치우천황무를 완성한 현중은 아쉬울 뿐이었다.

치우천황무는 오로지 전투를 위한 무공일 뿐이다. 현재 현중이 쓰고 있는 축지법과 그 외 존재를 지우는 방법 등은 모두 치우천황무와는 다른 무공을 얻어서 배운 것이라 아쉽지만 달리 방법이 없었다.

도대체 지금 생각해도 궁금한 게 왜 차원이 다른 대륙에 치우천황무와 축지법, 축천법, 존재감을 지우는 살법 등의 무공 서적이 있는지 알 수가 없었다.

씨익~

테른은 축지법의 제약이 불만인지 투덜거리는 현중의 모습에 잠시 웃을 뿐이었다.

스르륵.

테른의 공간 이동 마법으로 서울 오피스텔에서 사라진 현중과 테른이 다시 나타난 곳은 강원도가 자랑하는 태백산맥이 올려다 보이는 평창 외곽이었다. 서울에서 여기까지 1초도 채 걸리지 않았다.

도로에서 좀 벗어난 곳으로 전원주택이 제법 눈에 많이 띄는 곳인데, 그런 전원주택들 가운데 가장 위쪽에 한눈에도 다른 주택들보다 세 배는 커 보이는 저택을 가장한 성 같은 별장이 보였다.

다른 전원주택들은 도로 주변에 지어진 것에 반해 가장 위에 있는 커다란 성과 같은 별장은 입구까지 도로가 연결되어 있는 것을 보니 이곳의 도로 자체가 저 별장 때문에 놓인 듯한 느낌을 받았다.

"국내 50위라는 대동그룹이 이 정도로 자금력이 대단했었나?"

현중은 그룹의 위력이 어느 정도로 공권력에 영향을 미치는지 아직 잘 모르지만 돈이면 귀신도 부린다는 말은 대충 알고, 현대 자본주의 한국에서 돈으로 안 되는 게 없다는 것 정도는 알고 있었다. 하지만 4킬로미터 정도 되는 도로를 별장 때문에 산 위쪽으로 놓은 것 자체가 역시나 평범한 사람으로 살아온 현중의 인식으로는 이해하기 힘든 부분이 많았다.

—대동그룹에 대해서 자세히 알아보겠습니다.

"음, 그래, 알아봐. 왠지 대동그룹… 이대로 나와 인연이 끝날 것 같은 느낌이 들지 않는단 말야."

—네, 마스터.

"그럼 어디 최강석 얼굴이나 한번 구경해 볼까?"

여유있는 걸음걸이로 걷기 시작한 현중의 몸이 어느새 점점 빨라지더니 마치 바람에 녹아들 듯 흐릿하게 변했고 사라졌다.

—……

테른은 현중이 방금 사용한 것은 축지법이 아닌 축지라는 것을 알아보고는 곧 미소를 지으면서 어둠 속에 녹아들었다.

축지는 축지법을 간소화한 신법으로, 축지법은 거리와 장애물에 구애를 받지 않고 원하는 방향과 위치만 알면 거의 워프와 비슷하게 한순간에 도착할 수 있었다. 특히나 마법처럼 마나 배열이나 마나 수식을 생각할 필요도 없었고, 무엇보다 혼자 축지법으로 이동하든 열 명을 함께 이동하듯 현중이 부담을 느끼지 않는다는 장점이 있었다.

다만 처음 가보는 곳이나 방향이 다르다면 축지법은 발동되지 않는 단점이 있었다.

그래서 현중이 궁리해서 생각해 낸 것이 축지법의 순간 이동 능력만 뽑아내서 만든, 바로 축지였다.

축지는 천천히 걷는 것처럼 시작해서 곧 온몸의 마나를 활성화시켜 주변의 바람과 동화를 이루어 이동하는 신법이었다.

단점이라면 발동하기까지 제법 시간과 거리가 필요하다는 것이고, 장점이라면 눈에 보이는 곳까지는 얼마든지 축지법과 같은 이동이 가능하다는 것이다.

"굉장하군."

현중이 어느새 별장 옥상에 올라와 아래쪽을 바라보니 별장 주변을 둘러싸고 있는 경호원이 스무 명이나 되었다. 외부에 열다섯 명, 별장 내부에 다섯 명이 감지되었는데, 현중의 시선을 잡은 것은 보디가드들의 몸에서 마나의 향기가 약하지만 흐릿하게 느껴진다는 사실이었다.

"이거 원, 개나 소나 다 마나의 향기를 풍기는 게 정말 내가 평범하게 살았던 대한민국이 맞나 모르겠네."

대륙을 가기 전의 현중이라면 당연히 알지도 못할 일이고 알 필요도 없는 마나의 향기지만 지금은 달랐다. 마나의 향기라는 게 결코 쉽게 가질 수도 없고, 그것이 쓰기에 따라서 어떤 결과를 불러오는지도 잘 아는 현중이었다. 그에겐 알렌 스핏의 보디가드 녀석들부터 돈 받고 일 처리 해주는 제이슨도 조금 의외였지만, 최강석이 머물고 있는 별장에 있는 보디가드들이 모두 마나의 향기가 풍기는 것도 점점 호기심을 자극했다.

―마스터, 정말 이곳이 마나가 희박한 곳이 맞습니까?

테른도 현중과 비슷한 생각이었다.

"주먹만 한 크기이긴 하지만 단전이 있어, 저 녀석들."

2000년 11월이 지나가는 지금 이때에 단전을 가진 보디가드라는 것은 누가 봐도 신기할 수밖에 없었다.

―보디가드들도 처리할까요?

"아니. 그냥 최강석만 처리하자. 귀찮으니까."

―네, 마스터.

스르륵.

보디가드들을 바라보던 현중이 즉시 자신의 존재감을 지우자 분명히 옥상에 현중이 있는데도 그 누구도 현중을 느낄 수 없었다. 그리고 테른은 존재감을 지운 현중의 그림자 속으로 사라졌다.

뚜벅, 뚜벅, 뚜벅.

마치 제 집인 양 옥상을 통해 별장 안으로 들어간 현중은 바로 옆에 사람이 있어도 태연하게 지나갔다. 하지만 현중이 있다는 것도 느끼지 못하는 것인지 꾸벅꾸벅 조는 녀석부터 책을 보는 녀석까지 평범한 일상이었다. 현중도 그런 그들을 모두 무시하고 천천히 3층에서 2층으로 내려오는 길목에 섰을 때 귓가에 테른의 목소리가 들렸다.

―중앙에 가장 큰 문이 최강석이 머물고 있는 방입니다.

씨익~

현중은 대답없이 천천히 걸어서 축지를 발동시켰고, 잠시 현중의 몸이 흐릿해지는 순간 빨려들 듯 최강석이 머무는 문 안으로 사라졌다.

"헉헉헉!! 헉헉!!"

"아아아악!! 아아아악!!"

현중이 문을 통과해서 들어오자마자 가장 먼저 눈에 띈 것은 벌거벗은 남녀가 침대 위에서 열심히 사랑의 행위를 하는 모습이었다. 그런데 현중의 인상을 찌푸리게 만든 것은 침대 옆에 있는 작은 주사기 하나였다.

―마스터, 마약류 같습니다.

딱 봐도 이런 상황에 마약 주입용 빼고는 용도가 없을 것 같은 주사기였다. 그런데 요즘 먹는 것도 많은데 주사기를 사용하는 이유가 잠시 궁금했지만 곧 머릿속에서 지워졌다. 어차피 남의 일이니까 말이다.

―기다릴까요?

테른이 19금의 화질이 선명한 포르노 영화 한 편을 연출하고 있는 최강석과 여자를 보면서 물어보자 현중은 씨익 웃었다. 아주 잠깐이지만 그냥 끝날 때까지 기다릴까 하는 생각이 들었기 때문이다. 하지만 기다리자니 시간이 아까워 곧 천천히 걸어서 막 절정에 다다른 듯한 몸놀림을 보여주는 최강석의 목을 움켜잡았다.

"헉헉! 컥!!"

갑자기 목이 잡힌 최강석은 급히 몸을 움직이려고 했지만 마치 그물로 온몸을 둘러싼 것처럼 꿈쩍도 하지 않는 것이다. 그런데 최강석과 사랑을 나누던 여자는 눈이 반쯤 풀린 채 계속 교성만 지르고 있었다.

"약에 절은 여자군."

한눈에 봐도 여자의 눈동자가 탁하고 마나의 흐름도 뒤죽박죽이어서 천심통으로 여자의 마음을 읽은 현중은 고개를 흔들었다.

"이미 늦었군."

약에 너무 중독이 된 것이다. 그리고 약 없이는 성적 쾌감
도 느끼지 못할 만큼 약의 노예가 되어버린 여자라는 것을 알
자 현중의 눈빛이 차가워졌다.

"테른."

—네, 마스터.

"네가 처리해라. 네 마음대로 하도록. 어차피 인간이길 포
기한 여자다."

현중의 말에 벌거벗은 채 의미없는 교성만 내지르는 여자
를 내려다보던 테른은 눈동자가 잠시 붉은색으로 변했다가
다시 돌아왔다.

—감사합니다, 마스터.

곧바로 테른은 여자의 머리채를 움켜쥐고 가볍게 들어 올
렸다.

"아~ 아~ 아~"

머리채만 잡힌 채 몸이 들린다면 당연히 엄청난 고통이 따
를 텐데도 여자는 오히려 그 고통이 성적 쾌감인지 교성을 더
욱 크게 질렀다.

—영혼이 타락할수록 나에게는 좋은 일이지. 크크큭.

머리채를 잡은 그대로 테른은 여자를 부드럽고 사랑스럽

게 안아 들었다. 그리고 곧바로 여자의 몸이 테른의 몸속으로 사라져 버렸다.

─원한도 많지만 영혼이 타락한 만큼 어둠도 깊은 여인이군. 크크큭.

테른도 설마 여자의 원한이 이 정도일 줄은 몰랐는지 살짝 놀랐다.

우선 몸으로 받아들이면서 여자의 마음이 울부짖는 외침을 느낀 테른은 그 처절하고도 악에 받친 소리에 살짝 놀라면서도 생각 이상이라 너무나 만족스러웠던 것이다.

"만족하나 보군."

─대륙에서도 쉽게 구하지 못할 정도로 타락한 영혼입니다.

"이런 놈이랑 노는 걸 보니 당연히 타락했겠지."

현중은 눈만 깜빡거리는 최강석을 가볍게 들어 올려 손목만 꺾어서 자신과 얼굴을 마주 보게 했다.

"……!!"

현중의 얼굴을 보자 단번에 알아본 최강석은 눈이 찢어질 정도로 놀랐다.

"말하고 싶지?"

손가락 하나 까딱할 수 없는 상황에 최강석은 급히 눈동자를 아래위로 움직이면서 대답을 대신했지만 현중은 입가에 미소를 띠면서 고개를 저었다.

"쉽게는 안 돼지. 그렇지. 크크큭, 그보다 내가 왜 왔는지 알지?"

어린애 달래듯 부드럽게 말하고 있는 현중과 달리 최강석은 지금 죽을 맛이었다.

도대체 어떻게 무슨 수를 썼기에 목만 잡혔을 뿐인데 숨 쉬는 것과 눈동자 움직이는 것 외에는 전혀 아무것도 할 수 없단 말인가? 하다못해 말이라도 한다면 당장 경호원들을 불러서 이 건방진 녀석을 죽이고 싶은 마음이 굴뚝같은 최강석이었다.

"모르나 보네?"

현중은 곧바로 최강석의 팔을 잡더니 뒤로 꺾어버렸다.

부드득! 빠각!

"음음음!! 음음음!! 음음음!!"

멀쩡한 팔이 뒤로 꺾이면서 관절이 완전 뜯어져 버렸으니 그 고통이 얼마나 대단할지는 말할 필요가 없었다. 하지만 아무리 고통스러워도 입이 움직이지 않으니 시원하게 비명 한 번 지를 수 없기에 최강석은 지금 미치고 팔짝 뛰고 싶은 심정일 뿐이다.

덜렁덜렁.

팔꿈치 관절이 완전 뜯어져 힘없이 덜렁거리는 팔을 뒤로

하고 현중은 다시 최강석을 향해 물었다.

"너, 내가 왜 온지 알지?"

뜯겨진 팔꿈치가 미치도록 아팠지만 그래도 아직 마약의
효과가 있는지 정신을 잃지는 않았다. 아니, 오히려 불행이었
다. 차라리 정신을 잃어버리면 여기서 끝이었을지도 모른다.

하지만 불행하게도 성적 쾌감을 위해 썼던 마약이, 고통이
뇌를 자극하게 만들어 오히려 기절하고 싶어도 하지를 못하
고 있었다.

"역시 너 같은 놈들은 어딘가 부숴봐야 말을 잘 들었지."

빠르게 눈동자를 아래위로 움직이는 최강석을 보고는 만
족한 듯 웃음 짓던 현중이 잡고 있던 목을 놓아버렸다.

털썩!

부르르.

몸이 마비된 최강석은 목을 잡고 있던 현중이 손을 놓자 실
이 끊어진 인형처럼 바닥에 떨어졌지만 어찌 된 건지 다시 일
어날 수가 없었다.

'도대체 뭐야. 이런, 젠장할. 저 새끼는 도대체 뭐하는 새
끼인데. 미치겠네.'

온몸은 마비가 된 듯 움직이지 않지만 고통은 생생하게 느
껴졌다. 거기다 마약 때문에 오히려 고통이 몇 배나 강하게
느껴졌고, 뇌를 자극하는 마약 때문에 기절도 할 수 없는 상

황이다.

도대체 이런 상황을 겪어본 적이나 있겠는가? 당연히 없을 것이다. 태어날 때부터 대그룹의 간부를 부모로 뒀고, 대동그룹의 회장을 외할아버지로 둔, 한마디로 귀족인 것이다.

물론 현중 앞에서는 그 모든 게 무의미하기만 했다.

"눈으로 대화하는 건 내가 귀찮네. 그냥 입만 움직이게 해줄게."

현중의 말을 들은 최강석은 이번이 기회라는 생각에 현중이 자신의 목을 또다시 잡는데도 가만히 있었다. 그리고 현중의 손이 자신의 목에서 떨어지자 거짓말처럼 턱이 움직이고 목소리가 나오는 게 아닌가? 지금이 기회였다. 바로 숨을 깊게 들이마신 최강석은 있는 힘을 모두 짜내서 소리쳤다.

"살… 컥! 쿨럭쿨럭!"

아니, 소리쳤다고 생각했는데, '살려줘'라는 말을 하려고 했지만 '살'이라는 말을 하자마자 갑자기 목구멍에서 검은 피가 튀어나온 것이다.

"쿨럭! 컥컥!"

거의 소주잔으로 한 잔은 될 듯한 양이 혀를 타고 흘러나오자 그제야 뭔가 이상하다는 것을 눈치챈 최강석은 다시 조용히 자신을 내려다보고 있는 현중을 올려다봤다.

"후후훗, 역시 녀석들은 같은 부류인가? 하는 짓이 어째 똑같니."

이미 최강석이 무슨 행동을 할지 알고 있었다는 듯한 현중의 눈빛을 확인한 순간 결국 고개를 숙이고 말았다.

그리고·현중은 그런 최강석을 보면서 웃었다. 어떻게 대륙이나 지구나 자기 우월주의에 빠진 귀족이란 것들은 하나같이 생각하는 게 똑같은지 이해가 가지 않았다.

대륙에서 마족의 편에 붙은 귀족들을 처리할 때도 이렇게 살짝 틈만 보여주면 살려달라고 소리치지 않았던가. 그런데 최강석도 똑같은 짓을 한 것이다. 결국 그놈들이랑 최강석은 똑같은 놈들이라는 생각이 저절로 들었다.

하지만 그 생각은 뒤로하고 현중은 온몸을 떨고 있는 최강석과 눈높이를 맞추기 위해 슬쩍 앉았다.

"너, 내가 왜 온지 이유를 알지?"

"…네……."

"크크크큭, 나 너보다 나이 어린데 존댓말이 쉽게 나오네?"

"……."

순간 놀리는 현중의 말에 당장에라도 눈앞의 녀석을 찢어죽이고 싶은 최강석이었지만 마음뿐이다. 이 알 수 없는 능력과 대답 한번 하지 않았다는 이유로 멀쩡한 팔을 뒤로 꺾어서 부러뜨리는 것까지 자신이 알고 있는 모든 상식을 무너뜨리는 현중의 능력과 성격에 슬슬 패닉상태로 빠져가는 중이었다.

"그보다 너, 여성 편력이 끝내주더라?"

"…네."

순순히 대답하면서 고개를 다시 숙였다. 하지만 현중의 입에서는,

"지금까지 약으로 여자를 가진 게 59명이나 되네? 후우, 대단한데? 돈으로 꾄 게 열두 명이고, 말 안 듣는 여자는 약으로 절여서 가지고 놀다가 팔거나 묻어버린 게 다섯 명이나 되는군. 그렇지?"

현중의 말을 듣던 최강석은 급히 고개를 번쩍 들면서 현중을 바라보는데 이미 그의 눈동자가 심하게 흔들리고 있었다.

"어, 어떻게… 그걸… 다……."

장부로 남기지도 않았다. 자신이 연관된 증거도 없었다. 당연히 발뺌한다면 법적으로 아무런 흔적도 없지만 지금은 재판을 받는 상황이 아니었다. 거기다 웃고 있는 현중의 모습은 이미 모든 걸 알고 있는 듯했다. 아니, 모두 알고 있었다.

"필요하면 더 말해줄까? 네가 지연이가 결혼하는 이유까지 말야?"

"……!!"

설마 홍지연과 자신의 결혼 이유까지도 알고 있다니 뭔가

단단히 잘못되었다는 생각이 들었다.

그리고 현중의 눈을 바라보면 바라볼수록 자꾸 온몸이 조여오는 느낌에 결국 최강석은 다시 고개를 숙여 버렸다.

"네가 선택해 봐. 살고 싶어? 아니면 그 여자들처럼 묻어줄까? 아니지, 시멘트로 발라서 물에 던져줄까?"

듣는 것만으로도 온몸이 피가 빠져나가는 느낌이 드는 최강석이지만 문제는 결코 농담이거나 장난이 아니라는 것이다. 본능적으로 알 수 있었다. 눈앞의 현중은 지금 자신을 가지고 놀면서 죽일지 말지를 고민하고 있다는 것을.

"사, 사, 살려주세요. 제, 바… 알……."

혹시나 또 입에서 피가 튀어나올까 봐 아주 조용하게 말한 최강석은 현중이 보는 앞에서 머리를 바닥에 대면서 최대한 애처롭게 보이도록 했다.

그런데 현중은 오히려 그런 모습에 눈썹이 살짝 꿈틀거렸다.

"내가 너 같은 녀석들을 잘 알지. 아마 내일 되면 바로 날 찾아서 난리칠 거야. 그렇지? 하지만 아직 넌 죽어서는 안 돼. 그러면 내가 귀찮아지니까. 그럼 뭘 해야 될까?"

현중의 장난스런 말 한마디 한마디에 최강석은 죽을 맛이었다.

하지만 뒤쪽에 서서 그런 현중과 최강석을 바라보는 테른은 현중의 행동을 보고는 웃음이 터져 나오는 것을 겨우 막고 있었다.

─마스터께서 뭔가 계획을 세우시는군.

대륙에서도 그랬다. 마족의 편에 붙어서 엘프와 드워프, 그리고 인간들의 연합군에 대한 정보를 팔아넘긴 귀족을 상대로 할 때 저렇게 달래듯 평소보다 말도 많이 하면서 가지고 놀았던 것이다. 그리고 그 후에는 그 배신자를 이용해서 뒤에 있던 마족까지 깡그리 잡아서 오러 뚱침을 쑤셔 박아 모조리 소멸시키지 않았던가?

의외로 적을 상대할 때는 마족보다 더 잔인한 것이 바로 테른이 아는 현중이었다.

약점은 철저하게 파고들고, 힘이 안 되면 머리로, 머리로 안 되면 억지로라도 적을 처리하는 성격인데 한번 찍히면 철저하게 부숴 버렸다.

당연히 최강석의 팔을 부러뜨린 것으로 만족할 리가 없다고 생각하는 테른에게 대답이라도 하듯 현중의 손이 최강석의 머리로 향했다.

"혹시 그 말 알아? 인생은 B와 D 사이의 C라는 말."

갑자기 무슨 말인지 모르지만 무조건 대답해야 된다는 생각에,

"네, 네, 네. 살려… 주세요."

지금 상황에 최강석이 이 말을 알아들었을 리가 없다. 당연히 그걸 현중도 알고 있었지만 정신력이 어느 정도인지 궁금해서 슬쩍 물어본 것인데 결과는 역시나였다. 그럼 그렇지 하는 생각을 하면서 현중은 씨익 웃으면서 최강석의 머리에 손을 가만히 얹고는,

"목숨만은 살려줄게."

그 말을 끝으로 최강석의 머리에서 조용히 손을 뗐다.

"……?"

최강석은 자신의 머리에 현중의 손이 닿을 때 뭔가 대단한 거라도 있을 줄 알고 잔뜩 긴장하고 있었는데 아무런 이상이 없었다.

혹시나 따로 뭐가 있는가 하는 생각에 현중을 슬쩍 바라보자 천진스럽게 웃고 있을 뿐이다.

"최강석, 그냥 착하게 살아라."

현중은 천천히 팔을 뻗어 침대 아래쪽에 장식으로 만들어 둔 금속 사자 모양에 손을 대었다.

그냥 누가 봐도 가볍게 손을 가져다 대었을 뿐인데 현중의 손이 닿자 사자 모양의 조형물이 일그러지더니 무너지기 시작했다.

부글부글.

부서지는 것도 아니고 강한 열에 붉게 달아오른 듯 뜨거운

열기를 내뿜으면서 녹아내린 것이다.

"노, 녹… 녹고… 있……."

눈으로 보고도 믿을 수 없는 상황에 자신도 모르게 말하다
가 입을 다물었다.

"최강석 넌 눈치가 빠르니 알 거야. 그렇지?"

"네!"

"그럼 지연이 데리고 잘살아봐. 어차피 난 관심도 없는 여
자니까 말야."

그렇게 말하고 일어선 현중은 최강석이 보는 앞에서 몸을
돌려 사라졌다.

툭, 툭, 툭.

현중이 사라지자 온몸을 옭아매고 있던 것이 사라지면서
그동안 막혀 있던 땀이 온몸을 타고 흘러내려 짧은 순간에 바
닥을 흥건히 적셨지만 여전히 최강석은 일어서질 못했다.

"다리가 왜 이러는 거야."

최강석은 조금 뒤에 정신을 차리고 일어서려고 했는데 다
리가 움직이질 않았다. 혹시나 조금 전 현중이 목을 잡을 때
생겼던 마비된 몸이 아직도 덜 풀렸나 싶어서 잠시 기다려 봤
지만 배꼽을 중심으로 상체 쪽은 완벽하게 마비가 풀렸지만
아래쪽은 전혀 움직이지 않는 것이다. 그렇다고 느낌이 없거
나 그런 것도 아니었다. 허벅지를 꼬집어보자 아픈 게 느껴졌

다. 하지만 전혀 힘을 쓸 수가 없었다.

"뭐야, 이거? 어떻게 된 거야? 뭐야!!"

갑자기 움직이지 않는 다리, 부러져 덜렁거리는 팔. 결국 최강석은 별장이 떠나가라 이성을 잃고 소리쳤다.

"으악!! 이게 뭐야!!"

『현중 귀환록』 2권에 계속…

김현석 현대 판타지 소설
전능의 팔찌
THE OMNIPOTENT BRACELET
「신화창조」의 작가 김현석이 그려내는
새로운 판타지 세상이 현대에 도래한다!
삼류대학 수학과 출신, 김현수
낙하산을 타고 국내 굴지의 대기업 천지건설(주)에 입사하다!
상사의 등살에 못 견뎌 떠난 산행에서, 대마법사 멀린과의 인연이 이어지고......
어떻게 잡은 직장인데 그만둘 수 있으랴!!
전능의 팔찌가 현수를 승승장구의 길로 이끈다!
통쾌함과 즐거움을 버무린 색다른 재미!
지.구. 유.일.의 마법사 김현수의 성공신화 창조기!
Book Publishing CHUNGEORAM
유행이 아닌 자유추구 -
www.chungeoram.com

장강삼협
長江三峽

조돈형 新무협 판타지 소설

『궁귀검신』, 『마도십병』, 『운룡쟁천』의
작가 **조돈형**
그가 장강의 사나이들과 함께 돌아왔다!

굽이쳐 흐르는 거대한 장강의 흐름 속에서
선혈처럼 피어나 유성처럼 지는 사내들의 향취!

장강삼협(長江三峽)!

하늘 아래 누구보다 올곧았던 아버지의 시신을 이끌고
고향으로 돌아온 유대웅을 기다리고 있던 것은
천오백 년의 시공을 뛰어넘은 패왕(霸王)의 무(武)와 검(劍)!

패왕칠검(霸王七劍)과 팔뢰진천(八雷振天)의 무위 아래
천하제일검(天下第一劍)으로 우뚝 설 한 소년의 일대기!

장강의 수류는 대륙을 가로질러
이윽고 역사가 된다!

Book Publishing CHUNGEORAM

김현석 현대 판타지 소설
전능의 팔찌
THE OMNIPOTENT BRACELET
「신화창조」의 작가 김현석이 그려내는
새로운 판타지 세상이 현대에 도래한다!
삼류대학 수학과 출신, 김현수
낙하산을 타고 국내 굴지의 대기업 천지건설(주)에 입사하다!
상사의 등살에 못 견뎌 떠난 산행에서, 대마법사 멀린과의 인연이 이어지고……
어떻게 잡은 직장인데 그만둘 수 있으랴!!
전능의 팔찌가 현수를 승승장구의 길로 이끈다!
통쾌함과 즐거움을 버무린 색다른 재미!
지.구. 유.일.의 마법사 김현수의 성공신화 창조기!
Book Publishing CHUNGEORAM
WWW.chungeoram.com

秘話潜虎

비룡잠호

오채지 新무협 판타지 소설

『백가쟁패』, 『혈기수라』의 작가 오채지가 돌아왔다!
그가 선사하는 무림기!

비룡잠호!

야만의 전사 오백으로 일만 마병을 쓰러뜨리고
홀연히 사라진 희대의 잠룡(潛龍).
그가 십 년의 은거를 깨고 강호로 나오다.

"나를 불러낸 건 실수야."

이가 갈리고 치가 떨리는
경험을 만들어주겠다!

Book Publishing CHUNGEORAM

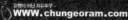
유행이 아닌 자유추구 -
WWW.chungeoram.com

장강삼협

長江三峽

조돈형 新무협 판타지 소설

『궁귀검신』, 『마도십병』, 『운룡쟁천』의
작가 **조돈형**
그가 장강의 사나이들과 함께 돌아왔다!

굽이쳐 흐르는 거대한 장강의 흐름 속에서
선혈처럼 피어나 유성처럼 지는 사내들의 향취!

장강삼협(長江三峽)!

하늘 아래 누구보다 올곧았던 아버지의 시신을 이끌고
고향으로 돌아온 유대웅을 기다리고 있던 것은
천오백 년의 시공을 뛰어넘은 패왕(霸王)의 무(武)와 검(劍)!

패왕칠검(霸王七劍)과 팔뢰진천(八雷振天)의 무위 아래
천하제일검(天下第一劍)으로 우뚝 설 한 소년의 일대기!

장강의 수류는 대륙을 가로질러
이윽고 역사가 된다!

Book Publishing CHUNGEORAM

유령이 아닌 자유추구
WWW.chungeoram.com

김현석 현대 판타지 소설
전능의 팔찌
THE OMNIPOTENT BRACELET
「신화창조」의 작가 김현석이 그려내는
새로운 판타지 세상이 현대에 도래한다!
삼류대학 수학과 출신, 김현수
낙하산을 타고 국내 굴지의 대기업 천지건설(주)에 입사하다!
상사의 등살에 못 견뎌 떠난 산행에서, 대마법사 멀린과의 인연이 이어지고……
어떻게 잡은 직장인데 그만둘 수 있으랴!
전능의 팔찌가 현수를 승승장구의 길로 이끈다!
통쾌함과 즐거움을 버무린 색다른 재미!
지.구. 유.일.의 마법사 김현수의 성공신화 창조기!
Book Publishing CHUNGEORAM
www.chungeoram.com